Lisa Kleypas

C'est à 21 ans qu'elle publie son premier roman après avoir fait des études de sciences politiques. Elle a reçu les plus hautes récompenses et le prix Romantic Times du meilleur auteur de romance historique lui a été décerné en 2010. Ses livres sont traduits en quatorze langues.
Son ton, la légèreté de son style et ses héros, souvent issus d'un milieu social défavorisé, caractérisent son œuvre. Elle écrit également de la romance contemporaine.

Scandale au printemps

Du même auteur aux Éditions J'ai lu

Dans la collection :
Aventures et Passions

Par pure provocation
N° 3945
L'ange de minuit
N° 4062
Prince de l'éternité
N° 4426
La loterie de l'amour
N° 4915
Un jour tu me reviendras
N° 5263
Parce que tu m'appartiens
N° 5337
L'imposteur
N° 5524
Courtisane d'un soir
N° 5808
Frissons interdits
N° 6085
Sous l'emprise du désir
N° 6330
L'amant de lady Sophia
N° 6702
Libre à tout prix
N° 6990
Les blessures du passé
N° 7614

LA RONDE DES SAISONS
1 – Secrets d'une nuit d'été
N° 9055
2 – Parfum d'automne
N° 9171
3 – Un diable en hiver
N° 9186
4 – Scandale au printemps
N° 9277
5 – Retrouvailles
N° 9409

LES HATHAWAY
1 – Les ailes de la nuit
N° 9424
2 – L'étreinte de l'aube
N° 9531
3 – la tentation d'un soir
N° 9598
4 – Matin de noce
N° 9623
5 – L'amour l'après-midi
N° 9736

Dans la collection :
Promesses

LA SAGA DES TRAVIS
1 – Mon nom est Liberty
N° 9248
2 – Bad boy
N° 9307
3 – La peur d'aimer
N° 9362

FRIDAY HARBOUR
1 – La route de l'arc-en-ciel
N° 10261
2 – Le secret de Dream Lake
N° 10416

LISA

KLEYPAS

LA RONDE DES SAISONS – 4

Scandale au printemps

Traduit de l'anglais (États-Unis)
par Edwige Hennebelle

J'AI LU

AVENTURES
& PASSIONS

Vous souhaitez être informé en avant-première de nos programmes, nos coups de cœur ou encore de l'actualité de notre site *J'ai lu pour elle* ?

Abonnez-vous à notre *Newsletter* en vous connectant sur **www.jailu.com**

Retrouvez-nous également sur Facebook pour avoir des informations exclusives :
www.facebook/pages/aventures-et-passions
et sur le profil *J'ai lu pour elle.*

Titre original
SCANDAL IN SPRING

Éditeur original
Avon Books, an imprint of HarperCollins Publishers Inc., New York

Prologue

— J'ai pris une décision au sujet de l'avenir de Daisy, annonça Thomas Bowman à sa femme et à sa fille. Même si nous, les Bowman, répugnons à nous avouer vaincus, nous ne pouvons plus nous voiler la face.

— À quel sujet, père ? interrogea Daisy.

— Tu n'es pas faite pour l'aristocratie britannique. À moins, ajouta-t-il en fronçant les sourcils, que l'aristocratie ne soit pas faite pour toi. Ta chasse au mari ne m'a rapporté qu'un très médiocre retour sur investissement. Sais-tu ce que cela signifie, Daisy ?

— Que ma cote est trop basse ?

À cet instant, on n'aurait jamais donné à Daisy ses vingt-deux ans. De petite taille, très mince, elle possédait encore l'agilité et l'exubérance d'une enfant, alors que la plupart des femmes de son âge jouaient déjà les jeunes mères de familles posées. Blottie dans un coin du canapé, les genoux relevés, elle avait l'air d'une poupée de porcelaine abandonnée. M. Bowman s'aperçut avec irritation que sa fille avait un livre sur les genoux, l'index glissé entre deux pages à l'endroit où elle avait été interrompue. De toute évidence, elle n'attendait qu'une chose : qu'il en finisse pour pouvoir se replonger dans sa lecture.

— Pose ça, lui ordonna-t-il.

— Oui, père.

Daisy entrouvrit subrepticement le livre pour repérer le numéro de la page, puis elle posa le volume à côté d'elle. Bowman fut ulcéré par son geste furtif. Les livres, les livres ! La simple vue de l'un d'eux suffisait à lui rappeler l'échec cuisant de sa fille sur le marché matrimonial.

Cette réunion informelle se tenait dans la suite qu'ils occupaient à l'hôtel depuis plus de deux ans. Enfoncé dans un grand fauteuil au capitonnage épais, Bowman tirait des bouffées d'un imposant cigare. Non loin de lui, sa femme Mercedes était perchée sur une chaise cannée aux pieds grêles. Bowman était un homme râblé, qui tenait du taureau aussi bien pour le physique que pour le caractère. S'il était presque chauve, il arborait une énorme moustache, comme si toute l'énergie requise pour faire pousser les cheveux sur sa tête s'était déviée vers sa lèvre supérieure.

Au début de leur mariage, Mercedes était d'une minceur peu commune ; celle-ci n'avait fait que s'accentuer au fil des ans, à l'image d'un pain de savon se réduisant progressivement à une feuille translucide. Ses cheveux noirs et lisses étaient toujours strictement tirés, et les manches de son corsage enserraient des poignets si étroits que Bowman les aurait brisés avec la même facilité qu'une branchette de bouleau. Même quand elle se tenait parfaitement immobile, comme c'était le cas à cet instant, Mercedes semblait avoir les nerfs à fleur de peau.

Bowman n'avait jamais regretté de l'avoir choisie pour épouse – son ambition implacable reflétait parfaitement la sienne. C'était une femme inflexible, tout en angles aigus, qui bataillait sans relâche pour les faire accepter dans la bonne société. C'était elle qui avait insisté pour emmener leurs filles en Angleterre quand les portes leur étaient restées fermées à New York.

— Nous leur passerons simplement par-dessus, avait-elle déclaré avec détermination.

Et, sapristi, ils avaient réussi avec Lillian, leur fille aînée !

Cette dernière avait réussi à décrocher le plus beau de tous les lots : lord Westcliff, dont le pedigree était en or massif. Le comte avait constitué une superbe acquisition pour la famille. Mais à présent, Bowman était impatient de retourner en Amérique. Si Daisy avait dû se trouver un mari titré, l'affaire serait déjà réglée. Il était temps de faire la part du feu.

En songeant à leurs cinq enfants, Bowman se demanda pourquoi ils leur ressemblaient si peu. Mercedes et lui étaient tous deux ambitieux. Comment avaient-ils pu concevoir trois fils aussi placides, aussi enclins à accepter les choses telles qu'elles venaient, aussi convaincus que tout leur tomberait toujours dans les mains comme des fruits mûrs ? Lillian était la seule qui semblait posséder un peu de l'esprit combatif des Bowman… en pure perte, puisque c'était une femme.

Et puis, il y avait Daisy. Daisy qui, de tous ses enfants, avait toujours été celui que Bowman comprenait le moins. Même petite, Daisy ne tirait jamais les conclusions correctes des histoires qu'il racontait, et posait toujours des questions qui n'avaient aucun rapport avec ce qu'il essayait de leur faire comprendre. Le jour où il avait expliqué que les investisseurs recherchant la sécurité et un rapport modéré devaient investir dans les obligations émises par l'État, Daisy l'avait interrompu pour demander :

— Père, ce ne serait pas merveilleux si les oiseaux-mouches organisaient des thés et si nous étions assez petits pour être invités ?

Au fil des ans, les efforts de Bowman pour faire changer Daisy s'étaient heurtés à une résistance opiniâtre. Elle s'aimait comme elle était, en conséquence, toute tentative pour la transformer équivalait à tenter de diriger un envol de papillons ou à essayer de clouer de la gelée sur un arbre.

Le caractère imprévisible de sa fille l'ayant rendu à moitié fou, Bowman n'était pas le moins du monde surpris qu'aucun homme ne se soit porté volontaire pour se charger d'elle sa vie durant. Il suffisait d'imaginer la mère qu'elle ferait, à jacasser sur des fées glissant le long d'arcs-en-ciel, au lieu de graver des règles de bonne conduite dans la tête de ses enfants !

Mercedes intervint d'une voix que la consternation rendait aiguë.

— Cher monsieur Bowman, la saison est loin d'être achevée. Je considère que Daisy a fait d'excellents progrès. Lord Westcliff l'a présentée à plusieurs gentlemen prometteurs, qui sont tous excessivement intéressés par la perspective d'avoir le comte pour beau-frère.

— Je trouve révélateur que ce soit d'avoir Westcliff pour beau-frère qui intéresse ces « gentlemen prometteurs » plutôt que d'avoir Daisy comme épouse, répliqua Bowman sombrement.

Il darda sur sa cadette un regard dur.

— Est-ce que l'un de ces hommes est susceptible de te demander en mariage ?

— Elle n'a aucun moyen de savoir… protesta Mercedes.

— Les femmes savent toujours ce genre de choses. Réponds-moi, Daisy : y a-t-il un espoir d'amener l'un de ces gentlemen à se déclarer ?

Sa fille hésita. Une expression troublée voila ses yeux noirs en amande.

— Non, père, finit-elle par admettre avec franchise.

— C'est bien ce que je pensais.

Croisant ses doigts épais sur son estomac, Bowman posa sur les deux femmes silencieuses un regard autoritaire.

— Ton manque de succès commence à devenir ennuyeux, ma fille. J'en ai assez de dépenser inutilement de l'argent pour des robes et des fanfreluches... J'en ai assez d'avoir à te conduire d'un bal à un autre sans résultat... Et, plus que tout, j'en ai assez que cette histoire me retienne en Angleterre alors que l'on a besoin de moi à New York ! J'ai donc décidé de te choisir un mari.

Daisy lui jeta un regard interdit.

— À qui pensez-vous, père ?

— À Matthew Swift.

Daisy le dévisagea comme s'il était devenu fou. Mercedes eut une espèce de hoquet.

— Cela n'a aucun sens, monsieur Bowman ! Absolument aucun sens ! Daisy ne tirerait aucun avantage d'une telle alliance. M. Swift n'appartient pas à l'aristocratie et il ne possède pas de fortune...

— Il fait partie des Swift de Boston, coupa Bowman. Une famille que l'on peut difficilement dédaigner. Un nom et une lignée solides. Plus important encore, Swift m'est entièrement dévoué. Et c'est l'un des hommes les plus doués pour les affaires que j'aie jamais rencontrés. Je le veux pour beau-fils ; c'est lui qui héritera de ma société le moment venu.

— C'est à vos trois fils que reviendra votre société de plein droit ! s'exclama Mercedes, outrée.

— Ils se moquent complètement des affaires. Ça ne les intéresse pas.

À la pensée de Matthew Swift, qui prospérait sous sa tutelle depuis presque dix ans, Bowman éprouva une bouffée de fierté. Ce garçon lui ressemblait plus que sa propre progéniture.

— Aucun d'eux ne possède l'ambition et la férocité de Swift, continua Bowman. Je ferai de lui le père de mes héritiers.

— Vous avez perdu la tête ! s'écria Mercedes avec force.

Daisy prit la parole avec un calme qui sapa sur-le-champ le lyrisme de son père.

— Permettez-moi de souligner qu'à ce sujet, ma coopération sera requise. Et puisque nous en sommes à la procréation des héritiers, je peux vous assurer qu'aucune puissance au monde ne me contraindra à porter les enfants d'un homme que je n'aime pas.

— Tu ne veux donc pas être utile à quelqu'un ? gronda Bowman, qui n'hésitait jamais à user de force brute pour mater une rébellion. Tu ne veux donc pas avoir un mari et une maison à toi, plutôt que de continuer à vivre en parasite ?

Daisy tressaillit comme s'il l'avait giflée.

— Je ne suis pas un parasite.

— Vraiment ? Dans ce cas, explique-moi en quoi le monde bénéficie de ta présence. As-tu un jour fait quelque chose pour quelqu'un ?

Confrontée à l'obligation de justifier son existence, Daisy le gratifia d'un regard de marbre et garda le silence.

— Voici donc mon ultimatum : tu te trouves un mari convenable avant la fin du mois de mai ou je donne ta main à Swift.

1

Un peu plus tard dans la soirée, Daisy se rendit à Marsden Terrace, la maison londonienne des Westcliff.

— Je ne devrais pas t'en parler, fulmina-t-elle en arpentant le salon de long en large. Dans ton état, il ne faut pas te perturber. Mais si je le garde pour moi, je vais exploser, ce que tu risques de trouver encore plus perturbant.

Sa sœur aînée releva la tête, qu'elle tenait appuyée contre l'épaule solide de son mari, lord Westcliff.

— Raconte-moi, dit-elle en ravalant une nouvelle vague de nausées. Je ne suis perturbée que quand les gens me cachent des choses.

À demi allongée sur le long canapé, elle reposait au creux du bras de Westcliff qui, avec une petite cuillère, lui glissait entre les lèvres un peu de sorbet au citron. Elle ferma les yeux en avalant, et ses épais cils noirs soulignèrent la pâleur extrême de son visage.

— Ça va mieux ? s'enquit doucement son mari tout en tamponnant une goutte coulée sur son menton.

— Oui, je crois que cela me fait du bien. Beurk ! Prie pour que ce soit un garçon, Westcliff, parce que ce sera ta seule chance d'avoir un héritier. Il est hors de question que je repasse par tout ce…

— Ouvre la bouche, coupa-t-il avant de lui donner une autre cuillerée de sa glace préférée.

En temps ordinaire, Daisy aurait été émue de surprendre ainsi les Westcliff dans leur intimité. Il était rare de voir Lillian aussi vulnérable ou Marcus aussi gentil et attentionné. Mais Daisy était si préoccupée par ses propres problèmes qu'elle y prit à peine garde.

— Père m'a donné un ultimatum. Ce soir, il…

— Une seconde, l'interrompit Westcliff.

Il aida Lillian à se mettre légèrement sur le côté afin qu'elle repose davantage sur lui, sa main fine reposant sur son ventre arrondi. Quand il murmura quelque chose d'inaudible contre ses cheveux ébouriffés d'un noir corbeau, elle hocha la tête avec un soupir.

Quiconque était témoin des soins pleins de tendresse que Westcliff prodiguait à sa jeune épouse ne pouvait s'empêcher de noter les changements intervenus chez ce dernier, qui était connu pour la froideur de ses manières. Il était devenu bien plus accessible, il souriait et riait davantage, et se montrait beaucoup moins pointilleux sur les bonnes manières. Ce qui était préférable quand on avait Lillian pour épouse et Daisy pour belle-sœur.

Westcliff reporta son attention sur Daisy. Il la considéra en plissant légèrement ses yeux si sombres qu'ils paraissaient noirs. Même s'il ne prononça pas un mot, Daisy lut dans ceux-ci son désir de protéger Lillian de tout ce qui pourrait troubler sa tranquillité.

Soudain, elle se sentit honteuse d'être accourue ainsi pour raconter l'injustice de leur père à son égard. Elle aurait dû garder ses problèmes pour elle-même, au lieu de se précipiter chez sa sœur aînée comme une gamine. Mais quand Lillian rouvrit les yeux, son regard était chaleureux et souriant, et une myriade de souvenirs d'enfance dansa entre elles dans les airs en une ronde joyeuse. L'intimité entre sœurs était une chose contre laquelle même le plus protecteur des maris ne pouvait lutter.

— Raconte, fit Lillian en se blottissant contre l'épaule de Westcliff. Qu'a dit l'ogre ?

— Que si je ne trouve pas un époux convenable avant la fin mai, il m'imposera le mari qu'il a choisi. Et devine qui c'est ? Je te le donne entre mille !

— Aucune idée. Personne ne trouve grâce aux yeux de père.

— Oh, que si ! répliqua Daisy d'un ton sinistre. Il existe une personne au monde que père apprécie à cent pour cent.

À présent, Westcliff lui-même paraissait intéressé.

— C'est quelqu'un que je connais ? s'enquit-il.

— Vous le connaîtrez bientôt, répondit Daisy. Père l'a fait venir. Il débarquera dans votre propriété du Hampshire la semaine prochaine, pour la chasse au cerf.

Westcliff fouilla dans sa mémoire pour retrouver les noms que Thomas Bowman lui avait demandé d'ajouter sur la liste des invités.

— L'Américain ? M. Swift ?

— Précisément !

Lillian fixa sa sœur, sidérée. Puis elle détourna le visage et le pressa contre l'épaule de Westcliff avec un cri étouffé. Daisy craignit d'abord qu'elle n'ait fondu en larmes ; en fait, Lillian gloussait de manière incontrôlable.

— Non... ce n'est pas possible... c'est complètement absurde... jamais tu ne pourrais...

— Tu ne trouverais pas cela si amusant si c'était *toi* qui étais censée l'épouser, l'interrompit Daisy.

Westcliff regarda les deux sœurs tour à tour.

— Qu'avez-vous à reprocher à ce M. Swift ? D'après ce que votre père m'en a dit, c'est un homme plutôt respectable.

— Tout ! répondit Lillian en pouffant de nouveau.

— Mais votre père l'estime, fit remarquer Westcliff.

— Oh, pour ça... railla-t-elle. M. Swift fait tout pour l'imiter, et boit la moindre de ses paroles, père est donc flatté dans sa vanité.

Songeur, le comte glissa une nouvelle cuillère de sorbet entre les lèvres de Lillian. Elle émit un soupir de plaisir quand le liquide glacé coula dans sa gorge.

— Votre père se trompe-t-il quand il prétend que M. Swift est intelligent ? demanda-t-il à Daisy.

— Il est intelligent, admit-elle. Mais on ne peut avoir de conversation avec lui – il pose des milliers de questions et absorbe tout ce qu'on lui dit, mais sans jamais rien donner en retour.

— Peut-être est-il timide, suggéra Westcliff.

Daisy ne put s'empêcher de rire.

— Je vous assure, milord, que M. Swift n'est pas timide. Il est...

Elle s'interrompit, car elle ne parvenait pas à traduire sa pensée en mots.

La froideur innée de Matthew Swift s'accompagnait d'un insupportable air de supériorité. On ne pouvait jamais rien lui dire – il savait tout. Ayant grandi dans une famille dont les membres étaient intransigeants, Daisy n'était pas disposée à supporter dans son existence un caractère rigide et raisonneur de plus.

En outre, que Swift s'entende si bien avec leur père ne parlait pas en sa faveur.

Peut-être que Daisy l'aurait mieux toléré s'il y avait eu quoi que ce soit de séduisant ou de charmant en lui. Malheureusement, aucune grâce ne venait adoucir son caractère ou son physique. Il ne possédait ni sens de l'humour ni gentillesse apparente. Pour couronner le tout, sa silhouette était complètement disproportionnée : grand et dégingandé, il avait des bras et des jambes aussi secs que des rames à haricots. Elle gardait en mémoire la manière dont son manteau semblait pendre de ses larges épaules comme s'il n'y avait rien à l'intérieur.

— Au lieu de faire la liste de ce que je n'aime pas chez lui, finit par dire Daisy, disons simplement qu'il n'y a aucune raison susceptible de me le faire aimer.

— Il n'est même pas séduisant, renchérit Lillian. C'est un sac d'os.

Elle tapota le torse musclé de Westcliff, louant silencieusement son physique puissant.

— Swift possède-t-il au moins un trait pour le racheter ? demanda-t-il d'un air amusé.

Les deux sœurs réfléchirent à la question.

— Il a de belles dents, concéda enfin Daisy à contrecœur.

— Comment peux-tu le savoir ? riposta Lillian. Il ne sourit jamais !

— Votre jugement est vraiment sévère, fit remarquer Westcliff. Peut-être que M. Swift a changé depuis la dernière fois que vous l'avez vu.

— Pas au point que je consente un jour à l'épouser.

— Tu n'auras pas à épouser Swift si tu ne le veux pas, déclara Lillian avec véhémence. N'est-ce pas, Westcliff ?

— Oui, ma chérie, murmura-t-il en repoussant ses cheveux de son visage.

— Et tu ne laisseras pas père emmener Daisy loin de moi, insista Lillian.

— Bien sûr que non. On peut toujours trouver moyen de s'arranger.

Lillian se blottit contre lui. Elle avait une foi absolue dans les capacités de son mari.

— Voilà, marmonna-t-elle à l'intention de Daisy. Inutile de s'inquiéter... tu vois ? Westcliff a la situation bien en main, ajouta-t-elle après avoir bâillé à se décrocher la mâchoire.

Daisy eut un sourire de compassion quand elle vit les paupières de sa sœur s'abaisser. Elle croisa le regard de Westcliff par-dessus la tête de Lillian et lui fit signe qu'elle allait prendre congé. Il répondit d'un léger hochement de tête avant de reporter son attention sur le visage de sa femme. Daisy ne put s'empêcher de se demander si, un jour, un homme la regarderait de cette façon, comme s'il avait un trésor entre les bras.

Elle était persuadée que Westcliff essaierait de l'aider de toutes les manières possibles, ne serait-ce que pour la tranquillité de Lillian. Mais ce qu'elle connaissait de la volonté inflexible de son père tempérait sa confiance dans l'influence du comte.

Même si elle avait bien l'intention d'user de toutes les armes à sa disposition pour se défendre, elle avait la désagréable intuition que les chances n'étaient pas en sa faveur.

Elle s'arrêta sur le seuil et tourna la tête du côté du couple sur le canapé. Lillian s'était endormie, constata-t-elle. Quand Westcliff croisa son regard, il dut percevoir sa tristesse, car il arqua un sourcil interrogateur.

— Mon père... commença Daisy avant de se mordre la lèvre.

Westcliff était en relations d'affaires avec son père. Courir se plaindre auprès de lui n'était pas vraiment la chose à faire. Pourtant, son expression patiente et attentive l'encouragea à continuer.

— Il m'a traitée de parasite, dit-elle à voix basse, pour ne pas réveiller sa sœur. Il m'a demandé de lui dire en quoi le monde bénéficiait de ma présence ou ce que j'avais jamais fait pour quiconque.

— Et vous avez répondu... ?

— Je... je n'ai rien trouvé à dire.

Le regard de Westcliff était insondable. Il lui fit signe d'approcher et elle obéit. À son grand étonnement, il lui prit la main et la serra avec chaleur. Le comte, si réservé d'ordinaire, n'avait jamais agi ainsi auparavant.

— Daisy, murmura-t-il, la plupart des existences ne se distinguent pas par de hauts faits. Elles se mesurent à l'aune d'une multitude de petits gestes. Chaque fois que vous faites preuve de gentillesse envers quelqu'un ou que vous amenez un sourire sur un visage, cela donne un sens à votre vie. Ne doutez jamais de votre valeur, ma jeune amie. Le monde serait un endroit lugubre si Daisy Bowman n'existait pas.

Peu de personnes contestaient que Stony Cross Park fût l'un des plus beaux domaines d'Angleterre. Situé dans le Hampshire, il offrait une variété infinie de paysages, depuis les forêts presque impénétrables jusqu'aux prairies humides et aux marais richement fleuris; quant au manoir proprement dit, il dressait ses solides murs de pierres couleur miel sur un promontoire dominant la rivière Itchen.

La vie jaillissait de toutes parts. Des pousses tendres pointaient au-dessus du tapis de feuilles mortes au pied des chênes et des cèdres; des jacinthes sauvages bleuissaient le sol des sous-bois; des sauterelles rouges bondissaient dans les prairies où s'épanouissaient les primevères, tandis que des libellules bleues aux ailes translucides zigzaguaient au-dessus des trèfles d'eau.

Un parfum de printemps, où se mêlaient l'odeur du buis des haies et celle de l'herbe nouvelle, imprégnait l'atmosphère.

Après un voyage de douze heures que Lillian décrivit comme un passage en enfer, les Westcliff, les Bowman et un certain nombre d'invités furent heureux d'arriver enfin à Stony Cross Park.

Le ciel était d'une couleur différente dans le Hampshire, d'un bleu plus doux, et le calme y était merveilleux. Pas de fracas de roues ou de sabots sur les pavés, pas de cris de vendeurs de rue ou de mendiants, pas de sifflets d'usines, rien de tous ces bruits qui assaillaient constamment les oreilles des citadins. Ici, il n'y avait que le pépiement des rouges-gorges dans les buissons, le lointain *toc-toc* des piverts contre les troncs d'arbres et l'éclair occasionnel d'un martin-pêcheur surgissant des roseaux protecteurs au bord de la rivière.

Lillian, qui trouvait autrefois la campagne d'un ennui mortel, fut ravie d'être de retour dans le domaine. Elle s'épanouissait dans l'atmosphère de Stony Cross Park et, dès la première nuit au manoir, elle se sentit beaucoup mieux que lors des dernières semaines. Maintenant qu'elle ne pouvait plus dissimuler sa grossesse sous des robes à taille haute, sa période de réclusion avait commencé, ce qui signifiait qu'elle ne pouvait plus se montrer en public. Toutefois, dans sa propriété, Lillian bénéficierait d'une liberté relative, même si elle devait limiter ses rencontres avec les invités à de petits groupes.

À son grand ravissement, on installa Daisy dans la pièce du manoir qu'elle préférait. Cette chambre pittoresque, pleine de charme, avait un jour été celle de lady Aline, sœur de lord Westcliff, qui vivait à présent en Amérique avec son mari et leur fils. La particularité la plus délicieuse de la chambre était le minuscule cabinet qui lui avait été adjoint. Situé à l'origine dans un château français du XVIIe siècle, il avait été démonté, puis remonté à Stony Cross Park et doté d'une méridienne qui était parfaite pour se reposer ou pour lire.

Pelotonnée dans celle-ci avec l'un de ses livres, Daisy avait l'impression d'être dissimulée au reste du monde. Oh, si seulement elle pouvait rester là et vivre avec sa sœur pour toujours ! Mais, en même temps, elle savait qu'elle ne serait jamais totalement heureuse ainsi. Elle voulait une vie à elle… un mari, des enfants.

Pour la première fois, Daisy et sa mère étaient devenues alliées. Le désir commun d'empêcher un mariage avec cet odieux Matthew Swift les unissait.

— Ce misérable jeune homme ! s'était exclamée Mercedes. Je suis persuadée que c'est lui qui a mis cette idée infâme dans la tête de ton père… Je l'ai toujours soupçonné de…

— Soupçonné de quoi ? avait demandé Daisy.

Mais sa mère s'était contentée de pincer les lèvres jusqu'à ce qu'elles ne forment plus qu'une ligne mince.

Après avoir parcouru la liste des invités, Mercedes informa Daisy qu'un grand nombre de gentlemen célibataires résidaient au manoir.

— Même s'ils ne sont pas tous directement héritiers d'un titre, ils sont issus de familles nobles. Et on ne sait jamais... Quelquefois, des catastrophes se produisent... des maladies fatales ou des accidents. Plusieurs membres d'une même famille peuvent disparaître d'un seul coup et alors, ton mari deviendrait pair du royaume par défaut.

Rassérénée à la perspective d'une calamité s'abattant sur la future belle-famille de Daisy, Mercedes étudia la liste plus attentivement.

Daisy attendait avec impatience l'arrivée d'Evangeline et de Saint-Vincent, prévue un peu plus tard dans la semaine. Evangeline lui manquait terriblement, surtout maintenant qu'Annabelle était occupée par son bébé et que Lillian se mouvait avec trop de lenteur pour l'accompagner dans les marches à bon pas qu'elle affectionnait.

Le troisième jour après son arrivée dans le Hampshire, Daisy décida d'effectuer une promenade. En début d'après-midi, vêtue d'une robe de mousseline bleu pâle imprimée de fleurs, chaussée de bottines solides et balançant un chapeau de paille par ses rubans, elle prit un chemin qu'elle avait déjà emprunté de nombreuses fois.

Tout en longeant les prairies humides où s'épanouissaient des fleurs rouges et jaunes, elle réfléchit à son problème.

Pourquoi lui était-il si difficile de trouver un mari ?

Ce n'était pas comme si elle refusait de tomber amoureuse. En vérité, elle y était même si disposée qu'il semblait monstrueusement injuste qu'elle n'ait toujours pas rencontré de fiancé potentiel. Ce n'était pas faute d'avoir essayé ! Mais il y avait toujours quelque chose qui n'allait pas.

Si un gentleman avait l'âge requis, il était passif ou pompeux ; s'il se montrait gentil et intéressant, soit il était assez vieux pour être son grand-père, soit il avait un trait repoussant, comme de sentir mauvais en permanence ou de vous postillonner au visage en parlant.

Daisy savait qu'elle n'était pas une grande beauté. Elle était trop petite et menue et, même si on louait le contraste que ses yeux et sa chevelure sombre offraient avec sa peau claire, elle avait aussi surpris trop souvent les adjectifs « délicate » et « espiègle » appliqués à sa personne. Une femme à la silhouette délicate n'attirait pas autant de prétendants que les beautés sculpturales ou les Vénus de poche.

On avait aussi fait remarquer que Daisy consacrait beaucoup trop de temps aux livres, ce qui était probablement vrai. Si on le lui avait permis, elle aurait passé la plus grande partie de la journée à lire et à rêver. N'importe quel aristocrate un peu sensé en aurait sans doute conclu qu'elle serait incapable de diriger une maison et de remplir des devoirs qui reposaient essentiellement sur l'attention portée aux détails.

Et l'aristocrate ne se serait pas trompé.

Daisy n'aurait pu montrer plus d'indifférence au contenu du garde-manger ou à la quantité de savon à commander pour la prochaine lessive. Elle s'intéressait autrement plus aux romans, à la poésie et à l'Histoire, qui lui inspiraient de longues heures de rêverie, au cours desquelles elle regardait par la fenêtre sans rien voir… tandis qu'en imagination, elle vivait des aventures exotiques, voyageait sur des tapis volants, traversait des océans inconnus et cherchait des trésors sur des îles tropicales.

Et les gentlemen merveilleux qui les peuplaient, inspirés des récits héroïques et des quêtes passionnées, étaient tellement plus intéressants et excitants que les hommes ordinaires… Ils s'exprimaient dans une prose fleurie, excellaient dans le maniement de l'épée et gratifiaient les femmes qu'ils convoitaient de baisers qui les faisaient tomber en pâmoison.

Évidemment, Daisy n'était pas naïve au point de croire que de tels hommes existaient ; mais elle devait admettre qu'avec toutes ces images romantiques dans la tête, les hommes réels lui apparaissaient terriblement… eh bien, terriblement ennuyeux en comparaison.

Levant le visage vers le doux soleil qui filtrait à travers la voûte de feuillages, elle se mit à fredonner une joyeuse chanson populaire dont le titre était *La Vieille Fille dans la mansarde* :

« Qu'il soit riche, qu'il soit pauvre,
Qu'il soit sot ou plein d'esprit,
Quel homme aura pitié de moi
et acceptera de m'épouser ? »

Elle ne tarda pas à atteindre sa destination : un puits où elle s'était déjà rendue à plusieurs reprises en compagnie des autres « laissées-pour-compte ». Un puits aux souhaits. Selon la tradition locale, il était habité par un esprit qui réalisait votre vœu si vous jetiez une épingle dedans. Le seul danger était de se tenir trop près du bord, car l'esprit du puits risquait de vous attirer dans ses profondeurs pour faire de vous sa compagne.

Lors de ses visites précédentes, Daisy avait fait des vœux pour ses amies – et ils s'étaient tous réalisés. Aujourd'hui, c'était elle qui avait besoin d'un peu de magie.

Après avoir posé son chapeau sur le sol, elle s'approcha du trou où bouillonnait une eau plutôt boueuse. Elle glissa la main dans la poche de sa robe et en tira un porte-épingles en papier.

— Esprit du puits, commença-t-elle, puisque j'ai usé de malchance pour trouver le genre de mari que j'ai toujours cru vouloir, je m'en remets à vous. Aucune exigence, aucune condition. Ce que je souhaite c'est… l'homme qui me conviendra. Je suis disposée à me montrer ouverte d'esprit.

Elle tira les épingles du papier deux par deux et les jeta dans le puits. Les éclats de métal étincelaient un instant dans les airs avant de toucher la surface agitée de l'eau trouble, puis de disparaître.

— Je voudrais que toutes ces épingles se portent sur le même vœu, dit-elle au puits.

Elle resta un long moment à se concentrer, les yeux fermés. Par-dessus le bruit de l'eau, elle percevait un bourdonnement d'insectes et l'appel mélancolique d'un coucou dans les bois.

Un craquement soudain se produisit derrière elle, comme celui d'une branchette écrasée par un pied.

Daisy fit volte-face et aperçut la silhouette sombre d'un homme se dirigeant vers elle. Le choc de découvrir quelqu'un aussi près alors qu'elle se croyait seule fit battre son cœur à grands coups.

Il était aussi grand et musclé que le mari de son amie Annabelle, encore qu'il parût un peu plus jeune – pas trente ans peut-être.

— Pardonnez-moi, dit-il à mi-voix en voyant son expression. Je ne voulais pas vous effrayer.

— Oh, vous ne m'avez pas effrayée ! répliqua-t-elle avec un entrain factice, alors que son cœur continuait de battre la chamade. J'ai juste été un peu… surprise.

Les mains dans les poches, l'homme s'approcha d'un pas souple.

— Il y a deux heures que je suis arrivé à Stony Cross Park. On m'a dit que vous étiez allée vous promener par ici.

Il ne lui était pas inconnu. D'ailleurs, il la regardait comme s'il s'attendait qu'elle le connaisse. Daisy sentit monter à ses lèvres les excuses piteuses auxquelles elle recourait chaque fois qu'elle avait oublié quelqu'un.

— Vous êtes un invité de lord Westcliff ? demanda-t-elle en essayant désespérément de le resituer.

Il lui adressa un regard curieux et esquissa un sourire.

— Oui, mademoiselle Bowman.

Il connaissait son nom. Daisy l'observa avec une perplexité grandissante. Comment avait-elle pu oublier un homme aussi séduisant ? Il avait des traits accusés, trop virils pour être qualifiés de beaux, trop saisissants pour qu'on les trouve ordinaires. Quant à ses yeux, leur bleu paraissait d'autant plus intense qu'il avait la peau hâlée par le soleil. Il y avait en lui quelque chose d'extraordinaire, une espèce de vitalité si peu contenue qu'elle faillit reculer d'un pas.

Comme il penchait la tête pour la regarder, un reflet d'acajou glissa sur sa chevelure brune. Il portait ses boucles épaisses beaucoup plus courtes que ne l'exigeait la mode européenne. À l'américaine, en fait. Maintenant qu'elle y songeait, il avait un léger accent américain. Et cette odeur fraîche, propre, qu'elle détectait... se trompait-elle ou était-ce le parfum d'un... *savon Bowman* ?

Soudain, Daisy sut qui était cet homme. Ses genoux faillirent se dérober sous elle.

— *Vous,* murmura-t-elle, en fixant avec des yeux comme des soucoupes le visage de Matthew Swift.

2

Elle avait dû vaciller un peu, car il tendit les mains et l'attrapa par les bras.

— Monsieur Swift, dit-elle d'une voix étranglée en essayant instinctivement de se dégager.

— Vous allez tomber dans le puits. Venez avec moi.

D'une poigne douce mais ferme, il l'entraîna à quelques pas des eaux bouillonnantes. Irritée d'être ainsi menée comme une oie échappée du troupeau, Daisy se raidit. Certaines choses ne changeaient pas, songea-t-elle avec hostilité. Matthew Swift se montrait toujours aussi dominateur.

Elle ne pouvait s'empêcher de le fixer. Seigneur Dieu, elle n'avait jamais vu une telle transformation ! Le sac d'os que décrivait Lillian s'était étoffé jusqu'à devenir un homme robuste, à l'air prospère, qui irradiait la santé et la vigueur. Il portait des vêtements élégants, moins près du corps que ce qu'exigeait la mode masculine auparavant. Mais même ainsi, leur coupe ne dissimulait pas la puissante musculature qu'ils recouvraient.

La différence n'était pas que physique. Avec la maturité, il avait développé une assurance éclatante et son expression révélait l'homme sûr de lui et de ses capacités. Daisy se souvint de ses débuts chez son père. C'était alors un opportuniste maigre, au regard froid, avec des vêtements coûteux mais peu seyants et des chaussures plus qu'usées.

— Typique du vieux Bostonien, avait déclaré son père avec indulgence quand les vieilles chaussures avaient fait l'objet de commentaires dans la famille. Ils font durer une paire de chaussures ou un manteau une éternité. Pour eux, l'économie est une religion, quelle que soit l'importance de la fortune familiale.

Daisy se dégagea d'un mouvement sec.

— Vous avez changé, observa-t-elle, s'efforçant de recouvrer ses esprits.

— Pas vous, répliqua-t-il, et elle aurait été bien en peine de dire s'il s'agissait d'une critique ou d'un compliment. Que faisiez-vous aussi près du puits ?

— J'étais… Je pensais…

Daisy chercha en vain une explication raisonnable.

— C'est un puits aux souhaits.

L'expression de Matthew Swift se fit solennelle, mais une étincelle suspecte pétilla dans ses yeux bleus, comme s'il était secrètement amusé.

— Vous le savez de source sûre, je suppose ?

— Tous les gens du village voisin viennent ici, répliqua-t-elle d'un ton irrité. C'est un puits aux souhaits *légendaire*.

Il l'observait de cette manière qu'elle avait toujours détestée, assimilant tout ce qu'elle disait sans laisser passer un seul détail. Daisy sentit le sang lui monter aux joues sous son regard scrutateur.

— Quel était votre souhait ? voulut-il savoir.

— C'est personnel.
— Vous connaissant, ça peut être n'importe quoi.
— Vous ne me connaissez pas, riposta Daisy.
Que son père envisage de donner sa main à un homme aussi peu fait pour elle dépassait l'entendement. C'était de la folie pure ! Un mariage avec lui ne serait qu'un contrat d'affaires, avec échange d'argent et d'obligations. Et, à la clé, de la déception et du mépris mutuel. Swift n'était pas plus attiré par elle qu'elle par lui, c'était certain. Jamais il ne songerait à épouser une fille comme elle s'il n'y avait l'attrait de la société de son père.
— C'est possible, concéda-t-il.
Mais les mots sonnaient faux. Il croyait savoir exactement qui et ce qu'elle était. Leurs regards se croisèrent, se jaugèrent, se défièrent.
— Puisque ce puits a un statut légendaire, reprit-il, je ne voudrais pas passer à côté de l'occasion.
Il fouilla brièvement dans sa poche et en tira une grosse pièce en argent. Daisy n'avait pas vu d'argent américain depuis une éternité.
— Vous êtes censé jeter une épingle, dit-elle.
— Je n'ai pas d'épingle.
— C'est une pièce de cinq dollars, fit-elle remarquer, incrédule. Vous n'allez quand même pas la gaspiller ?
— Je ne la gaspille pas. Je fais un investissement. Mieux vaudrait que vous m'indiquiez la procédure à suivre pour faire un vœu – ça fait beaucoup d'argent à perdre.
— Vous vous moquez de moi.
— Je suis absolument sincère. Et comme je n'ai jamais fait ce genre de chose auparavant, quelques conseils seraient les bienvenus.

Il attendit sa réponse. Quand il devint évident qu'il n'en obtiendrait pas, il ébaucha un sourire amusé.

— Je vais jeter cette pièce, de toute façon.

Maudit soit-il ! Même s'il était visible qu'il se moquait d'elle, Daisy ne put résister. Un souhait n'était pas quelque chose à gaspiller, surtout un souhait à cinq dollars. Zut !

Elle s'approcha du puits et dit d'un ton sec :

— D'abord, gardez la pièce dans votre paume jusqu'à ce qu'elle soit réchauffée par votre main.

Swift vint se placer à côté d'elle.

— Et ensuite ?

— Fermez les yeux et concentrez-vous sur la chose que vous désirez plus que tout. Et il faut que ce soit un vœu personnel, précisa-t-elle avec une nuance de mépris. Ça ne peut pas concerner des choses comme des fusions ou des bénéfices.

— Il m'arrive de penser à autre chose qu'aux affaires.

Daisy lui coula un regard sceptique. Et fut étonnée quand il sourit brièvement.

L'avait-elle déjà vu sourire ? Une ou deux fois, peut-être. Ce vague souvenir remontait à l'époque où son visage était si émacié qu'elle avait gardé l'impression d'une rangée de dents blanches fixées en une grimace qui n'avait pas grand-chose à voir avec la joie. Mais ce sourire-là était légèrement en coin, ce qui le rendait désarmant et terriblement attrayant… Sa chaleur fugace lui fit se demander quel genre d'homme se dissimulait derrière cette apparence sobre.

Elle fut profondément soulagée quand le sourire disparut et qu'il reprit son expression impassible habituelle.

— Fermez les yeux, lui rappela-t-elle. Ne pensez à rien d'autre qu'à votre souhait.

Il s'exécuta, ce qui offrit à Daisy l'occasion de l'étudier sans être soumise en retour à son regard. Il n'avait pas un visage facile à porter, pour un jeune garçon : l'ossature en était trop puissante, le nez trop long, la mâchoire obstinée.

Mais avec l'âge, Swift était devenu bel homme. Ses cils noirs, d'une épaisseur extravagante, et sa grande bouche qui trahissait une certaine sensualité avaient adouci les angles austères de son visage.

— Et maintenant ? murmura-t-il, les yeux toujours clos.

Alors qu'elle continuait de l'examiner, Daisy éprouva, horrifiée, l'envie soudaine de s'approcher et de laisser courir le bout de ses doigts sur sa joue bronzée.

— Quand une image est fixée dans votre esprit, réussit-elle à articuler, ouvrez les yeux et jetez la pièce dans le puits.

Ses paupières se relevèrent, révélant des yeux aussi brillants qu'un feu pris dans la glace.

Sans même regarder le puits, il jeta la pièce en son centre.

Daisy s'aperçut que son cœur battait aussi fort que lorsqu'elle avait lu les passages les plus scabreux des *Malheurs de Pénélope*, où une jeune fille est enlevée par un scélérat qui la séquestre dans une tour pour l'obliger à se donner à lui.

Daisy avait su que le roman était idiot tout en le lisant, mais cela n'avait diminué en rien son plaisir. Et elle avait été perversement déçue quand Pénélope avait été sauvée du déshonneur imminent par Reginald, l'insipide héros à la chevelure dorée, qui était beaucoup moins intéressant que le méchant.

Évidemment, la perspective d'être enfermée dans une tour sans un seul livre n'était pas pour lui plaire. Mais la célébration brutale que faisait le méchant des beautés de Pénélope, son désir pour elle, l'acte ignoble qu'il allait commettre avaient éveillé sa curiosité.

N'était-ce pas pure malchance que Matthew Swift possède exactement les traits qu'elle avait prêtés en imagination au séduisant scélérat ?

— Qu'avez-vous souhaité ? s'enquit-elle.

— C'est personnel.

Daisy fronça les sourcils en reconnaissant l'écho de sa propre rebuffade. Avisant son chapeau de paille posé un peu plus loin, elle alla le ramasser. Il lui fallait échapper à la présence déstabilisante de cet individu.

— Je retourne au manoir, lança-t-elle par-dessus son épaule. Bonne journée, monsieur Swift. Profitez de votre promenade.

À sa grande consternation, il la rattrapa en quelques enjambées.

— Je vous accompagne, décréta-t-il en lui emboîtant le pas.

Elle se refusa à le regarder.

— Je préférerais que vous vous en absteniez.

— Pourquoi ? Nous allons dans la même direction.

— Parce que je préfère marcher en silence.

— Dans ce cas, je resterai silencieux.

Il ne fit pas mine de ralentir l'allure. De toute évidence, sa décision était prise et il ne servait à rien d'objecter. Daisy pinça les lèvres. Le paysage – la prairie, la forêt – était aussi beau qu'auparavant, mais elle n'éprouvait plus aucun plaisir à le contempler.

Elle n'était pas surprise que Swift ne tienne pas compte de ses protestations. Il envisageait leur mariage sur le même mode, sans aucun doute. Peu importerait ce qu'elle voudrait ou demanderait. Il balaierait ses désirs d'un revers de main et ferait comme il l'entendait.

Il devait la croire aussi malléable qu'une enfant. Peut-être même qu'avec son arrogance inébranlable, il pensait qu'elle lui était reconnaissante de condescendre à l'épouser. Allait-il se donner la peine de lui demander sa main ? Il était plus probable qu'il jetterait une bague sur ses genoux et lui ordonnerait de la mettre.

Plus cette promenade pénible se prolongeait, plus Daisy devait se retenir de ne pas s'élancer en courant. Swift avait des jambes tellement plus longues qu'il faisait un pas quand elle en faisait deux. Le ressentiment commençait à former un nœud douloureux dans sa gorge.

Cette promenade symbolisait leur avenir. Elle n'aurait d'autre choix que de peiner pour avancer, tout en sachant qu'elle n'irait jamais assez vite ou assez loin pour le distancer.

Vint le moment où elle ne put plus supporter ce silence tendu.

— Est-ce vous qui avez mis cette idée dans la tête de mon père ? lâcha-t-elle.

— Quelle idée ?

— Oh, ne vous montrez pas condescendant avec moi ! répliqua-t-elle, irritée. Vous savez très bien de quoi je parle.

— Non, pas du tout.

— Le marché que vous avez conclu avec mon père. Vous voulez m'épouser pour hériter de la société.

Swift s'arrêta avec une soudaineté qui, en d'autres circonstances, aurait fait rire Daisy. On aurait dit qu'il s'était cogné dans un mur invisible. Elle s'arrêta également et, croisant les bras, pivota face à lui.

Il arborait une expression interdite.

— Je…

Sa voix était éraillée et il dut se racler la gorge avant de reprendre :

— Je ne vois absolument pas de quoi vous parlez.

— Vraiment ? demanda Daisy sans conviction.

Ainsi, sa supposition était erronée : son père n'avait pas encore exposé son plan à Swift.

Si l'on pouvait mourir de mortification, Daisy aurait expiré sur-le-champ. Elle s'était exposée à recevoir la rebuffade la plus cinglante de toute son existence. Il suffisait à Swift de dire qu'il n'aurait jamais accepté d'épouser une laissée-pour-compte.

Le bruissement des feuilles et le pépiement des oiseaux semblèrent s'intensifier dans le silence qui s'ensuivit. Même s'il était impossible de lire les pensées de Swift, Daisy devina qu'il passait vivement en revue différentes possibilités et conclusions.

— Mon père a parlé comme si tout était réglé, se défendit-elle. J'ai cru que vous en aviez discuté lors de sa dernière visite à New York.

— Il n'a jamais fait allusion à quoi que ce soit de ce genre devant moi. La pensée de vous épouser ne m'a jamais traversé l'esprit. Et je n'ai pas l'ambition d'hériter de la société.

— Vous n'avez rien d'autre que de l'ambition.

— Exact, admit-il en l'observant avec attention. Mais je n'ai pas besoin de vous épouser pour assurer mon avenir.

— Mon père semble penser que vous sauteriez sur l'occasion de devenir son gendre. Que vous éprouvez pour lui une grande affection.

— J'ai beaucoup appris avec lui, répondit-il avec la circonspection attendue.

— J'en suis certaine, répliqua Daisy en cherchant refuge derrière une expression méprisante. Il vous a enseigné beaucoup de choses dont vous avez tiré profit dans le monde des affaires. Mais aucune dont vous tirerez profit dans la vie.

— Vous n'approuvez pas les affaires de votre père ?

— Non, parce qu'il leur a donné son cœur et son âme au détriment des gens qui l'aimaient.

— Elles vous ont permis d'accéder à de nombreux avantages, souligna-t-il. Entre autres, l'opportunité d'épouser un pair du royaume.

— Je n'ai pas demandé ces avantages ! Je n'ai jamais rien voulu d'autre qu'une existence paisible.

— À vous réfugier dans une bibliothèque pour y lire ? suggéra Swift d'un ton un peu trop affable. À vous promener dans le jardin ? À jouir de la compagnie de vos amies ?

— Oui !

— Les livres coûtent cher. De même que les belles maisons avec jardin. Vous est-il venu à l'esprit que quelqu'un devait payer pour votre existence paisible ?

Cette question se rapprochait tant de l'accusation de parasite lancée par son père que Daisy tressaillit. Quand il vit sa réaction, l'expression de Swift changea. Il commença à dire quelque chose, mais elle l'interrompit avec véhémence :

— La manière dont je mène mon existence ou dont celle-ci est financée ne vous regarde pas. Je me moque de vos opinions et vous n'avez pas le droit de me les imposer.

— Je l'ai, si mon avenir doit être lié au vôtre.

— Il ne l'est pas !

— Il l'est de manière hypothétique.

Dieu que Daisy détestait les gens qui jouaient sur les mots quand ils discutaient !

— Notre mariage ne sera jamais autre chose qu'hypothétique, riposta-t-elle. Mon père m'a donné jusqu'à la fin du mois de mai pour trouver quelqu'un d'autre à épouser… et je réussirai.

Swift l'observa avec un vif intérêt.

— Je devine le genre d'homme que vous recherchez. Blond, aristocratique, sensible, de caractère joyeux et disposant de loisirs suffisants pour s'adonner à ses distractions de gentleman…

— Oui, coupa Daisy en se demandant pourquoi sa description paraissait aussi niaise.

— C'est bien ce que je pensais, dit-il avec une suffisance qui l'exaspéra. La seule raison envisageable pour laquelle une fille dotée de votre physique a traversé trois saisons sans se fiancer est que vos exigences sont démesurées. Vous ne voulez rien d'autre que l'homme idéal. C'est pourquoi votre père est obligé de vous mettre au pied du mur.

Daisy fut momentanément distraite par les mots « une fille dotée de votre physique ». Comme si elle était une grande beauté. Concluant qu'il ne pouvait s'agir que d'un sarcasme, elle s'échauffa davantage.

— Je n'aspire pas à épouser l'homme idéal, répliqua-t-elle entre ses dents.

À la différence de sa sœur aînée, qui jurait avec une aisance confondante, elle éprouvait de la difficulté à parler quand elle était en colère.

— Je suis tout à fait consciente qu'il n'existe pas.

— Dans ce cas, pourquoi n'avez-vous trouvé personne alors que même votre sœur a réussi à décrocher un mari ?

— Que voulez-vous dire par « même votre sœur » ?

— « Épouse Lillian, c'est un million que tu gagnes. »

Cette épigramme insultante avait provoqué de nombreuses railleries amusées dans les cercles huppés de la bonne société new-yorkaise.

— Pourquoi croyez-vous que personne à New York ne s'est jamais proposé d'épouser votre sœur malgré sa dot colossale ? Elle représente le pire cauchemar d'un homme.

Ce fut la goutte d'eau qui fit déborder le vase.

— Ma sœur est un *joyau* et Westcliff a eu le bon goût de s'en apercevoir. Il aurait pu épouser n'importe qui, mais c'est elle qu'il a voulue. Je vous mets au défi de répéter ce que vous pensez d'elle devant le comte !

Sur ce, Daisy pivota abruptement et poursuivit son chemin au pas de charge, marchant aussi vite que le lui permettait la longueur modeste de ses jambes.

Swift se maintint à sa hauteur sans difficulté, les mains nonchalamment enfoncées dans les poches.

— Fin mai… murmura-t-il d'un ton songeur, pas le moins du monde essoufflé malgré leur allure. Cela fait un peu moins de deux mois. Comment comptez-vous trouver un soupirant dans ce laps de temps ?

— S'il le faut, je me planterai sur un trottoir avec une pancarte autour du cou.

— Mes vœux de succès les plus sincères, mademoiselle Bowman. Le cas échéant, je ne suis pas certain de vouloir être gagnant par défaut.

— Vous ne le serez pas ! Soyez rassuré, monsieur Swift, rien au monde ne me contraindra jamais à vous épouser. Je suis désolée pour la pauvre femme qui finira avec vous – je ne vois pas qui mériterait d'avoir pour mari un homme d'une froideur et d'une suffisance…

— Attendez, coupa-t-il d'un ton radouci, peut-être dans une tentative de conciliation. Daisy…

— Ne m'appelez pas par mon prénom !

— Vous avez raison. C'était inconvenant de ma part. Je vous demande pardon. Ce que je voulais dire, mademoiselle Bowman, c'est que l'hostilité n'est pas de mise. Nous sommes face à un problème qui a de lourdes conséquences pour tous les deux. Je pense que nous pouvons nous arranger pour nous montrer polis l'un envers l'autre le temps de trouver une solution acceptable.

— Il n'y a qu'une solution, rétorqua Daisy d'un ton lugubre. Vous devez dire à mon père que vous refusez catégoriquement de m'épouser sous quelque condition que ce soit. Si vous me promettez cela, j'essaierai de me montrer polie avec vous.

Swift s'arrêta, obligeant Daisy à l'imiter. Tournée vers lui, elle attendit, les sourcils arqués. Dieu sait que cette promesse ne lui coûterait rien, vu ce qu'il avait déclaré un peu plus tôt. Mais il lui adressa un regard indéchiffrable, les mains toujours dans les poches, parfaitement immobile. Il paraissait écouter quelque chose.

Il la parcourut ensuite d'un regard ouvertement évaluateur, et la lueur étrange dans ses yeux arracha un frisson à Daisy. En vérité, on eût dit un tigre guettant sa proie. Elle lui rendit son regard, tentant désespérément de deviner le fonctionnement de son esprit. Tout ce qu'elle discerna, ce fut une ombre d'amusement mêlée à une faim déconcertante. Mais il avait faim de *quoi* ? Pas d'elle, certainement.

— Non, dit-il à voix basse, comme pour lui-même.

Daisy secoua la tête, déroutée. Elle dut humecter ses lèvres sèches du bout de la langue avant d'être capable de parler. Il suivit du regard ce mouvement minuscule, ce qui ne manqua pas de la troubler.

— Est-ce un « non » comme dans… « Non, je ne vous épouserai pas » ? hasarda-t-elle.

— C'est un « non » comme dans… « Non, je ne vous promettrai pas de ne pas vous épouser. »

Sur ce, Swift passa devant elle et se dirigea vers le manoir, ne lui laissant d'autre recours que de trottiner derrière lui.

— Il essaye de te torturer, affirma Lillian d'un ton dégoûté quand Daisy lui raconta toute l'histoire, un peu plus tard.

Elles étaient assises dans le salon privé du manoir, qui se trouvait à l'étage, avec leurs deux plus proches amies, Annabelle Hunt et Evangeline, lady Saint-Vincent. Toutes les quatre s'étaient rencontrées deux ans plus tôt alors que, pour des raisons variées, elles ne parvenaient pas à convaincre le moindre gentleman célibataire de se déclarer.

Une croyance répandue dans la société victorienne voulait que les femmes, de nature versatile et dotées d'une intelligence limitée, ne puissent entretenir des amitiés de la même qualité que les hommes. Seuls les hommes pouvaient se montrer loyaux entre eux, et cultiver des relations nobles et vraiment honnêtes.

Des bêtises, aux yeux de Daisy. Les autres laissées-pour-compte et elle. – enfin, les ex-laissées pour compte – avaient tissé un lien profond, fondé sur la confiance et l'affection. Elles se venaient en aide mutuellement, elles s'encourageaient sans qu'il soit jamais question de rivalité ou de jalousie. Daisy aimait Annabelle et Evangeline presque autant qu'elle aimait Lillian. Elle se voyait très bien avec elles, dans leurs vieux jours, en train de radoter sur leurs petits-enfants tout en grignotant des biscuits et en buvant du thé, ou voyageant ensemble, escouade de vieilles dames à la chevelure argentée et à la langue acérée.

— Que M. Swift n'ait pas été au courant, je n'y crois pas une seconde, continua Lillian. C'est un menteur, et il est de mèche avec père. Il est évident qu'il veut hériter de la société.

Lillian et Evangeline se tenaient dans des fauteuils recouverts de brocart, près des fenêtres, alors que Daisy et Annabelle étaient assises par terre, entourées par la masse colorée de leurs jupes. Une petite fille potelée, aux épaisses boucles brunes, se déplaçait à quatre pattes entre elles et s'arrêtait de temps à autre, le front plissé par la concentration, pour saisir quelque chose sur le tapis entre ses doigts minuscules.

Isabelle, née une dizaine de mois auparavant, était le bébé d'Annabelle et de Simon Hunt. Il n'existait sans doute pas d'enfant au monde plus adoré par toute la maisonnée, y compris son père.

Contrairement à toute attente, l'homme viril qu'était M. Hunt n'avait pas du tout été déçu que son premier-né fût une fille. Il vénérait l'enfant et ne montrait aucune réticence à la tenir dans ses bras en public, gazouillant comme peu de pères l'auraient osé. Hunt avait même recommandé à Annabelle de lui donner d'autres filles dans les années à venir car, prétendait-il avec malice, il avait toujours eu l'ambition d'être aimé par de nombreuses femmes.

Comme on pouvait s'y attendre, le bébé était exceptionnellement beau. Il aurait été physiquement impossible, pour Annabelle, de donner naissance à une créature rien moins que spectaculaire.

Daisy souleva le petit corps solide et remuant d'Isabelle, enfouit le nez dans son cou tiède, puis la reposa sur le tapis.

— Vous auriez dû l'entendre, dit-elle. Swift est d'une arrogance incroyable. Il prétend que c'est uniquement ma faute si je ne suis toujours pas mariée. D'après lui, j'ai dû mettre la barre trop haut. Et il m'a sermonnée sur le coût de mes livres, et m'a dit que quelqu'un devait payer pour mon style de vie dispendieux.

— Il n'a pas eu ce culot! s'exclama Lillian, dont le visage s'empourpra de colère.

Daisy regretta immédiatement ses paroles. Le médecin de famille avait recommandé que rien ne contrarie Lillian alors qu'elle s'apprêtait à entrer dans son dernier mois de grossesse. Elle avait été enceinte l'année précédente, mais avait fait une fausse couche précoce, surprenante si l'on considérait sa robustesse physique.

Lillian avait eu beaucoup de mal à se remettre de cette perte. Le médecin avait eu beau lui assurer qu'elle n'y était pour rien, elle avait été mélancolique pendant des semaines. Mais avec le soutien inébranlable de Westcliff et le dévouement affectueux de ses amies, elle avait peu à peu recouvré son entrain habituel.

Depuis qu'elle était de nouveau enceinte, elle se montrait très raisonnable de crainte d'une autre fausse couche. Malheureusement, elle n'appartenait pas à cette catégorie de femmes que la grossesse épanouit. Elle était souvent nauséeuse, de mauvaise humeur, et s'irritait contre les contraintes imposées par son état.

— Je ne tolérerai pas ça ! s'écria-t-elle. Il est hors de question que tu épouses Matthew Swift. Et j'enverrai père au diable si jamais il essaye de t'emmener loin d'ici !

Toujours assise sur le sol, Daisy leva la main pour la poser sur le genou de sa sœur aînée en un geste d'apaisement. Les yeux fixés sur le visage bouleversé de Lillian, elle se força à esquisser un sourire rassurant.

— Tout ira bien, affirma-t-elle. Nous trouverons une solution. Nous n'avons pas le choix.

Elles avaient été trop proches pendant de trop nombreuses années. En l'absence d'affection de la part de leurs parents, Lillian et Daisy avaient été l'une pour l'autre l'unique source d'amour et de soutien depuis toujours.

Evangeline, la moins bavarde des quatre amies, s'exprimait avec un léger bégaiement qui apparaissait chaque fois qu'elle était nerveuse ou en proie à une violente émotion. Lors de leur rencontre, deux ans auparavant, son bégaiement était si sévère que converser avec elle était une véritable épreuve. Mais depuis qu'elle avait quitté sa famille indigne et épousé lord Saint-Vincent, elle était beaucoup plus sûre d'elle.

— Est-ce que M. Swi... Swift accepterait vraiment d'épouser une femme qu'il n'aurait pas lui-même choisie ?

Elle repoussa une boucle d'un roux flamboyant qui lui tombait sur le front avant de continuer :

— S'il a dit la vérité – que sa situation financière est d'ores et dé... déjà solide –, il n'a aucune raison d'épouser Daisy.

— Il ne s'agit pas que d'un problème d'argent, fit remarquer Lillian en s'agitant dans son fauteuil pour trouver une position plus confortable.

Les mains reposant sur la courbe proéminente de son ventre, elle enchaîna :

— Père a fait de Swift son fils de substitution, puisque aucun de nos frères n'a tourné comme il le voulait.

— Comme il le voulait ? répéta Annabelle, perplexe.

Elle se pencha pour déposer un baiser sur les minuscules orteils de sa fille, lui arrachant un gloussement.

— Dévoué corps et âme à l'entreprise, expliqua Lillian. Efficace, impitoyable et sans scrupules. Un homme qui fera passer ses affaires avant toute autre chose dans sa vie. C'est un langage qu'ils parlent tous les deux, père et M. Swift. Notre frère Ransom a essayé de se faire une place dans la société familiale, mais père lui oppose toujours M. Swift.

— Et c'est toujours M. Swift qui gagne, précisa Daisy. Pauvre Ransom.

— Nos deux autres frères n'ont même pas essayé.

— Mais… et le vrai père de M. Swift ? demanda Evangeline. Il n'a pas d'objection à ce que son fils devienne de facto le fils d'un autre ?

— Eh bien, ça a toujours été un peu étrange, avoua Daisy. M. Swift est issu d'une famille très connue de la Nouvelle-Angleterre. Les Swift faisaient partie de la colonie fondée à Plymouth et certains sont arrivés à Boston au début du XVIIe siècle. Ils ont des ancêtres fort distingués, mais rares sont les Swift à avoir réussi à conserver leur fortune. Comme dit toujours père, il faut une génération pour la bâtir, une deuxième pour la dépenser, et il ne reste que le nom à la troisième. Bien entendu, quand on parle des vieilles familles bostoniennes, le processus demande dix générations au lieu de trois – ils sont tellement plus lents pour tout…

— Tu t'égares, ma chérie, intervint Lillian. Reviens à nos moutons.

— Désolée, fit Daisy avec un bref sourire. Eh bien, nous soupçonnons qu'il y a eu une dispute entre M. Swift et ses proches, car il ne parle pratiquement jamais d'eux. Et il se rend rarement dans le Massachusetts pour leur rendre visite. Alors, même si le père de M. Swift n'approuve pas que son fils s'incruste dans une autre famille, nous n'en saurons jamais rien.

Les quatre jeunes femmes examinèrent la situation en silence pendant quelques instants.

— Nous trouverons quelqu'un pour Daisy, déclara Evangeline. Maintenant que nous sommes libres de chercher en dehors de l'aristocratie, nous aurons moins de difficultés. Il y a tant de gentlemen acceptables, issus de bonnes familles à défaut de posséder un titre…

— M. Hunt a de nombreux célibataires parmi ses connaissances, assura Annabelle. Il pourrait t'en présenter un grand nombre.

— Je te remercie, dit Daisy, mais je n'aime pas l'idée d'épouser un homme d'affaires. Je ne pourrais jamais être heureuse avec un industriel sans âme. Cela ne concerne pas M. Hunt, bien sûr, ajouta-t-elle d'un ton contrit.

Annabelle se mit à rire.

— Je ne traiterais pas tous les hommes d'affaires d'industriels sans âme. M. Hunt peut se montrer assez sensible et émotif à l'occasion.

Les autres la regardèrent d'un air dubitatif. Difficile d'imaginer le grand mari aux traits rudes d'Annabelle doué de sensibilité. M. Hunt était intelligent et charmant, mais il semblait aussi imperméable à l'émotion qu'un éléphant au bourdonnement d'un moustique.

— Il nous faudra te croire sur parole, déclara Lillian. Pour revenir à notre sujet… Evangeline, pourrais-tu demander à lord Saint-Vincent s'il connaît un gentleman susceptible de convenir à Daisy ? Il devrait être capable de trouver un spécimen convenable. Dieu sait qu'il possède tous les renseignements imaginables sur chaque homme du royaume possédant deux sous en poche.

— Je le lui demanderai, répondit Evangeline. Je suis certaine que nous pouvons trouver des candidats corrects.

Propriétaire de Jenner's, le club de jeux huppé fondé par le père d'Evangeline de nombreuses années auparavant, lord Saint-Vincent dirigeait l'établissement d'une main de fer. Il tenait méticuleusement à jour les dossiers sur la vie privée et les finances de chacun de ses membres. Sous sa direction, Jenner's connaissait un succès jamais égalé.

— Merci, fit Daisy, dont les pensées s'égarèrent du côté du club. Je me demandais… Crois-tu que lord Saint-Vincent pourrait en découvrir plus sur le mystérieux passé de M. Rohan ? Peut-être est-ce un lord irlandais dont on a perdu la trace ou quelque chose de ce genre…

Un bref silence s'abattit dans la pièce tel un tourbillon de minuscules flocons de neige. Daisy eut conscience des regards significatifs qu'échangeaient sa sœur et ses amies. Elle leur en voulut, soudain, et s'en voulut encore plus à elle-même. Pourquoi diable avait-elle fait allusion à l'homme qui aidait à la gestion du club de jeux ?

Rohan était un jeune homme à moitié gitan, aux cheveux noirs et aux yeux dorés étincelants.

Lors de leur unique rencontre, il lui avait volé un baiser. Trois baisers, pour être plus précise, et ç'avait été de loin l'expérience la plus érotique de toute sa vie. Sa seule expérience érotique, d'ailleurs.

Rohan l'avait embrassée comme si elle était une femme faite – et non la jeune sœur d'une autre –, avec une sensualité persuasive qui lui avait laissé entrevoir toutes les choses interdites auxquelles mènent les baisers. Elle aurait dû le gifler. Au lieu de cela, elle avait rêvé de ces baisers au moins cent mille fois.

— Je ne le pense pas, ma chérie, dit Evangeline avec douceur.

Daisy lui adressa un sourire trop éclatant, comme si elle venait de faire une plaisanterie.

— Oh, bien sûr que non ! Mais tu connais mon imagination… elle s'empare du moindre petit mystère.

— Nous devons rester concentrées sur ce qui est important, Daisy, lui rappela Lillian avec sévérité. Pas de délires et pas d'histoires… et on ne pense plus à Rohan. Il n'est qu'une distraction.

Daisy faillit lui répondre de manière cinglante, comme chaque fois qu'elle se montrait autoritaire. Toutefois, quand elle croisa le regard de sa sœur, l'étincelle de panique qu'elle y décela la remplit d'un amour protecteur.

— Tu as raison, dit-elle, s'obligeant à sourire. Tu n'as pas besoin de t'inquiéter, tu sais. Je ferai tout ce qu'il faudra pour rester ici avec toi. Même épouser un homme que je n'aime pas.

Il y eut un autre silence. Ce fut Evangeline qui le rompit.

— Nous trouverons un homme que tu pourras aimer, Daisy. En espérant qu'une affection mutuelle se développera avec le temps.

Un petit sourire ironique retroussa ses lèvres pleines.

— Ça se passe ainsi quelquefois.

3

Le marché que vous avez conclu avec mon père...

L'écho de la voix de Daisy résonna dans l'esprit de Matthew longtemps après qu'ils se furent séparés. Il avait bien l'intention de prendre Thomas Bowman à part à la première occasion pour lui demander ce que diable cela signifiait. Malheureusement, dans l'effervescence de l'arrivée des invités, ce moment ne se présenterait pas avant le soir.

Le vieux Bowman s'était-il vraiment mis en tête de l'apparier avec Daisy ? Seigneur ! Au fil des ans, Matthew avait consacré de nombreuses pensées à Daisy Bowman, mais aucune n'avait à voir avec le mariage. C'était tellement loin du domaine des possibles que cela ne valait même pas la peine d'y songer. Aussi Matthew ne l'avait-il jamais embrassée, n'avait jamais dansé avec elle, ne l'avait même jamais accompagnée en promenade. Il savait trop bien quel désastre en résulterait.

Les secrets de son passé hantaient son présent et compromettaient son avenir. Il n'oubliait jamais que l'identité qu'il s'était créée pouvait voler en éclats à chaque instant. Il suffirait qu'une personne additionne deux et deux… qu'une personne le reconnaisse pour ce qu'il était en réalité. Daisy méritait un mari honnête et intègre, non un individu ayant bâti sa vie sur des mensonges.

Ce qui n'empêchait pas Matthew de la désirer. Il l'avait toujours désirée, avec une intensité qui semblait sourdre par tous les pores de sa peau. Elle était douce, gentille, inventive, excessivement raisonnable et pourtant absurdement romantique, ses yeux sombres étincelants emplis de rêves. Il lui arrivait de se montrer maladroite quand elle était trop absorbée par ses pensées pour prêter attention à ce qu'elle faisait. Elle arrivait souvent en retard au dîner parce qu'elle était plongée dans sa lecture. Elle perdait souvent son dé à coudre, ses mules ou ses crayons. Et elle adorait contempler les étoiles. Jamais il n'oublierait la vue de Daisy accoudée au balcon, une nuit, son profil mutin levé vers le ciel nocturne. Il avait été pris d'un désir brûlant de la rejoindre et de l'embrasser à perdre la tête.

Il s'était imaginé au lit avec elle bien plus souvent qu'il n'aurait dû. Si un tel événement avait pu se produire, il se serait montré si doux… Il l'aurait adorée, aurait fait tout et n'importe quoi pour lui donner du plaisir. Il rêvait d'une intimité qui lui permettrait de prendre ses cheveux dans ses mains, de sentir sous ses paumes la saillie délicate de ses hanches, d'éprouver la douceur de ses épaules sous ses lèvres. De soutenir le poids de son corps endormi entre ses bras. Il voulait tout cela, et tellement plus…

Que personne n'ait jamais deviné ses sentiments lui semblait surprenant. Daisy aurait dû s'en apercevoir chaque fois qu'elle le regardait. Heureusement pour lui, ce n'était jamais arrivé. Elle l'avait toujours ignoré, le considérant comme un rouage quelconque dans la société de son père, et il s'en était félicité.

Quelque chose avait changé, cependant. Il repensa à la manière dont Daisy l'avait fixé un peu plus tôt dans la journée et à son expression stupéfaite. Son apparence était-elle donc si différente ?

La tête ailleurs, il enfouit les mains dans ses poches et se dirigea vers le manoir. Il n'accordait d'attention à son apparence physique que pour s'assurer que ses cheveux étaient coupés et son visage rasé. L'éducation sévère reçue en Nouvelle-Angleterre étouffait toute étincelle de vanité, les Bostoniens haïssant la suffisance et s'évertuant à éviter tout ce qui était nouveau et à la mode.

Toutefois, au cours des deux dernières années, Thomas Bowman avait insisté pour qu'il se rende chez son tailleur de Park Avenue, se fasse coiffer chez un coiffeur plutôt qu'un barbier et, de temps à autre, aille même jusqu'à confier ses ongles à une manucure comme il convenait à un gentleman de sa position. Bowman l'avait aussi incité à engager une cuisinière et une gouvernante, ce qui signifiait qu'il était mieux nourri depuis quelque temps. Tout cela, ajouté à la perte des derniers vestiges de sa prime jeunesse, lui conférait une maturité nouvelle. Il se demanda si cela plaisait à Daisy, et se maudit aussitôt de s'en inquiéter.

Mais la manière dont elle l'avait regardé aujourd'hui… comme si elle le voyait, le remarquait vraiment, pour la première fois…

Jamais elle ne lui avait accordé un tel regard lors de ses visites dans la maison que les Bowman occupaient sur la Cinquième Avenue. Il se remémora cette première fois où il avait rencontré Daisy, lors d'un dîner auquel seule la famille était présente.

La salle à manger luxueuse étincelait à la lueur d'un lustre de cristal qui éclaboussait de lumière les murs recouverts de papier peint à motifs dorés. Quatre énormes miroirs s'alignaient le long de l'un d'eux, d'une taille comme il n'en avait jamais vu.

Deux des fils Bowman assistaient au repas – des jeunes gens solides qui pesaient facilement deux fois son poids. Mercedes et Thomas se tenaient à chaque extrémité de la table. Les deux filles, Lillian et Daisy, placées sur l'un des côtés, avaient discrètement rapproché leur assiette et leur chaise l'une de l'autre. Thomas Bowman entretenait des relations difficiles avec ses filles : soit il les ignorait, soit il les accablait de critiques mordantes. L'aînée, Lillian, lui répondait avec une effronterie maussade.

Mais Daisy, âgée d'une quinzaine d'années, considérait son père d'un air scrutateur plutôt joyeux, qui semblait agacer ce dernier au-delà du supportable. Rien qu'à la regarder, Matthew avait envie de sourire. Avec sa peau d'une pâleur lumineuse, ses yeux exotiques couleur cannelle et son expression pleine de vivacité, Daisy Bowman semblait sortir d'une forêt enchantée peuplée de créatures mythiques.

Il ne fallut pas longtemps à Matthew pour deviner que toute conversation à laquelle Daisy prenait part était susceptible de dévier d'une manière charmante et inattendue. Il avait été secrètement amusé quand Thomas Bowman avait réprimandé Daisy devant tout le monde pour sa dernière sottise.

Apparemment, la maison avait été récemment envahie par des souris parce qu'aucun des pièges posés n'avait fonctionné. L'une des domestiques avait rapporté que Daisy se promenait la nuit en cognant délibérément les pièges pour les désamorcer et sauver ainsi la vie des souris.

— Est-ce vrai ? avait tonné Thomas Bowman en fixant sur sa fille un regard courroucé.

— Cela se pourrait. Mais il y a une autre explication.

— Et quelle est-elle ? avait demandé Bowman avec impatience.

— Je crois que nous hébergeons les souris les plus intelligentes de New York ! avait-elle répondu comme si elle s'en félicitait.

À dater de ce jour-là, Matthew n'avait jamais refusé une invitation chez les Bowman. Non pas simplement parce que cela faisait plaisir à Bowman, mais parce que cela lui fournissait une occasion de voir Daisy. Il lui avait jeté autant de regards furtifs qu'il avait pu, sachant qu'il n'aurait jamais rien d'autre d'elle. Les moments qu'il avait passés en sa compagnie, malgré la froideur polie qu'elle lui témoignait, avaient été les seuls de son existence où il s'était senti presque heureux.

S'obligeant à revenir au présent, Matthew pénétra dans le manoir. Il ne s'était jamais rendu à l'étranger auparavant, mais c'était exactement ainsi qu'il s'était imaginé l'Angleterre, avec ces magnifiques jardins encadrés de collines verdoyantes et ce village pittoresque blotti au pied du somptueux domaine.

La maison et son mobilier étaient anciens et confortablement patinés par l'usage, mais il avait l'impression d'apercevoir dans chaque recoin un vase précieux, une statue ou un tableau qu'il avait vus reproduits dans des livres d'histoire de l'art. Il y avait sans doute quelques courants d'air l'hiver, cependant, vu l'abondance de cheminées, de tapis épais et de rideaux de velours, vivre à Stony Cross Manor devait être tout à fait supportable.

Quand Thomas Bowman, ou plutôt son secrétaire, avait écrit à Matthew qu'on avait besoin de lui pour superviser l'implantation d'une succursale de la savonnerie en Angleterre, sa première réaction avait été de refuser. Non que le défi et les responsabilités ne l'auraient pas enchanté. Mais se retrouver à proximité de Daisy – dans le même pays, en vérité – lui semblait trop difficile à supporter. En sa présence, il avait l'impression d'être percé de flèches, et l'avenir n'aurait donc été qu'une interminable torture.

C'étaient les dernières lignes du secrétaire, consacrées aux nouvelles de la famille Bowman, qui avaient retenu l'attention de Matthew.

En privé, on émet des doutes sur le fait que la plus jeune des demoiselles Bowman parvienne à trouver un gentleman convenable à épouser. En conséquence, M. Bowman a décidé de la ramener à New York si elle n'est toujours pas fiancée à la fin du printemps…

Matthew s'était donc retrouvé face à un dilemme. Si Daisy rentrait à New York, il partait pour l'Angleterre. Et sur-le-champ ! Au terme de ses réflexions, il avait résolu d'accepter le poste à Bristol et d'attendre de voir si Daisy réussissait à attraper un mari. Le cas échéant, il se trouverait un remplaçant et retournerait à New York.

Tant qu'un océan les séparerait, tout irait bien.

Comme Matthew traversait le hall d'honneur, il aperçut lord Westcliff. Le comte était en compagnie d'un grand brun qui, malgré l'élégance de sa tenue, n'était pas sans rappeler un pirate. Matthew devina qu'il s'agissait de Simon Hunt, l'associé de Westcliff et, d'après ce qu'il avait entendu, son meilleur ami. Malgré ses succès financiers – considérables selon toutes les sources –, Hunt était né fils de boucher, sans aucun lien avec l'aristocratie.

— Monsieur Swift, dit Westcliff avec aisance quand ils se rencontrèrent au pied du grand escalier, il semblerait que vous soyez rentré tôt de votre promenade. J'espère que la vue était plaisante.

— La vue était magnifique, milord, répondit Matthew. Je me promets beaucoup de plaisir à explorer le domaine. Si je suis revenu tôt, c'est parce que j'ai rencontré Mlle Bowman.

Le visage de Westcliff demeura impassible.

— Ah. J'imagine que ce fut une surprise pour Mlle Bowman.

« Et pas une bonne », crut percevoir Matthew dans le ton du comte. Il soutint son regard sans ciller. L'un de ses talents les plus précieux était sa capacité à déchiffrer les altérations les plus infimes dans l'expression ou dans l'attitude qui trahissaient les pensées d'une personne. Mais Westcliff possédait une maîtrise de soi inhabituelle. Swift en resta admiratif.

— Je crois pouvoir dire sans me tromper que ce ne fut pas la seule surprise réservée à Mlle Bowman récemment, répliqua-t-il, en une tentative délibérée pour savoir si Westcliff était au courant d'un éventuel mariage arrangé avec Daisy.

Le comte ne répondit que d'un imperceptible haussement de sourcils, comme s'il trouvait la remarque intéressante mais qu'elle n'appelait pas de réponse. Sapristi ! songea Matthew avec une admiration grandissante.

Westcliff se tourna vers l'homme brun qui se tenait à son côté.

— Hunt, j'aimerais te présenter Matthew Swift – l'Américain dont je t'ai parlé un peu plus tôt. Swift, je vous présente M. Simon Hunt.

Ils échangèrent une poignée de main ferme. Hunt avait cinq ou six ans de plus que Matthew et l'apparence d'un homme sur les pieds duquel il valait mieux ne pas marcher. On le disait audacieux, sûr de lui, et enclin à fustiger les prétentions et les affectations de la classe supérieure.

— J'ai eu des échos de votre réussite avec Consolidated Locomotive Works, lui dit Matthew. À New York, on montre beaucoup d'intérêt pour la manière dont vous avez associé le savoir-faire britannique et les méthodes de production américaines.

Hunt eut un sourire ironique.

— J'aimerais certes en accepter tout le crédit, mais la modestie m'oblige à révéler que Westcliff y a sa part. Son beau-frère américain et lui sont associés.

— De toute évidence, cette association est un grand succès, fit remarquer Matthew.

Hunt se tourna vers Westcliff.

— Il a un talent certain pour la flatterie. Pouvons-nous l'engager ?

Westcliff eut un demi-sourire amusé.

— Je crains fort que mon beau-père n'élève une objection. Les talents de M. Swift sont requis pour construire une usine et implanter une succursale de sa société à Bristol.

Matthew décida d'orienter la conversation dans une autre direction.

— J'ai lu des articles sur les velléités du Parlement de nationaliser l'industrie ferroviaire de

Bristol, dit-il à Westcliff. Je serais intéressé de savoir ce que vous en pensez, milord.

— Seigneur tout-puissant, ne le lancez pas sur ce sujet ! intervint Hunt.

Un pli s'était creusé sur le front de Westcliff.

— Que le gouvernement prenne le contrôle de l'industrie, c'est bien la dernière chose dont le pays a besoin. Que Dieu nous préserve d'une interférence accrue des politiques ! Le gouvernement dirigerait les chemins de fer avec autant d'inefficacité que tout le reste. Et le monopole étoufferait toute tentative de compétitivité, ce qui aurait pour conséquence une hausse des taxes, sans compter…

— Sans compter, l'interrompit Hunt d'un air narquois, que Westcliff et moi ne voulons pas que le gouvernement supprime nos futurs bénéfices.

Westcliff lui jeta un regard sévère.

— Il se trouve que j'ai l'intérêt du pays à cœur.

— Quelle chance que, dans ce cas précis, ce qui est mieux pour le pays se trouve aussi être ce qui est mieux pour toi.

Matthew réprima un sourire. Après avoir levé les yeux de ciel, Westcliff se tourna vers lui.

— Comme vous pouvez le constater, M. Hunt ne manque pas une occasion de se moquer de moi.

— Je me moque de tout le monde, répliqua Hunt. Il se trouve simplement que tu es la cible la plus proche.

— Hunt et moi allons sur la terrasse, à l'arrière, pour un cigare. Vous voulez vous joindre à nous ? proposa Westcliff à Matthew.

Ce dernier secoua la tête.

— Je ne fume pas.

— Moi non plus, dit Westcliff d'un ton mélancolique. J'avais pour habitude de m'offrir un bon cigare de temps à autre mais, malheureusement, la comtesse ne supporte pas l'odeur du tabac dans son état.

Il fallut quelques secondes à Matthew pour se souvenir que « la comtesse » désignait Lillian Bowman. Comme il était étrange que la jeune femme drôle, impétueuse et forte tête fût désormais lady Westcliff.

— Vous et moi discuterons pendant que Hunt fumera son cigare, déclara Westcliff. Venez avec nous.

Cette « invitation » ne semblait pas souffrir de refus. Matthew essaya néanmoins.

— Je vous remercie, milord, mais je dois m'entretenir d'un certain sujet avec quelqu'un, et je…

— Ce quelqu'un doit être M. Bowman, j'imagine.

Sapristi ! Il savait ! Indépendamment des paroles que Westcliff venait de prononcer, Matthew aurait pu le dire à la manière dont il le regardait. Westcliff savait que Bowman avait l'intention de le marier à Daisy et, bien évidemment, il avait une opinion à ce sujet.

— Vous en discuterez avec moi d'abord, continua le comte.

Matthew jeta un coup d'œil circonspect à Simon Hunt.

— M. Hunt n'a sans doute pas envie de supporter une discussion sur les affaires personnelles de…

— Au contraire, dit Hunt avec entrain. J'adore entendre parler des affaires des autres. Surtout quand elles sont personnelles.

Tous trois gagnèrent la grande terrasse qui surplombait les jardins impeccablement entretenus. Des allées de gravier et des haies taillées avec soin en dessinaient les différentes parties ; un peu plus loin, on distinguait un verger planté de poiriers anciens. Un parfum de fleurs flottait dans la brise, et l'on percevait le chuchotement de la rivière en contrebas, mêlé au bruissement du vent dans les arbres.

Après s'être assis à une table, Matthew s'obligea à se détendre. Westcliff et lui regardèrent Simon Hunt couper l'extrémité d'un cigare avec un couteau de poche. Matthew resta silencieux, attendant patiemment que Westcliff s'exprime le premier.

— Depuis quand connaissez-vous les intentions de Bowman en ce qui concerne un mariage entre Daisy et vous ? demanda celui-ci sans préambule.

— Approximativement une heure et quinze minutes, répondit Matthew sans hésiter.

— Ce n'était donc pas votre idée ?

— Pas du tout, assura Matthew.

S'adossant à son fauteuil, le comte croisa les doigts sur son ventre plat et l'observa, les yeux étrécis.

— Vous avez beaucoup à gagner à un tel arrangement.

— Milord, si j'ai un talent dans la vie, c'est celui de faire de l'argent. Je n'ai pas besoin de me marier pour en avoir.

— Je suis heureux de l'entendre, répliqua le comte. J'ai une autre question à vous poser mais, d'abord, je voudrais que ma position soit bien claire. J'éprouve une grande affection pour ma belle-sœur et je considère qu'elle est sous ma protection. Connaissant bien les Bowman, vous savez sans doute combien la comtesse et sa sœur sont proches. Si quelque chose devait rendre Daisy malheureuse, ma femme en souffrirait… et je ne le permettrai pas.

— Compris, se contenta de dire Matthew.

Quelle cruelle ironie qu'on essaye de l'écarter de Daisy alors qu'il était déjà résolu à faire tout ce qui était en son pouvoir pour éviter de l'épouser ! Il fut tenté de dire à Westcliff d'aller au diable, mais s'en abstint et s'obligea à rester impassible.

— Daisy possède une personnalité rare, poursuivit Westcliff. Une nature aimante et romantique. Si on l'oblige à un mariage sans amour, elle sera anéantie. Elle mérite un mari qui la chérira pour tout ce qu'elle est et la protégera des réalités les plus dures de l'existence. Un mari qui lui permettra de rêver.

Il était certes surprenant d'entendre une telle déclaration dans la bouche de Westcliff, un homme universellement connu pour être pondéré et pragmatique.

— Quelle est votre question, milord ? demanda Matthew.

— Me donnerez-vous votre parole de ne pas épouser ma belle-sœur ?

Matthew soutint le regard froid du comte. Il ne serait pas avisé de contrarier un homme tel que Westcliff, qui n'était pas accoutumé à être contredit.

Mais Matthew avait supporté pendant des années les vociférations et les emportements de Thomas Bowman, l'affrontant là où d'autres auraient fui sa colère. Et bien que Bowman pût se montrer un tyran impitoyable et sarcastique, il n'y avait rien qu'il respectait plus qu'un homme prêt à lui tenir tête. Aussi Matthew s'était-il vite vu attribuer dans la société le rôle de celui qui annonçait les mauvaises nouvelles ou assenait les vérités que les autres craignaient de lui apprendre.

Fort d'un tel entraînement, il demeura imperméable à la tentative d'intimidation de Westcliff.

— J'ai bien peur que non, milord, répondit-il poliment.

Simon Hunt en laissa tomber son cigare.

— Vous n'allez pas me donner votre parole ? fit Westcliff, incrédule.

— Non.

D'un mouvement vif, Matthew se baissa pour ramasser le cigare. Quand il le tendit à Hunt, une lueur d'avertissement s'alluma dans le regard de celui-ci, comme s'il essayait en silence de l'empêcher de sauter d'une falaise.

— Et pourquoi ? voulut savoir Westcliff. Parce que vous ne voulez pas perdre votre position auprès de Bowman ?

— Non, il ne peut se permettre de me perdre pour le moment, dit Matthew avec un léger sourire, pour tenter d'adoucir ce que sa réponse avait d'arrogante. J'en connais plus sur la production, l'administration et la commercialisation que n'importe qui d'autre chez Bowman... et j'ai gagné sa confiance. En conséquence, je ne serai pas renvoyé, même si je refuse d'épouser sa fille.

— Dans ce cas, il est assez facile pour vous de régler le problème, déclara le comte. Je veux votre parole, Swift. *Maintenant.*

Un homme plus pusillanime se serait laissé intimider par l'exigence pleine d'autorité de Westcliff.

— Je pourrais l'envisager si vous m'offriez une contrepartie intéressante, contra Matthew froidement. Par exemple, si vous promettiez de soutenir ma nomination en tant que directeur de la succursale tout entière, avec la promesse que je garderais ce poste pendant au moins, disons... trois ans.

Westcliff le dévisagea avec incrédulité.

Ce fut Simon Hunt qui rompit le silence tendu en rugissant de rire.

— Ma parole, il ne manque pas de culot ! s'exclama-t-il. Écoute bien ce que je vais te dire, Westcliff : je vais l'engager chez Consolidated.

— Je ne suis pas bon marché, répliqua Matthew, ce qui fit rire Hunt de plus belle, au point qu'il faillit en lâcher de nouveau son cigare.

Même Westcliff sourit, quoique à contrecœur.

— Bon sang, marmonna-t-il, je ne vais pas vous soutenir si promptement… Pas quand il y a de tels enjeux. Pas avant que je sois convaincu que vous êtes l'homme de la situation.

— Nous sommes donc dans une impasse, apparemment, constata Matthew, qui afficha une expression amicale. Pour le moment.

Ses deux interlocuteurs échangèrent un regard. Matthew comprit qu'ils convenaient tacitement de discuter de la situation plus tard, hors de sa présence. Il en éprouva un pincement de vive curiosité, mais haussa mentalement les épaules. Il savait qu'il ne pouvait pas tout contrôler. Au moins avait-il démontré qu'il ne se laissait pas intimider, et ne s'était-il fermé aucune porte.

Du reste, il pouvait difficilement donner sa parole sur un sujet dont Bowman ne lui avait pas encore touché un mot.

4

— Daisy est de toute évidence la pire de la portée, déclara Thomas Bowman tout en arpentant le petit salon attenant à sa chambre.

Matthew et lui étaient convenus de se retrouver après le dîner, quand les autres invités se rassembleraient au rez-de-chaussée.

— Elle est frêle et frivole, continua M. Bowman. « Donne-lui un prénom solide et pratique », ai-je dit à ma femme quand elle est née. Jane, ou Constance, ou quelque chose de ce genre. Mais non ! Elle a choisi Marguerite... Un prénom *français*, figure-toi ! D'une cousine du côté maternel... Et ça a dégénéré un peu plus quand Lillian, qui n'avait que quatre ans à l'époque, a appris que Marguerite était le nom français d'une misérable fleur. À partir de ce moment-là, Lillian n'a plus utilisé que l'équivalent anglais, Daisy, et ça lui est resté...

Pendant que Bowman continuait de vitupérer, Matthew songea que ce prénom était parfait, surtout si l'on songeait à la plus petite des marguerites : la pâquerette. Une modeste fleur aux pétales blancs, si délicate et pourtant si remarquablement hardie. Il était significatif que dans une famille aux personnalités écrasantes, Daisy soit toujours restée fidèle à sa nature profonde.

— … j'ai bien conscience qu'il me faudra donner un coup de pouce pour sceller le marché, poursuivit Thomas Bowman. Je te connais assez pour savoir que tu te choisirais un tout autre genre de femme. Une femme utile, pas une brindille fantasque comme Daisy. Par conséquent…

— Aucun coup de pouce ne sera nécessaire, l'interrompit Matthew avec calme. Daisy… c'est-à-dire Mlle Bowman, est tout à fait…

Belle. Désirable. Ensorcelante.

— … acceptable. Épouser une femme comme Mlle Bowman serait une récompense en soi.

— Bien, grommela Bowman, de toute évidence peu convaincu. C'est très courtois de ta part de dire ça. Il n'empêche que je t'offrirai une solide récompense sous la forme d'une dot généreuse, de parts supplémentaires dans la société, etc. Tu seras tout à fait satisfait, je peux te l'assurer. À présent, pour l'organisation du mariage…

— Je n'ai pas accepté, coupa Matthew.

Bowman s'arrêta de faire les cent pas pour lui adresser un regard interrogateur.

— Pour commencer, reprit Matthew avec circonspection, il est possible que Mlle Bowman trouve un soupirant dans les deux mois à venir.

— Elle ne trouvera aucun soupirant de ton calibre, répliqua Bowman.

En dépit de son amusement, Matthew répondit avec gravité :

— Je vous remercie. Mais je ne crois pas que Mlle Bowman ait une aussi haute opinion de ma personne.

— Allons donc, fit Bowman, réfutant l'argument d'un geste de la main. L'esprit des femmes est aussi changeant que le temps anglais. Tu peux l'amener à t'aimer. Donne-lui un petit bouquet de fleurs, lance un ou deux compliments dans sa direction... Mieux, même, cite quelque chose d'un de ces maudits recueils de poésie qu'elle dévore. Séduire une femme n'est pas difficile, Swift. Il te suffit de...

Matthew éprouva une inquiétude soudaine. Par tous les saints du paradis, il n'avait certes pas besoin d'une leçon de son employeur sur la manière de courtiser une femme !

— Monsieur Bowman, je crois que je pourrais me débrouiller sans vos conseils. Là n'est pas le problème.

— Dans ce cas, où... Ah ! je comprends, dit-il en lui adressant un sourire entendu.

— Vous comprenez quoi ? s'enquit Matthew avec appréhension.

— À l'évidence, tu crains ma réaction si jamais tu décidais plus tard que ma fille ne répond pas à tes besoins. Mais tant que tu te montres discret, je ne dirai pas un mot.

Matthew soupira, puis se frotta les yeux, brusquement las. Cela faisait beaucoup à affronter, à peine débarqué du bateau, à Bristol.

— Vous êtes en train de me dire que vous détournerez les yeux si je trompe ma femme...

— Nous, les hommes, faisons face à bien des tentations. Parfois, nous trompons notre femme. C'est ainsi que fonctionne le monde.

— Pas le mien. Je tiens parole, aussi bien en affaires que dans ma vie privée. Le jour où je promettrai à une femme de lui être fidèle, je le serai. Quoi qu'il arrive.

L'énorme moustache de Bowman frémit d'amusement.

— Tu es encore assez jeune pour pouvoir t'offrir des scrupules.

— Parce que les plus âgés ne peuvent se les offrir ? demanda Matthew avec une pointe de moquerie affectueuse.

— Il arrive que certains scrupules se révèlent hors de prix. Tu le découvriras un jour.

— Seigneur, j'espère bien que non !

Matthew se laissa tomber dans un fauteuil et enfouit la tête entre ses mains, les doigts enfoncés dans les cheveux.

Après un long moment, Bowman hasarda :

— Serait-ce si terrible que ça d'avoir Daisy pour épouse ? Il faudra bien que tu te maries un jour. Avec elle, tu auras des bénéfices. La société, par exemple. À ma mort, tu te verras offrir une participation majoritaire.

— Vous nous enterrerez tous, marmonna Matthew.

Bowman laissa échapper un petit rire satisfait.

— Je veux que la société te revienne, insista-t-il – c'était la première fois qu'il s'exprimait aussi franchement sur le sujet. Tu me ressembles plus que n'importe lequel de mes fils. La société ne pourrait être en de meilleures mains que les tiennes. Tu as un don, une capacité à entrer dans une pièce et à la conquérir... Tu ne crains personne. Ils le savent tous, et c'est pour cela qu'ils t'estiment. Épouse ma fille, Swift, et construis mon usine. Quand tu reviendras au pays, je te donnerai New York.

— Vous ne pourriez pas ajouter le Rhode Island ? Ce n'est pas très grand.

Bowman ignora son sarcasme.

— J'ai des ambitions pour toi, au-delà de la société. Je connais des hommes puissants, et ils t'ont déjà remarqué. Je t'aiderai à atteindre n'importe quel but que tu te seras fixé... Et le prix à payer n'est pas très élevé. Prends Daisy et donne-moi des petits-enfants. C'est tout ce que je demande.

— C'est tout, répéta Matthew, étourdi.

Quand il avait commencé à travailler pour Bowman, dix ans auparavant, il ne pensait pas que cet homme deviendrait un père de substitution. Bowman ressemblait à un tonneau d'explosifs : petit, trapu, et d'un tempérament si emporté qu'on pouvait anticiper l'une de ses tirades tristement célèbres rien qu'en voyant le dessus de son crâne chauve s'empourprer. Mais il maniait les chiffres avec habileté, et quand il s'agissait de manœuvrer les gens, il se montrait incroyablement habile et calculateur. Il était également généreux avec ceux qui lui plaisaient, tenait ses promesses et s'acquittait de ses obligations.

Matthew avait beaucoup appris de Thomas Bowman ; comment déceler la faiblesse d'un adversaire et la tourner à son propre profit ; à quel moment pousser l'avantage et à quel moment rester en retrait... Il avait appris également qu'il était permis de se montrer agressif en affaires dès lors que l'on ne franchissait jamais la ligne de la franche grossièreté. Les hommes d'affaires new-yorkais – les vrais, pas les dilettantes de la classe supérieure – ne vous respectaient que si vous faisiez preuve d'un certain mordant.

Dans le même temps, après avoir découvert qu'avoir le dernier mot dans une discussion ne signifiait pas pour autant qu'on ferait ce qu'on voulait, Matthew avait appris à tempérer son opiniâtreté d'un peu de diplomatie. D'une nature réservée, il ne lui avait pas été facile de jouer de son charme, mais il avait acquis cette capacité comme un instrument nécessaire pour réussir.

Thomas Bowman l'avait soutenu à chaque étape et aidé à négocier quelques marchés délicats. Matthew lui avait été reconnaissant de ses conseils. Il ne pouvait s'empêcher d'aimer son employeur si ombrageux, et ce, malgré ses défauts – peut-être parce que Bowman n'avait pas tout à fait tort quand il prétendait que tous les deux se ressemblaient.

Qu'un homme comme Bowman ait pu engendrer une fille comme Daisy était l'un des grands mystères de la vie.

— J'ai besoin d'un peu de temps pour y réfléchir, finit par dire Matthew.

— Réfléchir à quoi ? protesta Bowman. Je t'ai déjà dit...

Il se tut en voyant l'expression de Matthew.

— D'accord, d'accord. Je suppose qu'il n'est pas nécessaire de donner une réponse sur-le-champ. Nous en reparlerons plus tard.

— Tu as parlé à M. Swift ? s'enquit Lillian quand Marcus entra dans leur chambre.

Elle avait somnolé en l'attendant, et luttait pour se redresser en position assise dans le lit.

— Oh oui, je lui ai parlé, répondit Marcus en ôtant son manteau, qu'il déposa sur le bras d'un fauteuil Louis XIV.

— J'avais raison, n'est-ce pas ? Il est abominable. Détestable. Raconte-moi ce qu'il a dit.

Marcus contempla sa femme, si belle avec ses longs cheveux défaits et ses yeux encore lourds de sommeil que son cœur fit une embardée dans sa poitrine.

— Pas tout de suite, murmura-t-il en s'asseyant à demi sur le lit. D'abord, je veux te contempler un moment.

Lillian sourit et passa les mains dans sa crinière brune.

— Je fais peur à voir.

— Non, dit-il à voix basse en se rapprochant d'elle. Tout en toi est adorable.

Il suivit doucement des mains les courbes prononcées de son corps, en un geste plus tendre que sensuel.

— Que puis-je faire pour toi ? chuchota-t-il.

Elle continua de sourire.

— Il suffit de me regarder pour voir que vous en avez déjà assez fait, milord.

Elle referma autour de lui ses bras minces, et il posa la tête sur sa poitrine.

— Westcliff, murmura-t-elle dans ses cheveux, je n'aurais jamais pu avoir un enfant d'un autre.

— Voilà qui est rassurant.

— Je me sens tellement dépassée... et si diablement inconfortable. Est-ce mal de dire que je n'aime pas être enceinte ?

— Bien sûr que non, répondit Marcus d'une voix étouffée. Moi non plus, je n'aimerais pas cela.

Elle laissa échapper un petit rire et, desserrant son étreinte, s'appuya contre les oreillers.

— Je veux que tu me parles de M. Swift. Raconte-moi ce que cet épouvantail odieux t'a dit.

— Je ne le traiterais pas précisément d'épouvantail. Il a apparemment changé depuis que tu l'as vu.

Cette révélation ne parut pas du goût de Lillian.

— Hmm... Il n'est pas gâté par la nature, néanmoins.

— Comme il m'arrive rarement de m'interroger sur la séduction masculine, je ne suis pas qualifié pour en juger, répondit Marcus avec flegme. Mais je pense que peu de gens décriraient M. Swift comme « pas gâté par la nature ».

— Es-tu en train de me dire qu'il est séduisant ?

— Je crois qu'on peut le dire, oui.

Lillian leva la main.

— Combien de doigts ? demanda-t-elle.

— Trois, répondit Marcus, amusé. Ma chérie, à quoi joues-tu ?

— Je vérifie ta vue. Je crois qu'elle baisse. Suis le mouvement de mon doigt...

— Pourquoi ne suivrais-tu pas le mouvement du mien ? suggéra-t-il en tendant la main vers son corsage.

Elle s'en empara et plongea le regard dans ses yeux pétillants.

— Marcus, sois sérieux. C'est l'avenir de Daisy qui est en jeu !

— Très bien, fit-il en s'écartant obligeamment.

— Dis-moi de quoi vous avez parlé.

— J'ai informé M. Swift avec une célérité indéniable que je ne permettrai pas à quiconque de rendre Daisy malheureuse. Et j'ai exigé qu'il me donne sa parole de ne pas l'épouser.

— Le ciel soit loué ! s'exclama Lillian avec un soupir de soulagement.

— Il a refusé.

— Il a *quoi* ?

Elle en resta bouche bée pendant quelques instants.

— Mais personne ne te refuse quoi que ce soit.

— Apparemment, M. Swift n'en avait pas été averti.

— Marcus, tu vas faire quelque chose, n'est-ce pas ? Tu ne vas pas permettre que Daisy soit persécutée et harcelée jusqu'à ce qu'elle consente à épouser Swift...

— Du calme, mon ange. Je te le promets, Daisy ne sera pas obligée d'épouser quelqu'un contre son gré. Toutefois...

Il hésita, se demandant quelle part de vérité il devait admettre.

— Mon opinion sur Matthew Swift diffère un tant soit peu de la tienne.

Lillian fronça les sourcils.

— Mon opinion est plus exacte. Je le connais depuis plus longtemps.

— Tu l'as connu il y a plusieurs années, fit-il remarquer d'un ton égal. Les gens changent, Lillian. Et je crois que ce que ton père a dit au sujet de Swift est largement vrai.

— C'est toi qui dis cela, Marcus ?

Il sourit devant la grimace théâtrale de Lillian et glissa la main sous la courtepointe. Quand il eut trouvé l'un de ses pieds nus, il le posa sur ses genoux et commença à en masser la plante avec les pouces. Avec un soupir d'aise, Lillian se laissa aller contre ses oreillers.

Marcus songea à ce qu'il avait appris au sujet de Swift jusqu'à présent. C'était un jeune homme intelligent, adroit et bien élevé. Du genre à réfléchir avant de parler. Il s'était toujours senti à l'aise en présence d'hommes de ce genre.

En apparence, l'union de Matthew Swift avec Daisy Bowman était totalement incongrue. Mais Marcus ne partageait pas entièrement l'avis de Lillian lorsqu'elle prétendait que Daisy devait épouser un homme possédant la même nature romantique et sensible. Une telle union manquerait d'équilibre. Après tout, tous les voiliers rapides avaient besoin d'une ancre.

— Nous devons envoyer Daisy à Londres dès que possible, reprit Lillian avec agitation. La saison bat son plein, et elle est enterrée dans le Hampshire, loin des bals et des soirées…

— C'est elle qui a choisi de venir ici, lui rappela Marcus en se saisissant de l'autre pied. Elle ne se pardonnerait pas de manquer la naissance du bébé.

— Oh, quelle importance ! Je préférerais qu'elle manque la naissance et rencontre des célibataires intéressants, plutôt que d'attendre ici jusqu'à ce qu'il soit trop tard, qu'elle soit obligée d'épouser Matthew Swift et de partir avec lui à New York. Là, je ne la reverrai plus jamais…

— J'y ai déjà réfléchi. C'est la raison pour laquelle j'ai invité un certain nombre de célibataires à Stony Cross Park pour une chasse au cerf.

— C'est vrai ? s'écria Lillian en se redressant.

— Après avoir établi une liste, Saint-Vincent et moi avons débattu longuement des mérites de chaque candidat. Nous en avons retenu une dizaine, et chacun d'eux pourrait convenir à ta sœur.

— Oh, Marcus, tu es le plus intelligent, le plus merveilleux…

D'un geste, il mit un terme à ses louanges et secoua la tête en riant.

— Saint-Vincent est d'un tatillon, crois-moi ! S'il était une femme, aucun homme ne serait assez bien pour lui.

— Ils ne le sont jamais, prétendit Lillian avec impudence. C'est la raison pour laquelle nous autres femmes avons ce dicton : « Vise haut, puis prends ce qui tombe. »

Westcliff ricana.

— C'est ce que tu as fait ?

— Non, milord, répondit-elle avec un sourire. J'ai visé haut et j'ai décroché un lot bien plus gros que prévu.

Elle se mit à glousser quand il se pencha sur elle et l'embrassa avec fougue.

Le soleil n'était pas encore levé quand, après un petit déjeuner rapide, les invités amateurs de pêche à la truite se dirigèrent vers la rivière, vêtus de tweed, de drap grossier et de toile imperméabilisée.

Des domestiques aux paupières lourdes de sommeil les suivaient, chargés de cannes à pêche, de paniers et de coffrets en bois contenant les mouches et le matériel.

Les hommes resteraient à l'extérieur une grande partie de la matinée pendant que les dames dormiraient.

Toutes les dames, à l'exception de Daisy. Elle adorait la pêche, mais elle savait, sans même l'avoir demandé, qu'elle ne serait pas la bienvenue dans un groupe exclusivement masculin. Si, par le passé, Lillian et elle avaient souvent pêché seules, sa sœur n'était pas en état de participer aux réjouissances aujourd'hui.

Daisy avait fait de son mieux pour persuader Evangeline ou Annabelle de l'accompagner jusqu'à l'étang artificiel que Westcliff alimentait généreusement en truites. Mais ni l'une ni l'autre n'avait paru très enthousiaste.

— Vous vous amuserez comme des folles, avait assuré Daisy d'un ton enjôleur. Je vous apprendrai à lancer – c'est assez facile, vraiment. Ne me dites pas que vous allez rester à l'intérieur par une belle matinée de printemps !

Mais Annabelle décida que faire la grasse matinée était une très bonne idée. Quant à Evangeline, son mari ayant décidé de ne pas se joindre à la partie de pêche, elle déclara qu'elle préférait rester au lit avec lui.

— Tu t'amuserais beaucoup plus en venant pêcher avec moi, avait argué Daisy.

— Non, certainement pas, avait répondu Evangeline d'un ton ferme.

Dépitée, Daisy prit son petit déjeuner seule, puis gagna le lac munie de sa canne à pêche préférée, terminée par un fanon de baleine.

C'était une matinée splendide. L'air était à la fois doux et tonique. Daisy longea une haie de prunelliers dans laquelle gazouillaient des oiseaux, puis traversa une prairie dont l'herbe grasse était piquetée de boutons-d'or, de primevères et de coucous.

Alors qu'elle contournait un mûrier non loin de l'étang, elle remarqua qu'il y avait de l'agitation au bord de l'eau… Deux jeunes garçons avec quelque chose entre eux, un animal ou un oiseau… Une oie ? La créature trompetait bruyamment et battait des ailes avec violence tandis que les deux garnements s'esclaffaient.

— Hé, vous là-bas ! cria Daisy. Que se passe-t-il ?

L'apercevant, les deux gamins poussèrent un cri et détalèrent. Accélérant le pas, Daisy rejoignit l'oiseau indigné. C'était une énorme oie cendrée domestique, au cou puissant, au plumage gris et au bec orange.

— Ma pauvre, murmura Daisy en repérant un fil autour de sa patte.

Elle s'approcha, mais l'oie bondit en avant comme pour l'attaquer. Elle fut coupée net dans son élan par l'entrave qu'elle avait à la patte.

Daisy s'arrêta et posa son matériel de pêche par terre.

— Je vais essayer de t'aider, dit-elle. Mais ce genre d'attitude n'est pas très engageant. Si tu pouvais y mettre un peu du tien…

Daisy fit un pas supplémentaire, puis s'accroupit pour tenter de cerner le problème.

— Oh, Seigneur ! Les petits vauriens… Ils voulaient que tu pêches pour eux, c'est ça ?

L'oie acquiesça d'un cri perçant.

Un fil de pêche muni d'une cuillère en fer-blanc percée d'un trou auquel était fixé un hameçon avait été attaché à la patte de l'oie. Si Daisy n'avait pas éprouvé de compassion pour la pauvre bête, elle aurait éclaté de rire.

C'était ingénieux. Une fois jetée à l'eau, l'oie reviendrait vers la rive. La cuillère en fer-blanc brillerait comme un vairon et si une truite, attirée par l'appât, mordait à l'hameçon, l'oie la ramènerait avec elle. Mais l'hameçon s'était accroché dans des ronces, retenant l'oiseau.

Veillant à parler d'une voix douce et à se mouvoir avec lenteur, Daisy s'approcha du fourré. L'oie s'immobilisa et l'observa d'un œil noir brillant.

— Gentille… murmura Daisy en tendant la main avec précaution vers le fil. Dieu, que tu es grosse ! Encore un peu de patience si tu veux bien, et je… Aïe !

L'oie s'était brusquement précipitée sur elle et lui avait donné un violent coup de bec sur l'avant-bras.

Après avoir battu en retraite, Daisy regarda le petit creux qui marquait sa peau et commençait déjà à rougir. Elle fusilla du regard l'oiseau belliqueux.

— Espèce de créature ingrate ! Tu mériterais que je t'abandonne à ton triste sort.

Tout en frottant son bras douloureux, Daisy se demanda si elle ne pourrait pas utiliser sa canne à pêche pour essayer de dégager le fil des ronces. Ce qui ne résolvait toutefois pas le problème de la cuillère attachée à la patte de l'animal. Elle allait devoir retourner chercher de l'aide au manoir.

Au moment où elle se penchait pour ramasser son matériel, une voix se fit entendre. Quelqu'un sifflait un air étrangement familier. Tendant l'oreille, Daisy reconnut la mélodie. C'était une chanson qui avait été très populaire à New York juste avant son départ, *La Fin d'un jour parfait*.

Un homme venant de la rivière se dirigeait vers elle. Ses vêtements paraissaient trempés. Il tenait un panier de pêche à la main et était coiffé d'un vieux chapeau à large bord. Il portait le manteau de tweed et le pantalon de toile épaisse des sportifs, et il était impossible de ne pas remarquer la manière dont ses vêtements mouillés soulignaient les contours de son corps élancé.

Tous les sens soudain en alerte, Daisy le reconnut, et son pouls s'emballa.

L'homme s'arrêta de siffler en la voyant. Ses yeux plus bleus que l'eau ou que le ciel ressortaient extraordinairement dans son visage bronzé. Comme il soulevait poliment son chapeau, le soleil accrocha de riches reflets acajou dans ses épaisses boucles sombres.

« Zut ! » jura Daisy en son for intérieur. Pas seulement parce que c'était la dernière personne qu'elle avait envie de voir à cet instant, mais aussi parce qu'elle devait admettre que Matthew Swift était incroyablement beau garçon. Elle ne voulait pas le trouver aussi attirant physiquement. Pas plus qu'elle ne voulait ressentir une telle curiosité à son sujet, un désir irrésistible de se glisser dans son intimité et de découvrir ses secrets, ses plaisirs et ses peurs. Pourquoi diable ne s'était-elle jamais intéressée à lui auparavant ? Peut-être était-elle trop immature. Peut-être que ce n'était pas lui qui avait changé, mais elle.

Swift s'approcha avec une circonspection manifeste.

— Bonjour, mademoiselle Bowman.

— Bonjour, monsieur Swift. Vous ne pêchez pas avec les autres ?

— Mon panier est plein. Et j'attrapais tellement plus de poissons que les autres que cela commençait à devenir embarrassant.

— Comme vous êtes modeste ! commenta Daisy avec ironie. Où est votre canne ?

— Westcliff l'a prise.

— Ah bon ?

Swift posa son panier sur le sol tout en recoiffant son chapeau.

— Je l'ai apportée avec moi d'Amérique. C'est une canne tiercée en hickory, avec scion flexible en frêne et moulinet démultiplié Kentucky.

— Les moulinets démultipliés, ça ne marche pas, assura Daisy.

— Les démultipliés *britanniques* ne marchent pas, corrigea Swift. Mais aux États-Unis nous les avons améliorés. Dès que Westcliff s'est aperçu qu'il pouvait lancer directement, il m'a pratiquement arraché la canne des mains. Il est en train de pêcher avec en ce moment même

Connaissant l'amour de son beau-frère pour toutes les innovations techniques, Daisy ne put réprimer un sourire. Elle ne voulait pas croiser le regard de Swift, qu'elle sentait fixé sur elle, pourtant, bien malgré elle, elle se surprit à l'étudier.

Il était difficile de concilier le souvenir du jeune homme odieux qu'elle avait connu et ce robuste spécimen de masculinité. Swift ressemblait à une pièce de cuivre nouvellement frappée: parfaite et étincelante. La lumière matinale glissait sur sa peau, allumait un reflet dans ses longs cils et caressait les rides minuscules qui s'étoilaient au coin de ses yeux. Elle avait envie de toucher son visage, de le faire sourire et de sentir la courbe de ses lèvres sous ses doigts.

Le silence, en se prolongeant, se fit tendu et embarrassé, jusqu'à ce que l'oie le rompe d'un cri impérieux.

Swift reporta les yeux sur l'énorme volatile.

— Vous avez un compagnon, à ce que je vois…

Quand Daisy lui eut expliqué ce que les deux garçons trafiquaient avec l'oie, Swift eut un large sourire.

— Des chenapans astucieux.

Au goût de Daisy, cette remarque manquait singulièrement de compassion.

— Je veux l'aider, dit-elle. Mais quand j'ai voulu m'approcher, j'ai reçu un coup de bec. J'aurais pensé qu'une oie domestique se montrerait un peu plus civile.

— Les oies cendrées n'ont pas la réputation d'avoir bon caractère. Surtout les mâles. Il a probablement essayé de vous montrer qui était le maître.

— Il s'est bien fait comprendre, répliqua Daisy en se frottant machinalement l'avant-bras.

Swift fronça les sourcils à la vue de l'ecchymose qui s'élargissait sur sa peau.

— C'est là qu'il vous a pincée? Faites-moi voir.

— Non, ça va… commença-t-elle.

Mais il s'était déjà avancé. Il referma ses longs doigts autour de son poignet et passa doucement le pouce de l'autre main sur la tache d'un rouge sombre.

— Votre peau marque facilement, murmura-t-il, sa tête sombre penchée sur son bras.

Le cœur de Daisy fit quelques cabrioles violentes avant de se mettre à battre à vive allure. Swift sentait le grand air – le soleil, l'eau, l'herbe. À cette odeur se mêlait subtilement celle, attirante, d'une peau masculine échauffée. Elle lutta contre son envie de se blottir entre ses bras, contre son corps… de lui prendre la main pour la poser sur son sein. Elle fut choquée d'éprouver un désir aussi irrésistible.

Quand elle releva les yeux, elle reçut de plein fouet son regard bleu.

— Je… commença-t-elle en s'écartant avec nervosité. Qu'allons-nous faire ?

— Pour l'oie ? dit-il avant de hausser légèrement ses larges épaules. Nous pourrions lui tordre le cou et la porter aux cuisines pour le dîner.

Cette suggestion lui valut un regard outré de la part de Daisy comme de celle de l'oie cendrée.

— C'est une plaisanterie de mauvais goût, monsieur Swift.

— Je ne plaisantais pas.

Daisy se planta entre Swift et l'oie.

— Je vais régler le problème seule. Vous pouvez partir, à présent.

— Je ne vous conseillerais pas de l'adopter comme animal domestique. Vous finirez par la retrouver dans votre assiette si vous restez à Stony Cross Park suffisamment longtemps.

— Je suis peut-être hypocrite, mais je préfère ne pas manger une oie que je connais.

Même si Swift ne se fendit pas d'un sourire, Daisy sentit qu'il s'amusait de sa remarque.

— Toute question philosophique mise à part, fit-il, il y a un problème pratique. Comment comptez-vous vous y prendre pour la libérer ? Vous risquez des coups de bec pour votre peine.

— Si vous l'immobilisiez, je pourrais essayer d'attraper la cuillère et…

— Non, pas pour tout le thé de Chine, déclara Swift d'un ton ferme.

— Cette expression m'a toujours paru dépourvue de sens, commenta Daisy. En termes de production mondiale, l'Inde produit beaucoup plus de thé que la Chine.

— La Chine étant leader sur le marché international du chanvre, répliqua-t-il après un instant de réflexion, je suppose que l'on pourrait dire : « Pas pour tout le chanvre de Chine »… Mais ça ne sonne pas pareil. Disons que je n'aiderais pas ce volatile pour tout l'or du monde, conclut-il en se baissant pour ramasser son panier.

— S'il vous plaît.

Swift lui jeta un regard d'une patience à toute épreuve.

— *S'il vous plaît,* insista-t-elle.

Aucun gentleman ne pouvait refuser ce qu'une dame lui demandait deux fois.

Marmonnant quelque chose d'incompréhensible, Swift reposa son panier sur le sol.

— Merci, dit Daisy avec un sourire satisfait.

Toutefois, celui-ci s'évanouit lorsque Swift la prévint :

— Vous m'en serez redevable.

— Naturellement. Je ne m'attendrais jamais que vous fassiez quoi que ce soit pour rien.

— Et quand je réclamerai mon dû, vous ne vous aviserez pas de refuser, quelle que soit la faveur demandée.

— Dans la limite du raisonnable. Je ne vais pas accepter de vous épouser simplement parce que vous avez secouru une pauvre oie prise au piège.

— Croyez-moi, répliqua Swift d'un air sombre, il ne sera pas question de mariage.

Il entreprit d'ôter son manteau et éprouva quelque difficulté à faire glisser l'épaisse étoffe trempée de ses larges épaules.

— Mais... mais que faites-vous ? balbutia Daisy, les yeux écarquillés.

Il pinça la bouche d'un air exaspéré.

— Je ne tiens pas à ce que mon manteau soit fichu à cause de ce maudit volatile.

— Il n'y a pas de quoi faire une montagne de quelques plumes.

— Ce n'est pas des plumes que je me méfie, riposta-t-il sèchement.

— Oh...

Réprimant une soudaine envie de sourire, Daisy le regarda enlever son manteau et sa veste. Sa chemise blanche froissée lui collait au torse, révélant les muscles de son abdomen avant de disparaître sous la ceinture de son pantalon. Une paire de bretelles blanches s'étiraient sur ses épaules et se croisaient dans son dos puissant. Il posa avec précaution ses vêtements sur le panier pour éviter qu'ils ne se salissent. Une petite brise souleva brièvement une boucle sur son front.

L'étrangeté de la situation, l'oie menaçante, Matthew Swift trempé comme une soupe et en bras de chemise firent monter un irrépressible gloussement aux lèvres de Daisy. Elle plaqua la main sur sa bouche une seconde trop tard.

Swift secoua la tête, mais s'autorisa un sourire. Daisy nota que ses sourires ne duraient jamais longtemps : ils s'évanouissaient aussi vite qu'ils étaient apparus. C'était comme surprendre un phénomène naturel rare, bref et frappant – une étoile filante, par exemple.

— Si vous osez en parler à quiconque, espèce de chipie… vous me le paierez.

Si les mots étaient menaçants, quelque chose dans son ton… une douceur érotique… fit courir un frisson à la fois chaud et froid le long de la colonne vertébrale de Daisy.

— Je ne le raconterai à personne, promit Daisy d'une voix essoufflée. Ma réputation aurait à en souffrir autant que la vôtre.

Swift s'accroupit, sortit un petit canif de la poche de son manteau et le lui tendit. Était-ce un effet de son imagination ou laissa-t-il ses doigts s'attarder une fraction de seconde sur sa paume ?

— C'est pour quoi faire ? demanda-t-elle, mal à l'aise.

— Pour couper le fil autour de sa patte. Faites attention, la lame est très aiguisée. N'allez pas sectionner une artère par inadvertance.

— Ne vous inquiétez pas, je ne la blesserai pas.

— C'est à moi que je faisais allusion, pas à l'oie.

Du regard, il jaugea le gros oiseau impatient.

— Si tu ne coopères pas, la prévint-il, tu seras transformé en pâté avant ce soir.

L'oiseau ouvrit les ailes d'un air menaçant pour apparaître aussi volumineux que possible.

Avançant d'un pas décidé, Swift plaça un pied sur le fil pour limiter sa capacité de mouvement. L'oie battit des ailes, siffla, puis marqua un temps d'arrêt avant de se jeter en avant. Swift la saisit et poussa un juron en essayant d'éviter son bec puissant. Un nuage de plumes enveloppa les deux adversaires.

— Ne l'étranglez pas ! cria Daisy quand elle vit que Swift avait agrippé l'animal par le cou.

Il fut sans doute heureux que la réponse de celui-ci se retrouve perdue dans l'explosion de mouvements et de criailleries qui suivit. Il finit par triompher du volatile et à coincer sa grosse masse sifflante entre ses bras. Échevelé, couvert de plumes et de duvet, il jeta un regard furieux à Daisy.

— Venez couper ce satané fil, aboya-t-il.

Elle obéit en toute hâte. Agenouillée près des deux combattants, elle tendit avec précaution la main vers le pied palmé de l'oie, qui réagit en retirant brusquement la patte avec un cri.

— Pour l'amour du ciel, ne soyez pas timorée ! s'exclama Swift avec impatience. Attrapez-la franchement et coupez le fil.

Il n'y aurait pas eu quinze kilos d'oie colérique entre eux, Daisy aurait foudroyé Matthew Swift du regard. Mais elle se contenta de saisir la patte entravée de la bête d'une main ferme et glissa avec précaution la pointe du couteau sous le fil. Swift n'avait pas menti : la lame était dangereusement aiguisée. Il suffit à Daisy de la presser contre le fil pour que celui-ci soit sectionné.

— C'est fait ! annonça-t-elle, triomphante, en refermant le canif. Vous pouvez relâcher notre amie à plumes, monsieur Swift.

— Merci, répliqua-t-il d'un ton sarcastique.

Mais quand il ouvrit les bras pour libérer l'oiseau, celui-ci réagit de manière inattendue. Avide de vengeance et tenant Swift pour responsable de ses malheurs, le volatile se retourna pour le frapper au visage.

— Aïe ! cria Swift en tombant assis, la main appuyée sur l'œil, tandis que l'oie s'enfuyait en trompetant avec force pour célébrer sa victoire.

— Monsieur Swift !

Daisy rampa vers lui, affolée, et, s'asseyant à califourchon sur ses jambes, tira sur sa main.

— Laissez-moi voir !

— Ce n'est rien, assura-t-il en se frottant l'œil.

— Laissez-moi voir, répéta-t-elle avant de lui prendre la tête entre ses mains.

— Je vais exiger du hachis d'oie au dîner, marmonna-t-il, sans plus résister lorsqu'elle fit pivoter sa tête sur le côté.

— Vous ne ferez rien de tel.

Avec précaution, Daisy explora la minuscule blessure, à l'extrémité de son sourcil brun. Elle se servit de sa manche pour essuyer une goutte de sang.

— Cela ne se fait pas de manger quelqu'un dont vous venez de sauver la vie. Heureusement, ajouta-t-elle d'une voix frémissante de rire, l'oie ne visait pas bien. Je ne pense pas que vous aurez un œil au beurre noir.

— Je suis ravi que vous trouviez cela amusant, grommela-t-il. Vous êtes couverte de plumes, je vous signale.

— Vous aussi.

Sa chevelure sombre était saupoudrée de flocons duveteux gris et blancs. Un rire irrépressible monta dans la gorge de Daisy telles des bulles à la surface d'un étang. Elle entreprit de cueillir les petites plumes, les boucles épaisses de Swift lui chatouillant les doigts.

Après s'être redressé, ce dernier tendit la main vers les cheveux de Daisy, qui avaient commencé à s'échapper de leurs épingles. Avec des gestes doux, il ôta les plumes qui y étaient accrochées.

Pendant une minute ou deux, ils travaillèrent en silence. Daisy était si concentrée sur sa tâche qu'elle ne s'aperçut pas tout de suite de l'inconvenance de sa position. Pour la première fois, elle était suffisamment proche de lui pour remarquer que ses yeux étaient de plusieurs bleus, avec un cercle cobalt sur le bord externe de l'iris. Elle nota aussi la texture de sa peau, satinée, dorée par le soleil, avec l'ombre d'une barbe rasée de près sur la mâchoire.

Elle se rendit compte que Swift évitait délibérément son regard et s'acharnait à repérer le plus infime duvet dans ses cheveux. Soudain, elle prit conscience d'un échange frémissant entre leurs corps, de sa force sous elle, de son souffle tiède contre sa joue. À travers ses vêtements mouillés, la chaleur de sa peau la brûlait partout où elle était pressée contre la sienne.

Ils s'immobilisèrent au même moment, surpris dans une semi-étreinte. Chaque cellule de la peau de Daisy semblait saturée de feu liquide. Fascinée, désorientée, elle s'abandonna à cette sensation, consciente de la pulsation de son sang jusqu'à la moindre de ses extrémités. Il n'y avait plus de plumes, mais elle se surprit à glisser doucement les doigts à travers les boucles sombres de Swift.

Il aurait été si facile à ce dernier de la faire rouler sous lui et de l'écraser de son poids sur la terre humide. Leurs jambes qui se touchaient faisaient naître en Daisy un instinct primitif de s'ouvrir à lui, de le laisser disposer de ses membres à son gré.

Elle entendit sa brusque inhalation. Il referma les mains autour de ses bras et, sans cérémonie, la souleva et la déposa sur l'herbe à côté de lui. Daisy tenta de rassembler ses esprits. En silence, elle ramassa le canif sur le sol et le lui rendit.

Après l'avoir fourré dans sa poche, Swift entreprit de brosser avec soin la poussière et les plumes attachées à ses mollets.

Tout en s'étonnant qu'il reste assis dans cette position, comme replié sur lui-même, Daisy se releva.

— Eh bien, dit-elle d'un ton incertain, je suppose que je vais devoir me faufiler dans le manoir par l'entrée de service. Si jamais mère me voit, elle risque de piquer une crise.

— Je vais retourner à la rivière, annonça Swift d'une voix rauque. Histoire de voir comment Westcliff se débrouille avec le moulinet. Et peut-être que je vais pêcher encore un peu.

Comprenant qu'il l'évitait délibérément, Daisy fronça les sourcils.

— J'aurais pensé que vous aviez eu votre compte de station dans l'eau froide pour aujourd'hui, commenta-t-elle.

— Apparemment non, marmonna Swift, qui lui tourna le dos pour attraper sa veste et son manteau.

5

Perplexe et contrariée, Daisy s'éloigna de l'étang.

Elle n'avait pas l'intention de raconter cette mésaventure à quiconque, bien qu'elle eût adoré divertir Lillian avec l'histoire de sa rencontre avec l'oie. Mais elle ne voulait pas lui révéler qu'elle avait vu Matthew Swift sous un autre aspect, et qu'elle s'était brièvement autorisée à ressentir une dangereuse attirance pour lui. En toute honnêteté, cela n'avait pas la moindre signification.

Même si elle était encore innocente, elle avait une connaissance suffisante des choses du sexe pour comprendre que le corps d'une femme pouvait réagir à celui d'un homme sans que le cœur soit le moins du monde impliqué. C'était ce qui lui était arrivé avec Cam Rohan. Elle était déconcertée de découvrir qu'elle était attirée par Matthew Swift de la même manière. Deux hommes pourtant si différents, l'un romantique, l'autre réservé. Le premier, un jeune et beau gitan qui avait nourri son imagination de possibilités exotiques… Le deuxième, un homme d'affaires impitoyable, ambitieux et pragmatique.

Daisy avait assisté à un défilé interminable d'hommes attirés par le pouvoir dans la maison de la Cinquième Avenue. Tous visaient la perfection, une épouse qui serait la meilleure des hôtesses, donnerait les soupers et les soirées les plus courus de la ville, porterait les robes les plus élégantes et engendrerait les plus beaux des enfants, qui joueraient sagement à l'étage dans la nursery pendant que leur père négocierait des contrats dans son bureau du rez-de-chaussée.

Et Matthew Swift, l'homme que son père avait distingué pour son talent, son ambition démesurée et son esprit brillant, serait le plus exigeant des maris imaginables. Il voudrait une femme dont la vie entière tournerait autour des objectifs qu'il s'était fixés, et il la jugerait avec sévérité si elle échouait à le satisfaire. Il n'y avait aucun avenir possible avec un homme comme lui.

Mais une chose parlait en faveur de Matthew Swift : il avait bel et bien volé au secours de l'oie.

Le temps que Daisy, après s'être glissée dans la maison, se nettoie et enfile une robe propre, ses amies et sa sœur s'étaient retrouvées dans le salon du matin pour une collation. Elles étaient assises autour de l'une des tables rondes, près d'une fenêtre, et levèrent les yeux à son entrée.

Annabelle tenait la petite Isabelle penchée sur son épaule et lui massait doucement le dos d'un geste apaisant. Quelques autres tables étaient occupées, principalement par des femmes, encore qu'il y eût une demi-douzaine d'hommes présents, notamment lord Saint-Vincent.

— Bonjour, lança Daisy joyeusement en s'approchant de sa sœur. Comment as-tu dormi, ma chérie ?

— Comme une souche.

Lillian était ravissante. Elle avait le regard clair et ses cheveux noirs, emprisonnés dans une résille de soie rose sur la nuque, lui dégageaient le visage.

— J'ai dormi avec les fenêtres ouvertes, et la brise venant de la rivière était délicieusement rafraîchissante, continua-t-elle. Tu es allée pêcher ce matin ?

— Non, je me suis contentée de marcher, répondit Daisy en s'efforçant de paraître désinvolte.

Evangeline se pencha vers Annabelle pour prendre le bébé.

— Donne-la-moi un peu.

Isabelle mordillait son poing minuscule avec frénésie et bavait copieusement.

— La pauvre, elle fait ses dents, expliqua Evangeline à Daisy en prenant l'enfant.

— Elle a été agitée toute la matinée, ajouta Annabelle.

Daisy nota que ses yeux bleus étaient un peu cernés – comme ceux de beaucoup de jeunes mères. Cette pointe de lassitude rehaussait encore la beauté d'Annabelle en adoucissant la perfection de ses traits.

— Ce n'est pas un peu tôt pour qu'elle fasse déjà des dents ? s'étonna Daisy.

— C'est une Hunt, répondit Annabelle, pince-sans-rire. Et la famille Hunt est d'une robustesse peu commune. À en croire mon mari, ils sont tous pratiquement nés avec des dents.

Elle regarda sa fille avec inquiétude.

— Il faudrait peut-être que je la ramène dans la chambre, murmura-t-elle, consciente des regards désapprobateurs qu'on lançait dans leur direction.

Garder des enfants – surtout des bébés – en compagnie d'adultes ne se faisait pas. Sauf quand il s'agissait de les exhiber, vêtus de dentelle blanche et de rubans, pour les soumettre à l'approbation générale avant de les faire disparaître de nouveau dans la nursery.

— Ne dis pas de bêtises, riposta Lillian sans se soucier de baisser la voix. On ne peut pas dire qu'Isabelle hurle ou se démène. Elle est juste un peu énervée. Je pense que tout le monde est capable de faire preuve d'un peu de tolérance.

— Je vais essayer de nouveau la cuillère, fit Annabelle d'une voix où perçait l'anxiété.

Tout en retirant une petite cuillère en argent d'un bol de glace pilée, elle expliqua à Daisy :

— Ma mère m'a suggéré de lui donner ça. Elle prétend que ça a toujours marché avec mon frère Jeremy.

Daisy s'assit à côté d'Evangeline et regarda le bébé mordre l'arrondi de la cuillère. Le petit visage joufflu d'Isabelle était rouge et des traces de larmes brillaient sur ses joues. Alors qu'elle gémissait, Daisy aperçut ses gencives gonflées et frémit de compassion.

— Elle aurait besoin d'une sieste, continua Annabelle, mais elle souffre trop pour dormir.

— Pauvre petite chérie.

Alors qu'Evangeline essayait de calmer le bébé, une légère agitation se produisit de l'autre côté de la pièce. Quelqu'un venait d'entrer, soulevant une vague d'intérêt. Quand elle se retourna sur sa chaise, Daisy reconnut la haute silhouette de Matthew Swift.

Ainsi, il n'était pas retourné à la rivière. Il avait dû attendre qu'elle ait pris suffisamment d'avance pour regagner le manoir sans avoir à l'escorter.

Comme son propre père, Swift la trouvait peu digne d'intérêt. Elle eut beau se dire qu'elle s'en moquait, elle était blessée.

Il s'était changé et portait à présent une tenue impeccablement repassée, gris sombre, avec un gilet gris perle et une cravate noire au nœud classique irréprochable. Alors qu'en Europe, la mode exigeait désormais que les hommes laissent pousser leurs favoris et portent les cheveux relativement longs, ce n'était pas encore le cas en Amérique, apparemment. Matthew Swift avait le visage rasé, et ses cheveux bruns coupés court sur la nuque et les côtés lui conféraient une pointe de juvénilité séduisante.

Daisy observa à la dérobée la cérémonie des présentations. Elle remarqua le plaisir qu'exprimait le visage des messieurs les plus âgés avec lesquels il s'entretenait, et la jalousie des plus jeunes. Ainsi que l'intérêt non déguisé des femmes.

— Dieux du ciel, murmura Annabelle, qui est-ce ?

Lillian répondit d'un ton grincheux :

— C'est M. Swift.

Annabelle et Evangeline ouvrirent de grands yeux.

— Ce M. Swift que tu décrivais com… comme un sac d'os ?

— Celui dont tu disais qu'il était aussi excitant qu'un plat d'épinards desséchés ? ajouta Annabelle.

Le froncement de sourcils de Lillian s'accentua. Détournant son attention de Swift, elle laissa tomber une cuillerée de sucre dans son thé.

— Il se peut qu'il ne soit pas aussi hideux que dans ma description, admit-elle. Mais ne vous fiez pas aux apparences. Une fois que vous connaîtrez l'intérieur de l'homme, vous changerez d'avis sur l'extérieur.

— Je crois qu'un certain nomb... nombre de dames aimeraient beaucoup connaître n'importe quelle partie de l'homme, observa Evangeline, ce qui fit pouffer Annabelle.

Jetant un bref coup d'œil par-dessus son épaule, Daisy constata que c'était la vérité. Les dames battaient des cils, gloussaient et lui tendaient leurs douces mains blanches.

— Toute cette agitation simplement parce qu'il est américain, et donc, une nouveauté, grommela Lillian. Il suffirait que n'importe lequel de mes frères soit là, et toutes ces femmes oublieraient complètement M. Swift.

Daisy aurait bien aimé renchérir, mais elle était persuadée que ses frères n'auraient pas produit le même effet que M. Swift. Bien qu'héritiers d'une grosse fortune, les frères Bowman ne possédaient pas sa finesse mondaine soigneusement cultivée.

— Il regarde par ici, murmura Annabelle, dont l'anxiété se trahissait par une subtile raideur dans l'attitude. Il fronce les sourcils, comme tout le monde. Isabelle les dérange. Je vais l'emmener dehors et...

— Tu ne vas l'emmener nulle part, déclara Lillian d'un ton ferme. Nous sommes ici chez moi, tu es mon amie, et si quelqu'un trouve que le bébé fait trop de bruit, il est libre de s'en aller !

— Il vient par ici, chuchota Evangeline. Chuuut !

Daisy baissa les yeux sur son thé, les muscles raidis par la tension.

Parvenu devant leur table, Swift s'inclina poliment.

— Milady, dit-il à Lillian, quel plaisir de vous revoir. Permettez-moi de vous renouveler mes félicitations pour votre mariage avec lord Westcliff, et...

Il hésita car, bien que Lillian fût de toute évidence enceinte, il aurait été impoli d'y faire allusion.

— ... vous semblez bien vous porter, conclut-il.

— Je ressemble à une baleine, répliqua Lillian, mettant à mal son effort de diplomatie.

Swift serra les lèvres comme s'il luttait pour réprimer un sourire.

— Pas du tout, assura-t-il avant de jeter un coup d'œil à Annabelle et à Evangeline.

Tous attendaient que Lillian fasse les présentations. Celle-ci se plia aux usages à contrecœur.

— C'est M. Swift, marmonna-t-elle en agitant la main dans sa direction. Mme Simon Hunt et lady Saint-Vincent.

Swift s'inclina avec élégance sur la main d'Annabelle. Il aurait agi de même avec Evangeline si elle n'avait tenu le bébé. Les grognements et les gémissements d'Isabelle étaient de plus en plus sonores et n'allaient pas tarder à se transformer en véritables pleurs si on ne faisait rien.

— C'est ma fille, Isabelle, dit Annabelle d'un ton d'excuse. Elle fait ses dents.

« Voilà qui va le faire déguerpir », songea Daisy. Les hurlements de bébé terrifiaient les hommes.

— Ah...

Swift plongea la main dans sa poche et l'on entendit s'entrechoquer différents objets. Que diable cachait-il là-dedans ? Daisy le vit sortir son canif, un morceau de fil de pêche et un mouchoir immaculé.

— Monsieur Swift, que faites-vous ? s'enquit Evangeline avec un sourire perplexe.

— J'improvise quelque chose.

À l'aide de la cuillère, il versa un peu de glace pilée au centre du mouchoir, resserra étroitement le tissu autour et le noua avec le fil de pêche. Après avoir remis le canif dans sa poche, il tendit les bras pour prendre le bébé sans la moindre trace d'embarras.

Les yeux écarquillés, Evangeline lui remit l'enfant. Les quatre femmes le regardèrent avec étonnement appuyer Isabelle contre son épaule avec aisance. Il posa le mouchoir rempli de glace contre les lèvres du bébé, qui se mit à le ronger avec vigueur tout en continuant à pleurer.

Apparemment indifférent aux nombreux regards posés sur lui, Swift s'approcha de la fenêtre en murmurant à l'oreille du bébé. Il semblait lui raconter une histoire. Après une minute ou deux, la petite se calma.

Quand Swift revint vers la table, Isabelle, à moitié endormie, soupirait, la bouche fermée sur la poche de glace improvisée.

— Oh, monsieur Swift, que vous êtes ingénieux ! s'exclama Annabelle, reconnaissante, en récupérant sa fille. Merci.

— Que lui racontiez-vous ? s'enquit Lillian.

Il se tourna vers elle et répondit d'un ton égal :

— Mon intention était de la distraire suffisamment longtemps pour que la glace lui engourdisse les gencives. Je lui ai donc donné une explication détaillée de l'accord de Buttonwood de 1792.

Daisy s'adressa à lui pour la première fois.

— Qu'est-ce que c'est ?

Swift la regarda, le visage impassible. L'espace d'une seconde, Daisy crut qu'elle avait rêvé les événements de la matinée. Mais sa peau et ses nerfs gardaient le souvenir de la dure empreinte du corps de Matthew Swift.

— L'accord de Buttonwood a abouti à la création de Wall Street, la bourse de New York, expliqua-t-il. Je pensais m'être montré assez pédagogue, mais il semblerait que Mlle Isabelle ait perdu tout intérêt quand j'ai abordé le compromis sur l'encadrement des taux.

— Je vois, fit Daisy. Vous avez assommé ce pauvre bébé.

— Vous devriez entendre mon compte rendu du déséquilibre des forces du marché qui a mené au krach de 37. On m'a dit que c'était encore plus efficace que le laudanum.

Soutenant son regard bleu étincelant, Daisy ne put retenir un petit rire. Il lui adressa alors un autre de ses sourires brefs et éblouissants, et elle sentit une chaleur inhabituelle lui monter au visage.

L'attention de Swift s'attarda sur elle quelques instants de trop, comme s'il était fasciné par quelque chose qu'il voyait dans ses yeux. S'arrachant abruptement à sa contemplation, il s'inclina devant la table.

— Je vais vous laisser savourer votre thé. Ce fut un plaisir, mesdames.

Puis, l'air grave, il ajouta à l'intention d'Annabelle :

— Vous avez une fille adorable. Je ne lui tiendrai pas rigueur de son manque d'intérêt pour ma leçon sur le monde des affaires.

— C'est fort aimable à vous, monsieur, répondit Annabelle, les yeux pétillants.

Tandis que Swift regagnait l'autre extrémité de la pièce, une fébrilité soudaine s'empara des jeunes femmes qui se mirent à ajouter des cuillères de sucre inutiles dans leur thé et à lisser leurs serviettes sur leurs genoux.

Evangeline fut la première à reprendre la parole.

— Tu avais raison, dit-elle à Lillian. Il est vraiment abominable.

— Oh oui, renchérit Annabelle. Quand on le regarde, les premiers mots qui vous viennent à l'esprit sont « épinards desséchés ».

— Bouclez-la, toutes les deux, lança Lillian en réponse à leurs sarcasmes, avant de planter les dents avec férocité dans un toast.

L'après-midi venu, Lillian insista pour entraîner Daisy dans le jardin, où la plupart des jeunes gens jouaient aux boules sur gazon. En temps ordinaire, Daisy n'aurait pas rechigné, mais elle venait juste d'atteindre un moment palpitant dans un nouveau roman, au cours duquel une gouvernante prénommée Honoria venait de rencontrer un fantôme dans le grenier. « Qui êtes-vous ? » avait balbutié Honoria, en regardant avec stupéfaction le fantôme qui ressemblait extraordinairement à son ancien amour, lord Clayworth. Le fantôme s'apprêtait à répondre lorsque Lillian avait arraché le livre des mains de Daisy avant de l'entraîner de force hors de la bibliothèque.

— Zut, zut et rezut ! Lillian, je venais juste d'atteindre le passage le plus captivant !

— En ce moment même, il y a au moins une demi-douzaine de célibataires qui jouent aux boules à l'extérieur, rétorqua sa sœur d'un ton acerbe. Et te joindre à eux sera bien plus productif que de lire toute seule dans ton coin.

— Je ne connais rien aux boules.

— Parfait. Demande-leur de t'apprendre. Il n'y a rien que les hommes aiment plus au monde que d'apprendre à une femme à faire quelque chose.

Elles s'approchèrent du terrain de boules, autour duquel des chaises et des tables avaient été disposées pour les spectateurs. Un groupe de joueurs faisait rouler de grosses boules en bois dans un couloir de gazon, et ils s'esclaffèrent quand la boule d'un des joueurs tomba dans la rigole creusée le long du terrain.

— Hum... fit Lillian après les avoir observés. Nous avons de la concurrence.

Daisy reconnut les trois jeunes femmes auxquelles sa sœur faisait allusion : Mlle Cassandra Leighton, lady Miranda Dowden et Elspeth Higginson.

— J'aurais préféré n'inviter aucune femme célibataire, dit Lillian, mais Westcliff a dit que ce serait un peu trop voyant. Heureusement, tu es plus jolie qu'elles. Même si tu es petite.

— Je ne suis pas petite, protesta Daisy.

— Courte sur pattes, alors.

— Franchement, c'est vulgaire.

— C'est toujours mieux que rabougrie, qui est le seul autre mot qui me vient à l'esprit pour décrire ton absence de stature. Ne fais pas la moue, ma chérie, ajouta Lillian avec un grand sourire. Je t'emmène à un buffet de célibataires où tu pourras choisir n'importe... Oh, flûte !

— Quoi ? Qu'y a-t-il ?

— Il est en train de jouer.

Inutile de demander qui était le « il »... L'irritation dans la voix de Lillian suffisait à le deviner.

Observant le groupe, Daisy aperçut Matthew Swift à l'extrémité du couloir en compagnie de quelques autres jeunes gens, dont certains s'employaient à mesurer les distances entre les boules. Comme les autres, il portait un pantalon de couleur claire, une chemise blanche et un gilet sans manches. Il était svelte, bien bâti et son attitude décontractée était empreinte d'une confiance manifeste dans ses capacités physiques.

Rien n'échappait à son regard. Il paraissait prendre le jeu au sérieux. Matthew Swift était un homme qui exigeait le meilleur de lui-même, y compris lors d'un simple jeu de boules sur gazon.

Daisy était à peu près persuadée qu'il luttait pour quelque chose chaque jour de sa vie. Et cette attitude ne concordait pas vraiment avec l'expérience qu'elle avait des jeunes gens issus des vieilles familles de Boston ou de New York. Ces rejetons privilégiés savaient pertinemment qu'ils n'auraient pas à travailler si tel était leur souhait. Elle se demanda s'il arrivait à Swift de faire quelque chose uniquement pour le plaisir.

— Ils essayent de déterminer qui va remporter le point, expliqua Lillian. C'est-à-dire qui a réussi à faire rouler ses boules le plus près possible de la boule blanche.

— Comment se fait-il que tu en saches autant sur ce jeu ? s'étonna Daisy.

Lillian eut un sourire ironique.

— Westcliff m'a appris à jouer. Il est si bon au jeu de boules qu'en général, il reste assis au bord du terrain parce que personne ne peut jamais gagner quand il joue.

Elles s'approchèrent d'un groupe de chaises, déjà occupées par Westcliff, Evangeline et lord Saint-Vincent, ainsi que les Craddock – un général à la retraite et sa femme. Daisy se dirigeait déjà vers une chaise libre quand Lillian la poussa en direction du terrain de boules.

— Va ! lui ordonna-t-elle du ton qu'on emploierait pour envoyer un chien chercher un bâton.

Avec un soupir de regret, Daisy songea à sa lecture inachevée et s'exécuta en traînant les pieds. Elle avait déjà rencontré au moins trois des messieurs présents lors de précédentes occasions. Ce n'était pas de mauvais partis, au demeurant. Il y avait là M. Hollingberry, un homme d'une trentaine d'années au physique agréable, un peu grassouillet, mais néanmoins séduisant. Et M. Mardling, à l'allure athlétique, doté d'yeux verts et d'épaisses boucles blondes.

En revanche, elle n'avait jamais vu les deux autres à Stony Cross : M. Alan Rickett, qui avait l'air d'un intellectuel avec ses lunettes et sa veste légèrement froissée, et lord Llandrindon, un beau brun de taille moyenne.

Llandrindon s'approcha immédiatement d'elle et se proposa de lui expliquer les règles du jeu. Daisy s'obligea à ne pas regarder par-dessus son épaule du côté de M. Swift, qu'entouraient les autres femmes. Elles gloussaient et flirtaient, lui demandant des conseils sur la manière de tenir correctement la boule, et sur le nombre de pas que l'on devait effectuer avant de la lâcher sur le gazon.

Swift ne sembla pas remarquer Daisy. Mais quand elle se retourna pour s'emparer d'une boule en bois sur la pile, sa nuque la picota, et elle sut qu'il la regardait.

Daisy regrettait amèrement de lui avoir réclamé son aide pour libérer l'oie. L'épisode avait déclenché quelque chose qui échappait à son contrôle – une sensibilité troublante dont elle ne parvenait pas à se débarrasser. « Ne sois pas ridicule ! se tança-t-elle. Commence à jouer ! » Elle s'obligea alors à écouter attentivement les conseils de lord Llandrindon sur la stratégie du jeu de boules.

Observant ce qui se passait sur le terrain, Westcliff commenta à voix basse :

— Elle s'entend bien avec Llandrindon, apparemment. Et c'est l'un des candidats les plus prometteurs. Il a l'âge idéal, il est cultivé et possède un caractère plaisant.

Lillian considéra la silhouette de Llandrindon d'un air songeur. Il était même de la bonne taille – pas trop grand pour Daisy, qui détestait que les gens la dominent.

— Il a un nom curieux, murmura-t-elle. Je me demande d'où il vient ?

— De Thurso, répondit lord Saint-Vincent, assis de l'autre côté d'Evangeline.

Une espèce de trêve s'était instaurée entre Lillian et Saint-Vincent après beaucoup de conflits dans le passé. Lillian ne l'aimerait jamais vraiment, mais elle avait décidé, de manière prosaïque, que Saint-Vincent devait être toléré parce qu'il était ami avec Westcliff depuis des années.

Elle savait qu'il lui suffirait de demander à son mari de mettre un terme à cette amitié pour qu'il s'exécute, mais elle l'aimait trop pour exiger une telle chose de lui. En outre, Saint-Vincent faisait du bien à Marcus. Il était spirituel et perspicace, et contribuait à apporter une certaine légèreté dans la vie harassante de Marcus qui, étant l'un des hommes les plus puissants d'Angleterre, avait grand besoin de personnes ne le prenant pas trop au sérieux.

Un autre point en faveur de Saint-Vincent : il paraissait être un bon mari pour Evangeline. En vérité, il semblait même l'adorer. Personne n'aurait jamais songé à les mettre ensemble – Evangeline, la timide laissée-pour-compte, et Saint-Vincent, le débauché sans foi ni loi. Pourtant, un attachement singulier s'était développé entre eux.

Saint-Vincent était complexe et sûr de lui. Il possédait une beauté virile si éblouissante que les gens en avaient quelquefois le souffle coupé. Mais il suffisait d'un mot d'Evangeline pour qu'il accoure. Bien qu'ayant une relation plus calme, moins démonstrative que celle des Hunt ou des Westcliff, il y avait entre eux un lien d'une intensité mystérieuse et passionnée.

Et tant qu'Evangeline était heureuse, Lillian se montrerait cordiale envers Saint-Vincent.

— Thurso, répéta Lillian d'un air suspicieux, en regardant tour à tour son mari et Saint-Vincent. Ça ne me paraît pas très anglais.

Les deux hommes échangèrent un regard et Marcus répondit d'un ton neutre :

— En fait, Thurso se trouve en Écosse.

Les yeux de Lillian s'étrécirent.

— Llandrindon est écossais ? Mais il n'en a pas l'accent.

— Il a passé la plus grande partie de sa jeunesse dans des pensionnats anglais, puis à Oxford, expliqua Saint-Vincent.

— Hum…

Sa connaissance de la géographie de l'Écosse était certes sommaire, mais elle n'avait jamais entendu parler de Thurso.

— Et où se trouve Thurso précisément ? Près de la frontière ?

Westcliff évita son regard.

— Beaucoup plus au nord que cela. Près des îles Orcades.

— À la pointe septentrionale du continent ?

Lillian n'en croyait pas ses oreilles. Ce fut au prix d'un immense effort sur elle-même qu'elle parvint à réduire sa voix à un chuchotement furieux.

— Pourquoi ne pas nous épargner de la peine et exiler Daisy en Sibérie ? Il y ferait probablement plus chaud ! Seigneur Dieu, comment avez-vous pu tous les deux choisir Llandrindon comme candidat ?

— Je ne pouvais pas faire autrement, se défendit Saint-Vincent. Il possède trois domaines et une écurie de pur-sang. Et chaque fois qu'il vient au club, les bénéfices de la soirée augmentent d'au moins cinq mille livres.

— C'est un panier percé, alors, répliqua Lillian, la mine sombre.

— Ce qui n'en fait qu'un meilleur parti pour Daisy, argua Saint-Vincent. Un jour ou l'autre, il aura besoin de l'argent de votre famille.

— Je me moque que ce soit un bon parti. L'objectif, c'est de garder ma sœur dans ce pays-*ci*. Comment pourrais-je la voir si elle vit au fin fond de l'Écosse ?

— Ce serait néanmoins plus près que l'Amérique du Nord, souligna Westcliff d'un ton très terre à terre.

Lillian se tourna vers Evangeline dans l'espoir de trouver une alliée.

— Evangeline, dis quelque chose !

— Peu importe d'où vient lord Llandrindon…

Evangeline tendit la main pour libérer une mèche de cheveux qui s'était accrochée à la boucle d'oreille de Lillian.

— … Daisy ne se mariera pas avec lui.

— Qu'est-ce qui te fait penser une chose pareille ? demanda Lillian avec méfiance.

Evangeline lui sourit.

— Oh… c'est juste une impression.

Mue par le désir de terminer le jeu pour retourner à son roman, Daisy avait maîtrisé les règles de base plutôt rapidement. Le premier joueur envoyait rouler la boule blanche, appelée cochonnet, jusqu'à l'extrémité du couloir de gazon. L'objectif était de faire rouler trois boules de manière à ce qu'elles arrivent aussi près que possible du cochonnet.

La seule difficulté résidait dans le fait que les boules en bois étaient délibérément moins rondes d'un côté, et ne se déplaçaient donc pas vraiment en ligne droite. Daisy ne tarda pas à apprendre comment compenser cette asymétrie en les lançant un peu plus vers la droite, ou vers la gauche, suivant le cas. Les boules roulaient facilement sur le terrain, qui était dur et recouvert d'un gazon ras. Daisy s'en félicitait puisqu'elle n'avait qu'une hâte : en finir et aller retrouver Honoria et son fantôme.

Les femmes et les hommes étant en nombre égal, les joueurs formèrent des équipes de deux. Daisy se trouva associée à Llandrindon, qui était un joueur expérimenté.

— Vous vous débrouillez bien, mademoiselle Bowman ! s'exclama-t-il après quelques tirs. Êtes-vous sûre de n'avoir jamais joué auparavant ?

— Jamais, répondit Daisy d'un ton joyeux. C'est sans doute dû à vos excellents conseils, milord, ajouta-t-elle en ramassant une boule qu'elle tourna pour mettre le côté plat vers la droite.

Elle avança de deux pas pour se placer sur la ligne de lancement, recula le bras et lança la boule. Elle alla heurter celle d'un joueur adverse, l'envoyant beaucoup plus loin, et s'arrêta précisément à deux pouces du cochonnet. Leur équipe remportait la manche.

— Bien joué, commenta M. Rickett, qui s'arrêta pour nettoyer ses lunettes.

Quand il les eut rechaussées, il sourit à Daisy et ajouta :

— Vous bougez avec une telle grâce, mademoiselle Bowman. Votre adresse est un ravissement.

— Cela n'a rien à voir avec de l'adresse, assura Daisy avec modestie. Il s'agit plutôt, je le crains, de la chance du débutant.

Lady Miranda, une jeune blonde mince au teint de porcelaine, examinait ses mains délicates d'un air soucieux.

— Je crois que je me suis cassé un ongle, annonça-t-elle.

— Permettez-moi de vous accompagner jusqu'à une chaise, proposa aussitôt Rickett, comme si elle s'était cassé un bras et non un ongle.

Tous deux quittèrent le terrain. Daisy se fit l'amère réflexion qu'elle aurait dû perdre délibérément pour éviter d'avoir à disputer une manche supplémentaire. Mais cela n'aurait pas été loyal vis-à-vis de son partenaire. Et lord Llandrindon semblait absolument enchanté de leur succès.

— Voyons, dit-il, qui allons-nous affronter pour la dernière manche ?

Ils regardèrent jouer les deux équipes encore en compétition : M. Swift et Mlle Leighton contre M. Mardling et Mlle Higginson. M. Mardling était un joueur irrégulier qui alternait coups brillants et maladresses, alors que Mlle Higginson était beaucoup plus fiable. Cassandra Leighton était désespérément nulle, ce qui devait l'amuser beaucoup, car elle ne cessa de pouffer et de glousser durant toute la partie. Ces rires continuels étaient profondément exaspérants, mais Matthew Swift paraissait s'en accommoder.

Ce dernier était un joueur agressif, calculateur, qui étudiait chaque lancer avec soin et faisait montre d'une remarquable économie de mouvements. Daisy nota qu'il n'hésitait pas à heurter les boules des autres joueurs pour les écarter, ou à déplacer le cochonnet à leur désavantage.

— Un joueur formidable, commenta à voix basse lord Llandrindon, les yeux brillants. Vous croyez que nous pouvons le battre ?

Soudain, Daisy oublia le roman qui l'attendait dans la bibliothèque. La perspective de jouer contre Matthew Swift l'emplit d'excitation.

— J'en doute. Mais nous pouvons essayer de faire de notre mieux, n'est-ce pas ?

Llandrindon salua sa déclaration d'un rire reconnaissant.

— Certainement.

Swift et Mlle Leighton remportèrent la manche, et les autres quittèrent le terrain en s'esclaffant, bons joueurs.

Les deux équipes restantes rassemblèrent les boules et le cochonnet, puis revinrent vers la ligne de lancer. Chaque équipe aurait quatre boules, chaque joueur lançant deux fois.

Quand Daisy se tourna vers Matthew Swift, il la regarda pour la première fois depuis qu'elle était arrivée. Son regard, direct et plein de défi, fit s'accélérer les battements de son cœur et elle sentit son sang déferler dans ses veines. Les cheveux ébouriffés de Swift retombaient sur son front, et un léger voile de transpiration accentuait l'éclat de sa peau dorée.

— Tirons à pile ou face l'équipe qui commencera, suggéra lord Llandrindon.

Swift acquiesça d'un signe de tête et détourna les yeux.

Cassandra Leighton poussa un cri ravi quand le tirage à pile ou face désigna leur équipe pour commencer. Avec adresse, Swift envoya le cochonnet rouler à l'extrémité du terrain, où il se plaça idéalement.

Mlle Leighton ramassa une boule, qu'elle tint contre sa poitrine en un geste que Daisy soupçonna d'être délibéré, pour attirer l'attention sur ses formes généreuses.

— Il faut que vous me conseilliez, monsieur Swift, susurra-t-elle en lui coulant un regard désarmé entre ses cils recourbés. Dois-je lancer avec le côté plat de la boule sur la droite ou sur la gauche ?

Swift s'approcha d'elle pour repositionner la boule entre ses mains. Mlle Leighton irradia littéralement du plaisir de se voir l'objet de son attention. Il lui murmura quelques conseils en indiquant du doigt le meilleur chemin pour la boule, tandis qu'elle s'inclinait tant vers lui que leurs têtes se touchaient presque. Une irritation grandissante s'empara de Daisy, lui nouant la gorge.

Enfin, Swift s'écarta. Après avoir effectué quelques pas gracieux, Mlle Leighton lança la boule. Mais, faute d'avoir suffisamment d'élan, elle partit en zigzag avant de s'arrêter au beau milieu du couloir de gazon. Le reste de la partie allait être beaucoup plus difficile avec cette boule dans le passage, sauf si quelqu'un acceptait de perdre l'un de ses tirs pour la pousser de côté.

— Calamité ! marmonna Daisy.

Mlle Leighton était presque pliée en deux tellement elle riait.

— Pauvre de moi, j'ai tout gâché, n'est-ce pas ?

— Pas du tout, assura Swift d'un ton affable. Ce ne serait pas drôle s'il n'y avait pas de défi à relever.

Énervée, Daisy se demanda pourquoi il se montrait aussi aimable avec Mlle Leighton. Elle n'aurait pas cru qu'il était le genre d'homme à être attiré par une sotte.

— À votre tour, fit Llandrindon en lui présentant une boule.

Elle referma les doigts autour de la surface éraflée de la sphère, et la tourna jusqu'à la sentir épouser parfaitement sa paume. Les yeux fixés sur la forme blanche du cochonnet, elle imagina le chemin que devait emprunter sa boule. Trois pas en avant… un balancement du bras… et un envoi rapide. La boule roula sur le côté du terrain, évita celle de Mlle Leighton, puis tourna à la dernière seconde pour s'arrêter pile devant le cochonnet.

— Magnifique ! s'exclama Llandrindon tandis que les spectateurs applaudissaient.

Daisy glissa un coup d'œil en direction de Matthew Swift. Il l'observait avec un mince sourire, et son regard était si appuyé qu'elle eut l'impression qu'il la pénétrait jusqu'aux os. Le temps parut s'arrêter, comme suspendu. Il était rare – voire inédit – qu'un homme regarde Daisy de cette manière.

— L'avez-vous fait exprès ? s'enquit-il. Ou était-ce un coup de chance ?

— Exprès, répondit Daisy.

— J'ai du mal à le croire.

Elle se hérissa.

— Pourquoi ?

— Parce qu'une simple novice ne pourrait jamais concevoir et exécuter un coup comme celui-ci.

— Mettriez-vous en doute mon honnêteté, monsieur Swift ?

Sans attendre sa réponse, Daisy interpella sa sœur, toujours assise parmi les spectateurs.

— Lillian, à ta connaissance, ai-je déjà joué aux boules ?

— Certainement pas, assura Lillian avec emphase.

Se retournant vers Swift, Daisy lui adressa un regard de défi.

— Pour faire ce coup, dit-il, il vous faudrait calculer la vitesse de la boule sur le gazon, l'angle requis pour compenser son irrégularité et le point de décélération à partir duquel son trajet s'incurverait. Il vous faudrait aussi prendre en considération un éventuel coup de vent de côté. Et savoir à quel moment elle s'arrêterait.

— Est-ce la manière dont vous jouez ? demanda Daisy d'un ton désinvolte. Moi, je me contente d'imaginer la manière dont je veux que la boule roule et je la lance.

— Chance et intuition ? dit-il avant de lui jeter un regard supérieur. Vous ne pouvez pas gagner un jeu comme ça.

Pour toute réponse, Daisy fit un pas en arrière et croisa les bras.

— C'est votre tour.

Swift se pencha pour ramasser une boule. Tout en l'ajustant au mieux dans sa main, il marcha jusqu'à la ligne de lancer et observa le terrain. Si contrariée qu'elle fût, Daisy éprouva un pincement de plaisir dans le ventre à le regarder. Réfléchissant à cette sensation, elle se demanda comment il avait pu acquérir une influence physique aussi mortifiante sur elle. Sa simple vue, la manière dont il se déplaçait suffisaient à exacerber ses sens.

Swift donna à la boule une forte impulsion. Elle fonça obligeamment dans le couloir, reproduisant à la perfection le coup de Daisy – encore qu'à une vitesse plus calculée. Heurtant la boule de Daisy, elle la projeta hors du terrain pour prendre sa place juste devant le cochonnet.

— Il a envoyé ma boule dans la rigole ! protesta Daisy. Il a le droit ?

— Oh oui ! répondit lord Llandrindon. Plutôt impitoyable, mais parfaitement autorisé. C'est ce que l'on appelle officiellement « une boule morte ».

— Ma boule est morte ? s'écria Daisy, indignée.

Swift, qu'elle foudroyait du regard, lui retourna un regard implacable.

— À un ennemi, ne faites jamais un affront léger, lâcha-t-il.

— Il n'y a que vous pour invoquer Machiavel pendant une partie de boules sur gazon, l'accusa Daisy entre ses dents serrées.

— Excusez-moi, intervint lord Llandrindon poliment, je crois que c'est mon tour.

Constatant que ni l'un ni l'autre ne faisaient attention à lui, il haussa les épaules et se plaça devant la ligne de lancer. Sa boule parcourut le couloir sans faute et s'arrêta juste derrière le cochonnet.

— Je joue toujours pour gagner, lança Swift à Daisy.

— Grands dieux ! s'exclama-t-elle, exaspérée. Je crois entendre mon père. Avez-vous jamais envisagé que des gens puissent jouer juste pour s'amuser ? Comme une activité plaisante pour passer le temps ? Ou faut-il que tout se réduise à un combat à mort ?

— Si vous ne jouez pas pour gagner, le jeu est sans intérêt.

Consciente que Swift ne lui prêtait plus la moindre attention, Cassandra Leighton tenta d'intervenir.

— Je crois que c'est mon tour, à présent, monsieur Swift. Voudriez-vous avoir la gentillesse d'aller me chercher une boule ?

Swift s'exécuta en lui jetant à peine un regard. Il gardait les yeux rivés sur le petit visage tendu de Daisy.

— Tenez, fit-il d'un ton brusque en déposant la boule dans la main de Mlle Leighton.

— Vous pourriez peut-être m'expliquer…

Elle n'acheva pas sa phrase, car Swift et Daisy recommençaient déjà à se chamailler.

— Très bien, monsieur Swift, lâcha Daisy d'un ton froid. Si vous n'êtes pas capable d'apprécier un simple jeu de boules sans déclarer la guerre, vous allez avoir la guerre. Nous allons compter les points.

Elle n'aurait su dire si c'était elle qui s'était avancée ou lui ; toujours est-il qu'ils se retrouvaient soudain très près l'un de l'autre et que la tête de Swift était inclinée vers la sienne.

— Vous ne pouvez pas me battre, répliqua-t-il d'une voix basse. Vous êtes novice, et une femme par-dessus le marché. Ce ne serait pas équitable, sauf si l'on me donnait un handicap.

— Vous avez Mlle Leighton comme coéquipière, riposta-t-elle. À mes yeux, c'est un handicap suffisant. Et insinueriez-vous que les femmes ne sont pas capables de jouer aux boules aussi bien que les hommes ?

— Non. Je dis carrément qu'elles en sont incapables.

Daisy sentit monter en elle une vague d'indignation, ainsi que l'envie irrépressible de le piétiner sur le sol.

— Ce sera donc la guerre ! lança-t-elle en regagnant son côté du terrain au pas de charge.

Des années plus tard, on se souviendrait encore de cet épisode comme de la plus sanglante partie de boules sur gazon jamais disputée à Stony Cross Park.

La partie fut prolongée jusqu'à trente points, puis cinquante, puis Daisy perdit le compte. Swift et elle s'affrontèrent sur chaque pouce de terrain et sur chaque règle du jeu. Avant chaque coup, ils réfléchissaient comme si le sort des nations en dépendait. Et, surtout, ils s'acharnèrent à envoyer la boule de l'autre dans la rigole.

— Boule morte ! cria Daisy, triomphante, après avoir exécuté un coup parfait qui avait propulsé une fois de plus la boule de Swift hors du couloir.

— Permettez-moi de vous rappeler, mademoiselle Bowman, que le but du jeu n'est pas de me cantonner hors du terrain, lui dit-il. Vous êtes censée faire rouler votre boule aussi près que possible du cochonnet.

— Ça ne risque sacrément pas d'arriver, alors que vous n'arrêtez pas de les envoyer à l'extérieur !

Daisy entendit le hoquet étouffé que son langage arracha à Mlle Leighton. Cela ne lui ressemblait pas du tout – elle ne jurait jamais –, mais en l'occurrence, il était impossible de garder la tête froide.

— Je cesserai de frapper vos boules si vous cessez de frapper les miennes, proposa Swift.

Daisy y réfléchit pendant une demi-seconde. Mais la vérité, c'était qu'elle trouvait bien trop amusant d'envoyer ses boules dans la rigole.

— Pas pour tout le chanvre de Chine, monsieur Swift.

— Très bien.

Ramassant une boule cabossée, Swift l'envoya rouler avec un élan formidable. Elle heurta celle de Daisy avec une telle violence qu'un *crac* assourdissant retentit.

Daisy resta bouche bée en voyant les deux parties de sa boule vaciller avant de disparaître en tournoyant dans la rigole.

— Vous l'avez cassée ! s'écria-t-elle en pivotant vers lui, les poings serrés. Et ce n'était pas votre tour ! C'est Mlle Leighton qui devait jouer, espèce de monstre sans pitié !

— Oh non ! protesta Mlle Leighton, mal à l'aise. Je préfère laisser M. Swift jouer à ma place. Il est tellement plus adroit que…

Elle se tut quand elle s'aperçut que personne ne l'écoutait.

— À vous, ordonna Swift à lord Llandrindon, qui paraissait pris au dépourvu par le niveau de férocité qu'atteignait le jeu.

— Certainement pas ! s'exclama Daisy en arrachant la boule des mains de Llandrindon. En gentleman qu'il est, il ne voudra pas frapper votre boule. Mais moi, je n'en suis pas un.

— Non, vous n'êtes définitivement pas un gentleman, acquiesça Swift.

Ayant gagné sa place à grands pas, Daisy lança le bras en arrière et propulsa la boule de toutes ses forces. Celle-ci roula à grande vitesse le long du couloir et envoya la boule de Swift au bord du terrain, où elle oscilla quelques instants avant de basculer dans la rigole. Daisy adressa un regard vengeur à Swift, auquel il répondit par un hochement de tête moqueur.

— Permettez-moi de vous dire que vos exploits sont exceptionnels, mademoiselle Bowman, fit remarquer Llandrindon. Je n'ai jamais vu une débutante se débrouiller aussi bien. Comment parvenez-vous à réussir votre coup chaque fois ?

— « Là où la volonté est grande, les difficultés diminuent », répondit-elle.

Elle vit un sourire retrousser les lèvres de Swift quand il reconnut la citation de Machiavel.

Le jeu continua. Et continua encore. L'après-midi céda la place au début de soirée. Daisy finit par s'apercevoir qu'ils avaient perdu lord Llandrindon, Mlle Leighton ainsi que la plupart des spectateurs. Il sautait aux yeux que lord Westcliff aurait aimé rentrer lui aussi, mais Daisy et Swift ne cessaient de le solliciter pour arbitrer ou pour mesurer des distances, son jugement étant le seul auquel ils faisaient tous deux confiance.

Une heure s'écoula, puis une autre, les deux adversaires étant si absorbés par le jeu qu'ils en oubliaient la faim, la soif ou la lassitude. À un moment – Daisy ne sut pas exactement quand –, leur acharnement céda la place à une appréciation réticente de l'adresse de l'autre. Quand Swift la complimenta sur un coup particulièrement maîtrisé ou qu'elle se surprit à le regarder, captivée, se livrer à des calculs silencieux – oh, la manière dont il plissait les yeux et penchait un peu la tête sur le côté ! Il y avait eu peu d'occasions où la vie réelle de Daisy avait été infiniment plus divertissante que sa vie rêvée. Mais celle-ci en était une.

— Les enfants...

La voix sarcastique de Westcliff les fit se tourner vers lui, interdits. Il venait de se lever de sa chaise et étirait ses muscles ankylosés.

— Je crains que cela n'ait assez duré pour moi. Ne vous gênez pas pour continuer à jouer, mais je vous supplie de me laisser partir.

— Mais qui va arbitrer ? protesta Daisy.

— Puisque personne ne compte plus les points depuis au moins une demi-heure, répondit le comte avec ironie, ma présence n'est plus nécessaire.

— Mais si, nous comptons, répliqua Daisy, qui se tourna vers Swift. Quel est le score ?

— Je l'ignore.

Comme leurs regards se soutenaient, Daisy faillit laisser échapper un ricanement gêné.

Une lueur amusée brilla dans les yeux de Swift.

— Je pense que vous avez gagné, dit-il.

— Oh, ne soyez pas condescendant ! C'est vous qui êtes en tête. Je peux supporter de perdre, vous savez. Ça fait partie du jeu.

— Je ne me montre pas condescendant. Nous sommes à égalité depuis au moins…

Swift fouilla dans la poche de son gilet et en tira une montre.

— … deux heures.

— Ce qui signifie que, selon toute probabilité, vous avez conservé votre avance initiale.

— Nom d'une pipe ! lança Lillian depuis le bord du terrain.

Elle paraissait au comble de l'exaspération. Après être retournée au manoir pour se reposer, elle les retrouvait exactement au même endroit sur le terrain de boules.

— Vous vous êtes disputés tout l'après-midi comme des chiffonniers, et maintenant, vous vous battez pour savoir qui a gagné ! Si personne n'y met un terme, vous serez encore là à minuit. Daisy, tu es couverte de poussière et ton chignon ressemble à un nid de corneille. Viens à la maison te rafraîchir. Immédiatement.

— Inutile de crier, répliqua Daisy, qui emboîta néanmoins le pas à sa sœur.

Elle jeta un regard par-dessus son épaule à Matthew Swift… le regard le plus amical qu'elle lui ait jamais accordé. Puis elle s'éloigna avec Lillian.

Swift entreprit de ramasser les boules de bois.

— Laissez, fit Westcliff. Les domestiques remettront tout en ordre. Vous emploierez mieux votre temps à vous préparer pour le dîner, qui sera servi dans moins d'une heure.

Matthew obtempéra, reposa les boules et reprit le chemin du manoir avec Westcliff. Il suivit des yeux la gracieuse silhouette de sylphide de Daisy jusqu'à ce que celle-ci disparaisse à sa vue.

Le regard fasciné de Matthew n'échappa pas à Westcliff.

— Vous avez une manière singulière de faire la cour, commenta ce dernier. Je n'aurais pas pensé que se faire battre à un jeu de boules sur gazon aurait éveillé son intérêt. Mais cela semble pourtant être le cas.

Matthew contempla le sol à ses pieds et répondit avec une indifférence étudiée :

— Je ne courtise pas Mlle Bowman.

— Il semblerait donc que j'aie mal interprété votre passion apparente pour le jeu de boules.

Matthew lui glissa un coup d'œil oblique, sur la défensive.

— Je l'admets, je la trouve amusante. Mais cela ne signifie pas que je veuille l'épouser.

— Les sœurs Bowman sont plutôt dangereuses à cet égard. Quand l'une d'elles capte votre intérêt, vous vous dites que c'est la créature la plus contrariante que vous ayez jamais rencontrée. Mais ensuite, vous découvrez que, si exaspérante soit-elle, vous ne vous tenez plus d'impatience à l'idée de la revoir. C'est comme une maladie incurable, cela se répand d'un organe à l'autre. Toutes les autres femmes commencent à vous paraître mornes et ternes en comparaison. Vous la désirez tant que vous avez l'impression de devenir fou. Vous vous retrouvez incapable de penser…

— Je ne vois pas du tout de quoi vous parlez, coupa Matthew en pâlissant.

Il était hors de question qu'il succombe à une maladie incurable. Un homme pouvait faire des choix dans sa vie. Et, quoi que Westcliff crût, ce n'était rien de plus qu'une attirance physique. Une attirance effroyable, d'une puissance inavouable, qui vous rendait fou… mais qui pouvait être vaincue par un pur effort de volonté.

— Si vous le dites, concéda Westcliff sans paraître convaincu.

6

Face au miroir qui surmontait la table de toilette en merisier, Matthew exécutait avec soin les torsions et tractions minutieuses nécessaires pour nouer sa cravate de soirée amidonnée. Il avait faim, mais la perspective de descendre assister à un dîner solennel dans la grande salle à manger le mettait mal à l'aise. Il avait l'impression de marcher sur une planche étroite suspendue dans les airs, et que le moindre faux pas allait le projeter vers un destin funeste.

Il n'aurait jamais dû s'autoriser à relever le défi de Daisy. Ni jouer pendant des heures à ce maudit jeu.

Mais elle était si adorable, et lui avait consacré son attention exclusive durant toute la durée de la partie. Il n'avait pu résister à la tentation. Daisy était la femme la plus exaspérante et la plus séduisante qu'il eût jamais rencontrée. Des orages et des arcs-en-ciel enveloppés ensemble dans un petit format très pratique.

Bon sang, comme il la désirait ! Il n'en revenait pas que Llandrindon ou tous les autres hommes aient été capables de se comporter normalement en sa présence.

Il était grand temps qu'il reprenne le contrôle de la situation. Et pour ce faire, il allait la pousser dans les bras de Llandrindon. Parmi tous les célibataires en résidence à Stony Cross Park, le lord écossais était le dessus du panier. Une fois mariés, Daisy et lui mèneraient une vie calme et bien ordonnée. Et même s'il arrivait à Llandrindon de donner un coup de canif dans le contrat – comme le faisaient la plupart des aristocrates oisifs –, Daisy serait trop occupée par sa famille ou ses lectures pour s'en apercevoir. Le cas échéant, elle apprendrait à fermer les yeux sur ses infidélités et se réfugierait dans ses rêveries.

Malheureusement, Llandrindon n'apprécierait jamais à sa juste valeur ce cadeau inimaginable : avoir Daisy dans sa vie.

Morose, Matthew gagna le rez-de-chaussée et se mêla à la foule élégante qui se rassemblait avant de se rendre en procession dans la salle à manger. Les femmes portaient des robes colorées, rehaussées de broderies, de perles et de dentelle. Les hommes étaient sobrement vêtus de noir et de blanc, la simplicité voulue de leur tenue étant destinée à mettre en valeur l'éclat de leurs compagnes.

Il fut accueilli par une exclamation chaleureuse de Thomas Bowman.

— Swift ! Viens par ici… Je veux que tu cites les dernières estimations de production à ces messieurs.

Aux yeux de Bowman, il n'existait pas de moment inapproprié pour parler affaires. Matthew rejoignit docilement le groupe d'une demi-douzaine d'hommes rassemblés dans un coin et débita les chiffres que son employeur lui demandait.

L'une des capacités les plus utiles de Matthew était de pouvoir retenir facilement de longues listes de chiffres. Il adorait les nombres, leurs combinaisons et leurs secrets, la manière dont quelque chose de complexe pouvait être réduit à quelque chose de simple. En mathématiques, contrairement à ce qui se passait dans la vie, il existait toujours une solution, une réponse définitive.

Mais tout en parlant, Matthew aperçut Daisy et ses amies rassemblées autour de Lillian, et la moitié de son cerveau refusa aussitôt de fonctionner.

Daisy portait une robe jaune pâle drapée étroitement autour de sa taille mince, et dont le corsage décolleté, orné de ruchés de satin, faisait pigeonner ses jolis seins. Des rubans de satin jaune, artistement tressés, retenaient le bustier en place. De ses cheveux relevés au sommet de son crâne s'échappaient quelques boucles qui lui frôlaient le cou et les épaules. Elle était aussi délicate et parfaite que l'une de ces ravissantes garnitures en sucre ornant la table des desserts et que personne n'est censé manger.

Matthew rêvait de tirer sur son corsage jusqu'à ce que les tresses de satin lui emprisonnent les bras. Il voulait promener la bouche sur sa peau claire, dénicher la pointe de ses seins, la faire frémir…

— Mais pensez-vous vraiment qu'une expansion du marché soit encore possible ? fit la voix de M. Mardling. Après tout, nous parlons des classes inférieures. Quelle que soit leur nationalité, c'est un fait connu qu'elles préfèrent ne pas se laver trop souvent.

Matthew reporta son attention sur l'homme de haute taille, soigné de sa personne, dont les cheveux blonds étincelaient à la lueur des lustres. Avant de répondre, il se força à se rappeler qu'il n'y avait sans doute pas de méchanceté voulue derrière cette question. Les membres des classes privilégiées se faisaient souvent des idées fausses sur les pauvres, quand ils daignaient leur accorder une pensée.

— En fait, dit-il d'un ton égal, les chiffres disponibles indiquent que dès que le savon est produit en série à un prix abordable, le marché s'accroît approximativement de dix pour cent par an. Les gens de toutes classes souhaitent être propres, monsieur Mardling. Le problème, c'est que le savon de bonne qualité a toujours été un produit de luxe, et donc difficile à se procurer pour beaucoup.

— Production en série, répéta Mardling, songeur. Il y a quelque chose de choquant dans cette expression… Cela semble être un moyen de permettre aux classes inférieures d'imiter ceux qui leur sont supérieurs.

Matthew jeta un coup d'œil aux visages qui l'entouraient. Il remarqua que le sommet du crâne de Bowman virait au rouge – ce qui n'était jamais bon signe –, et que Westcliff gardait le silence, son regard noir insondable.

— C'est exactement cela, monsieur Mardling, dit Matthew avec gravité. La production en série d'articles comme des vêtements ou des savons offrira aux pauvres une chance de vivre avec les mêmes critères de santé et de dignité que nous.

— Mais comment discernerons-nous qui est qui ? riposta Mardling.

Matthew lui adressa un regard interrogateur.

— Je crains de ne pas vous suivre.

Llandrindon se joignit à la conversation.

— Je crois que ce que Mardling demande, c'est comment nous réussirons à faire la différence entre une vendeuse et une femme de qualité si elles sont toutes deux propres et vêtues de la même façon. Et si un gentleman n'est pas capable de se fonder sur leur apparence pour dire qui elles sont, comment saura-t-il de quelle manière les traiter ?

Stupéfait par le snobisme qui sous-tendait cette question, Matthew prépara sa réponse avec soin.

— J'ai toujours pensé que toutes les femmes devaient être traitées avec respect indépendamment de leur condition.

— Bien dit, déclara Westcliff d'un ton bourru à l'instant où Llandrindon ouvrait la bouche pour protester.

Personne ne souhaitait contredire le comte, toutefois, Mardling ne put s'empêcher de demander :

— Westcliff, ne voyez-vous rien de dangereux à encourager les pauvres à s'élever au-dessus de leur condition ? En leur permettant de prétendre qu'il n'y a pas de différence entre eux et nous ?

— Le seul danger que je voie, répondit Westcliff avec calme, ce serait de décourager les gens qui veulent s'améliorer, par peur de perdre ce que nous percevons comme notre supériorité.

Cette déclaration plut à Matthew, qui n'en apprécia que davantage le comte.

Préoccupé par la question de la vendeuse hypothétique, Llandrindon dit à M. Mardling :

— N'ayez crainte, Mardling, quelle que soit la manière dont une femme est habillée, un gentleman sait toujours détecter les indices qui trahissent son véritable rang. Une dame s'exprime toujours d'une voix douce, bien modulée, alors qu'une vendeuse a une voix stridente et un accent vulgaire.

— Certes, acquiesça Mardling, soulagé. Une vendeuse vêtue de beaux atours et parlant avec l'accent cockney… Brrr, continua-t-il en affectant de frissonner, ce serait comme un crissement d'ongle sur de l'ardoise.

— En effet, approuva Llandrindon en riant. Ou comme de tomber sur une vulgaire Daisy dans un groupe d'Isabella, d'Elinor et de Marianne.

Il avait parlé sans réfléchir, bien entendu. Au silence soudain qui s'abattit, Llandrindon prit conscience qu'il venait d'insulter par inadvertance la fille de Bowman ou, plutôt, le prénom de sa fille.

— Savez-vous que « Daisy » se dit « Marguerite » en français, et que c'est un prénom de reine ? observa Matthew d'un ton posé. Personnellement, j'ai toujours trouvé la fleur qu'elle représente d'une fraîcheur et d'une simplicité charmantes.

Tout le groupe bourdonna aussitôt de remarques approbatrices : « Certainement »… « Vous avez tout à fait raison »…

Dans le regard que lord Westcliff lui lança, Matthew vit qu'il avait apprécié son intervention.

Un peu plus tard, que ce fût prévu ou par suite d'un changement de dernière minute, Matthew découvrit qu'il avait été placé à la gauche de Westcliff à la table principale. Plusieurs invités ne cachèrent pas leur surprise en s'apercevant que la place d'honneur avait été dévolue à un jeune homme de condition obscure.

Dissimulant son propre étonnement, Matthew remarqua que Thomas Bowman lui adressait un sourire rayonnant de fierté paternelle… et que Lillian foudroyait discrètement son mari du regard, sans que celui-ci paraisse s'en émouvoir.

Après un dîner sans traits saillants, les invités se dispersèrent en petits groupes. Certains messieurs souhaitaient prendre un porto en fumant un cigare sur la terrasse, quelques dames aspiraient à une tasse de thé, les autres gagnèrent le salon pour jouer ou converser.

Alors que Matthew se dirigeait vers la terrasse, on lui tapa légèrement sur l'épaule. Quand il se retourna, son regard croisa celui, plein de malice, de Cassandra Leighton. C'était une créature pleine de vivacité, dont le talent principal semblait être sa capacité à attirer l'attention sur elle.

— Monsieur Swift, j'insiste pour que vous vous joigniez à nous dans le salon. Je ne vous permettrai pas de refuser. Lady Miranda et moi avons organisé quelques jeux que vous trouverez, j'en suis certaine, très amusants. Nous avons comploté, voyez-vous, ajouta-t-elle avec un clin d'œil entendu.

— Comploté ? répéta Matthew, méfiant.

— Oui, dit-elle avec un gloussement. Nous avons décidé d'être un peu coquines, ce soir.

Matthew n'avait jamais aimé les jeux de société, lesquels demandaient une frivolité qu'il n'avait jamais réussi à acquérir. De plus, il était de notoriété publique que, dans l'atmosphère permissive de la haute société britannique, les gages donnés lors de ces jeux conduisaient souvent à des débordements potentiellement scandaleux. Matthew avait une aversion innée et profonde pour le scandale. Et si jamais il lui arrivait un jour d'être mêlé à l'un d'eux, il faudrait que ce soit pour une très bonne raison. Certainement pas à la suite de quelque jeu de salon idiot.

Avant d'avoir pu répondre, toutefois, il remarqua quelque chose à la périphérie de son champ visuel… Un éclair de jaune. C'était Daisy qui, la main reposant légèrement sur le bras de lord Llandrindon, se dirigeait vers le vestibule conduisant au salon.

La partie logique du cerveau de Matthew lui souffla que si Daisy voulait s'exposer à se retrouver dans une situation compromettante avec Llandrindon, cela la regardait. Mais une autre partie, plus profonde, plus primitive, réagit avec une possessivité qui mit ses pieds en branle.

— Oh, merveilleux ! s'écria Cassandra Leighton en glissant la main sous son bras. Nous allons tellement nous amuser !

Matthew venait de faire une découverte fâcheuse, à savoir, qu'un besoin primaire pouvait brutalement prendre le contrôle de son corps. Les sourcils froncés, il se laissa entraîner par Mlle Leighton, qui ne cessait de déverser un flot de sottises.

Un groupe de jeunes gens et de jeunes femmes étaient rassemblés dans le salon, riant et bavardant. L'excitation était presque palpable. On percevait même une certaine espièglerie, comme si quelques-uns des participants avaient été prévenus qu'ils allaient prendre part à quelque chose d'osé.

S'immobilisant sur le seuil de la pièce, Matthew repéra immédiatement Daisy. Elle était assise près de la cheminée et Llandrindon s'appuyait à demi sur l'accoudoir de son fauteuil.

— Le premier jeu, annonça lady Miranda avec un grand sourire, sera une partie d'« Animaux ».

Elle attendit que la vague de gloussements reflue avant de continuer :

— Pour ceux qui ne connaissent pas bien les règles, elles sont assez simples. Chaque dame se choisira un partenaire masculin, et chaque gentleman se verra assigner un animal particulier à imiter – chien, cochon, âne, etc. Les dames sortiront de la pièce et on leur bandera les yeux ; à leur retour, elles devront essayer de retrouver leur partenaire. Les messieurs les aideront en poussant le cri de l'animal. La dernière dame à retrouver son partenaire aura un gage.

Matthew maugréa en silence. Il haïssait les jeux qui n'avaient d'autre but que de ridiculiser les participants. Pour un homme qui n'aimait pas être embarrassé, que ce fût volontairement ou non, c'était le genre de situation qu'il aurait tout donné pour éviter.

Jetant un regard en direction de Daisy, il constata qu'au lieu de glousser comme les autres femmes, elle affichait un air résolu. C'était sa manière d'essayer de se fondre dans la foule, de se conduire comme les péronnelles qui l'entouraient. Bon sang, pas étonnant qu'elle se soit retrouvée à faire tapisserie, si c'était ce qu'on attendait des jeunes femmes à marier !

— Vous serez mon partenaire, monsieur Swift, s'écria Mlle Leighton.

— Ce sera un privilège, répondit Matthew poliment.

Elle eut un rire aigu, comme s'il venait de dire quelque chose d'immensément amusant. Jamais il n'avait rencontré de femme qui gloussât autant. Il craignait plus ou moins qu'elle ne soit prise d'une crise de hoquet si elle ne cessait pas.

On fit passer un chapeau rempli de petits papiers à la ronde. Matthew en prit un et le lut.

— Une vache, annonça-t-il à Mlle Leighton d'un ton froid.

Elle pouffa.

C'est avec l'impression d'être un parfait idiot qu'il la regarda quitter la pièce en compagnie des autres dames.

Les hommes se positionnèrent stratégiquement, riant d'avance à l'idée d'être bousculés et plus ou moins palpés par différentes femmes aux yeux bandés.

Quelques-uns commencèrent à s'entraîner.

— *Coin-coin !*

— *Miaou !*

— *Hi-han !*

Une vague de rires roula dans le salon. Dès que les femmes aux yeux bandés pénétrèrent dans la pièce, ce fut un concert de cris d'animaux. On eût dit un zoo dont tous les pensionnaires avaient la rage. Les dames entreprirent de chercher leur partenaire et avancèrent à tâtons, se cognant dans des hommes qui bêlaient, rugissaient ou sifflaient.

Matthew pria le ciel pour que Westcliff, Hunt ou, pire, Bowman, ne passent pas par hasard devant la porte ouverte et ne le voient ainsi. Il ne s'en remettrait pas.

Un coup mortel fut porté à sa dignité quand il entendit la voix de Cassandra Leighton :

— Où est M. vache ?

Il soupira.

— Meuh, dit-il à contrecœur.

Le rire de Mlle Leighton traversa la pièce. Elle apparut progressivement à sa vue alors qu'elle avançait en palpant chaque forme masculine qui passait à sa portée.

— Ouh ouh, monsieur vaaache ! appela-t-elle. J'ai besoin que vous m'aidiez un peu !

Les sourcils froncés, Matthew s'exécuta.

— Meuh.

— Encore une fois, roucoula-t-elle.

Heureusement pour Cassandra Leighton, son bandeau la protégeait du regard assassin de Matthew.

— Meuh.

Mlle Leighton gloussait, et gloussait, et gloussait en approchant, les bras tendus, ouvrant et refermant les doigts sur le vide. Quand elle l'atteignit, elle lui palpa la taille puis ses mains glissèrent plus bas. Matthew lui saisit les poignets et, d'un geste ferme, les maintint en l'air.

— Ai-je trouvé M. vache ? demanda-t-elle en s'inclinant vers lui.

Il la repoussa sans ménagement.

— Oui.

— Hourra ! s'exclama-t-elle en retirant son bandeau.

D'autres couples se trouvaient à présent réunis, et les animaux se turent un par un au fil des retrouvailles.

Finalement, on n'entendit plus qu'un son... Quelque chose qui évoquait très vaguement la stridence d'un insecte. Une sauterelle ? Un criquet ?

Matthew se tordit le cou pour voir qui émettait ce bruit et qui était son infortunée partenaire. Il y eut une exclamation suivie d'une vague de rires. La foule s'écarta, révélant Daisy Bowman en train d'ôter son bandeau tandis que lord Llandrindon haussait les épaules d'un air d'excuse.

— Ce n'est pas le bruit que fait un criquet, protesta Daisy en riant, le visage rouge. On dirait que vous vous éclaircissez la voix !

— Je ne pouvais pas faire mieux, déclara piteusement Llandrindon.

Oh, Seigneur ! Matthew ferma brièvement les yeux. Il fallait que cela tombe sur Daisy !

Cassandra Leighton parut excessivement satisfaite.

— La pauvre ! dit-elle.

— Pas de chicaneries, déclara gaiement lady Miranda en venant se placer entre Daisy et Llandrindon. C'est vous qui avez le gage, ma chère !

Le sourire de Daisy se fit vacillant.

— En quoi consiste le gage ?

— On l'appelle « celle qui fait tapisserie », expliqua lady Miranda. Vous devez vous tenir contre le mur et tirer le nom d'un des messieurs du chapeau. S'il refuse de vous embrasser, vous resterez contre le mur et continuerez de tirer des noms jusqu'à ce que quelqu'un consente à vous délivrer.

Le sourire de Daisy tint bon, même si son visage pâlit, ne laissant que deux taches rouges sur ses pommettes.

« Bon sang ! » jura Matthew en son for intérieur. Que faire ? L'incident donnerait naissance à des rumeurs qui pouvaient aisément se transformer en scandale. Il ne pouvait le permettre. Pour la famille de Daisy, pour elle-même… et pour lui, mais cela, il ne voulait pas y penser.

Spontanément, il s'avança. Mais Mlle Leighton le rattrapa par le bras. Ses ongles s'enfoncèrent dans le tissu de sa manche.

— Pas de contestation, l'avertit-elle. Tous ceux qui jouent doivent être prêts à accepter leurs gages !

Elle souriait, mais il y avait une dureté dans ses yeux qui déplut à Matthew. Elle avait l'intention de savourer chaque seconde de l'embarras de Daisy.

Les femmes étaient décidément des créatures dangereuses.

Il fit le tour de la pièce du regard ; les visages des hommes exprimaient un espoir joyeux. Pas un n'avait l'intention de renoncer à une occasion d'embrasser Daisy Bowman. Matthew mourait d'envie de prendre l'un pour taper sur l'autre, puis d'entraîner Daisy hors de la pièce. Mais, impuissant, il ne put que la regarder plonger dans le chapeau une main hésitante.

Après avoir tiré un morceau de papier, elle le lut en silence, les sourcils froncés. Il y eut des « chut », quelques messieurs retinrent leur souffle. Sans lever les yeux, Daisy prononça alors le nom :

— M. Swift.

Puis elle rejeta le papier dans le chapeau d'un geste vif.

Matthew sentit son cœur faire un bond violent. Il hésitait. La situation venait-elle de s'améliorer ou empirait-elle d'instant en instant ?

— C'est impossible, siffla Mlle Leighton. Ça ne peut pas être vous.

Matthew lui jeta un regard absent.

— Pourquoi ?

— Parce que je n'ai pas mis votre nom dans le chapeau !

Il s'obligea à garder un visage impassible.

— De toute évidence, quelqu'un l'aura mis, répliqua-t-il, avant d'arracher son bras à son étreinte.

Un silence nerveux s'abattit dans la pièce quand il s'approcha de Daisy, puis quelques gloussements d'excitation se firent entendre ici ou là. Daisy maîtrisait admirablement son expression, mais son visage passait par toutes les couleurs. Son corps mince était aussi tendu que la corde d'un arc. Elle réussit à esquisser un sourire désinvolte. Matthew voyait son pouls palpiter à la base de sa gorge. Il aurait voulu poser la bouche à cet endroit et le caresser de la langue.

Après s'être immobilisé devant elle, il plongea son regard dans le sien, s'efforçant de deviner ses pensées.

Qui exactement avait le dessus à cet instant ?

Apparemment, c'était lui... Mais c'était Daisy qui avait énoncé son nom.

Elle l'avait choisi. *Pourquoi ?*

— Je vous ai entendu pendant le jeu, dit-elle à voix si basse que personne ne pouvait comprendre ses paroles. Vous évoquiez une vache ayant des problèmes digestifs.

— À en juger par le résultat, ma vache était meilleure que le criquet de Llandrindon, fit remarquer Matthew.

— Il ne ressemblait pas du tout à un criquet. On aurait cru qu'il évacuait des glaires.

Matthew réprima sans pitié une brusque envie de rire. Elle paraissait si dépitée et si adorable qu'il avait le plus grand mal à ne pas l'attirer dans ses bras. Il se contenta de dire :

— Finissons-en, voulez-vous ?

Si seulement Daisy ne rougissait pas si violemment ! Comme elle avait la peau claire, c'était encore plus apparent.

Chacun retint son souffle quand Matthew s'approcha jusqu'à ce que leurs corps se touchent presque. Fermant les yeux, Daisy rejeta la tête en arrière, les lèvres légèrement pressées l'une contre l'autre. Matthew lui prit la main, la porta à ses lèvres et déposa un chaste baiser sur ses doigts.

Daisy rouvrit abruptement les yeux. Elle avait l'air abasourdi.

Des rires retentirent parmi les spectateurs, accompagnés de quelques reproches joyeux.

Après avoir échangé quelques plaisanteries bon enfant avec les messieurs les plus proches, Matthew se tourna vers Daisy.

— Mademoiselle Bowman, vous avez dit un peu plus tôt que vous vouliez voir votre sœur à cette heure-ci, déclara-t-il d'un ton affable mais ferme. Puis-je vous accompagner jusqu'à elle ?

— Mais vous ne pouvez pas partir, monsieur Swift ! s'écria Cassandra Leighton depuis l'autre bout de la pièce. Nous venons juste de commencer !

— Non, merci, répondit Daisy à Matthew. Je suis certaine que ma sœur peut attendre un peu pendant que je m'amuse ici.

Matthew lui adressa un regard dur, pénétrant. À son changement d'expression, il vit qu'elle avait compris.

Il lui réclamait la faveur qu'elle lui devait.

« Venez avec moi immédiatement, lui ordonnait son regard. Inutile de discuter. »

Il vit aussi que Daisy aurait voulu refuser, mais que son sens de l'honneur l'en empêchait. Une dette était une dette.

Elle déglutit avec peine.

— D'un autre côté… reprit-elle, s'étranglant à demi… j'ai bel et bien promis à ma sœur de la rejoindre quand elle prendrait son thé.

Matthew lui offrit son bras.

— À votre service, mademoiselle Bowman.

Il y eut quelques protestations, mais le temps qu'ils franchissent le seuil, le groupe s'employait déjà à organiser un nouveau jeu. Dieu seul savait quels scandales mineurs se mijotaient. Dès lors que ni lui ni Daisy n'étaient impliqués, il s'en moquait comme d'une guigne.

Celle-ci lui lâcha le bras aussitôt qu'ils furent dans le vestibule. Ils firent encore quelques pas qui les amenèrent devant la porte ouverte de la bibliothèque. Voyant qu'elle était vide, Daisy s'y engouffra sans un mot.

Matthew la suivit et referma la porte. Ce n'était pas convenable, mais se bagarrer dans le vestibule ne l'était pas non plus.

— Pourquoi avez-vous fait cela ? attaqua Daisy en faisant volte-face.

— Vous soustraire aux jeux ?

Déconcerté, Matthew adopta un ton réprobateur.

— Vous n'auriez pas dû être là-bas, et vous le savez très bien.

Daisy était si furieuse que ses yeux sombres étincelaient.

— Et où aurais-je dû être, selon vous, monsieur Swift ? Toute seule à lire dans la bibliothèque ?

— Cela aurait mieux valu que de provoquer un scandale.

— Pas du tout. Je me trouvais exactement à ma place, faisant exactement ce que tous les autres faisaient, et tout allait bien jusqu'à ce que vous gâchiez tout !

— *Moi ?* s'exclama Matthew qui n'en croyait pas ses oreilles. J'ai gâché votre soirée ?

— Oui.

— Et de quelle manière ?

Elle le foudroya d'un regard accusateur.

— Vous ne m'avez pas embrassée.

— Je...

Pris de court, Matthew la dévisagea avec stupéfaction.

— Mais je vous ai embrassée.

— Sur la main, répliqua Daisy avec mépris. Ce qui ne signifie absolument rien.

Matthew ne comprenait pas comment, si sûr qu'il fût d'être dans son bon droit, il se retrouvait soudainement obligé d'émettre des protestations embarrassées.

— Mais vous devriez m'être reconnaissante.

— De quoi ?

— N'est-ce pas évident ? J'ai sauvé votre réputation.

— Si vous m'aviez embrassée, riposta Daisy, cela n'aurait pu qu'améliorer ma réputation. Mais vous m'avez rejetée publiquement, ce qui veut dire que Llandrindon, Mardling et tous les autres savent à présent que quelque chose cloche chez moi.

— Je ne vous ai pas rejetée.

— Ça y ressemblait pourtant fortement. Vous n'êtes qu'un mufle !

— Je ne suis pas un mufle. Si je vous avais embrassée en public, alors *oui*, j'aurais agi en mufle.

Matthew se tut un instant avant d'ajouter, à la fois irrité et perplexe :

— Il n'y a rien qui cloche chez vous. Pourquoi diable dites-vous cela ?

— J'ai toujours fait tapisserie. Personne ne veut jamais m'embrasser.

C'en était trop ! Daisy Bowman était furieuse parce qu'il s'était abstenu de faire ce dont il rêvait, ce à quoi il aspirait depuis des années. Il s'était comporté *honorablement*, que diable, et au lieu d'apprécier son geste, elle était en colère !

— ... je suis donc si peu désirable ? continuait-elle de fulminer. Ç'aurait été *à ce point* désagréable ?

Il la désirait depuis si longtemps... Des milliers de fois, il avait dû se répéter les raisons pour lesquelles elle ne pourrait jamais être à lui. Et ç'avait été bien plus facile à supporter quand il pensait qu'elle le détestait et qu'aucun espoir n'était permis. Mais la possibilité que les sentiments de Daisy aient pu changer, qu'elle éprouve quelque chose pour lui en retour, lui donnait littéralement le vertige.

Encore une minute de ce traitement, et il ne répondrait plus de rien.

— … je ne sais pas faire ce que les femmes sont censées faire pour attirer les hommes, continuait Daisy avec fureur. Et quand finalement j'ai la chance de pouvoir acquérir un peu d'expérience, vous…

Elle s'interrompit et le considéra en fronçant les sourcils.

— Pourquoi faites-vous cette tête ?

— Quelle tête ?

— Comme si vous souffriez.

Il souffrait, oui. Il éprouvait la souffrance de l'homme qui, après avoir désiré une femme pendant des années, se retrouve seul avec ladite femme, et est obligé de supporter ses récriminations parce qu'il ne l'a pas embrassée alors qu'il n'a qu'une envie : lui arracher ses vêtements et la prendre là, sur le sol.

Elle voulait de l'expérience ? Matthew était disposé à lui en donner plus qu'elle n'en demandait ! Son corps était devenu si insupportablement dur que le simple frôlement de l'étoffe de son pantalon suffisait à le faire tressaillir. Luttant pour conserver le contrôle de lui-même, il se concentra sur sa respiration. Respirer lentement. Avec pour seule conséquence d'accroître encore son excitation, au point qu'un brouillard rouge se forma à la périphérie de sa vision.

Il n'eut pas conscience de s'être avancé, mais, soudain, ses mains glissèrent sous ses bras, à l'endroit où la chaleur de sa peau tiédissait le satin jaune. Elle était légère et souple, comme un chat… Il aurait pu si facilement la soulever, la plaquer contre le mur…

Daisy fixa sur lui ses yeux sombres agrandis par la surprise.

— Que faites-vous ?

— Je voudrais que vous répondiez à une question, parvint-il à articuler. Pourquoi avez-vous appelé mon nom dans le salon ?

Différentes émotions se succédèrent sur son visage : étonnement, culpabilité, embarras.

— Je ne comprends pas ce que vous voulez dire, fit-elle en s'empourprant. Votre nom était sur le papier. Je n'avais d'autre choix que de…

— Vous mentez, coupa Matthew.

Son cœur cessa de battre quand elle garda le silence. Elle n'allait pas nier. De rouge, elle était devenue cramoisie.

— Mon nom n'était pas sur ce papier, insista-t-il au prix d'un gros effort. Mais vous l'avez néanmoins énoncé. Pourquoi ?

Tous deux savaient qu'il ne pouvait exister qu'une seule et unique raison. Matthew ferma les yeux brièvement. Son pouls était si rapide qu'une vague brûlante semblait déferler dans ses veines.

Il entendit la voix hésitante de Daisy.

— Je voulais juste savoir ce que vous… comment vous… je voulais juste…

Elle incarnait la tentation dans ce qu'elle avait de plus brutale. Matthew tenta de s'obliger à la lâcher, mais ses mains refusaient de libérer les courbes minces moulées dans le satin jaune. Le plaisir de la tenir ainsi était trop intense. Il fixa sa bouche exquise du regard, le creux subtil mais délicieux au centre de sa lèvre inférieure. « Un baiser, un seul », songea-t-il désespérément. Il pouvait au moins avoir cela. Mais une fois qu'il commencerait… il n'était pas certain de pouvoir s'arrêter.

— Daisy…

Il essaya de trouver les mots susceptibles de calmer le jeu, mais il lui était difficile de s'exprimer de manière cohérente.

— Je vais dire à votre père… à la première occasion… que je ne peux en aucun cas vous épouser.

Elle se refusait toujours à le regarder.

— Pourquoi ne pas le lui avoir dit immédiatement ?

Parce qu'il avait voulu qu'elle le remarque.

Parce qu'il avait voulu prétendre, l'espace de quelques heures, que ce dont il n'avait jamais osé rêver était juste à sa portée.

— Je voulais vous contrarier.

— Eh bien, vous y avez parfaitement réussi !

— Mais je ne l'ai jamais envisagé sérieusement. Je ne pourrais jamais vous épouser.

— Parce que je suis une laissée-pour-compte, répliqua-t-elle d'un ton maussade.

— Non. Ce n'est pas…

— Je ne suis pas désirable.

— Daisy, allez-vous arrêter…

— Même pas digne d'un unique baiser.

— Très bien ! lança Matthew, perdant finalement son sang-froid. Bon sang, vous avez gagné ! Je vais vous embrasser.

— Pourquoi ?

— Parce que si je ne le fais pas, vous ne cesserez jamais de me le reprocher.

— Il est trop tard, à présent ! Vous auriez dû m'embrasser tout à l'heure, dans le salon, mais vous ne l'avez pas fait. Et maintenant que vous avez ruiné toute chance pour que qui que ce soit d'autre m'embrasse, je ne vais pas m'accommoder d'un lot de consolation au rabais.

— *Au rabais ?*

Elle avait commis une erreur. Matthew vit qu'elle s'en était rendu compte au moment même où elle prononçait ces mots.

Elle venait de sceller son destin.

— Je… je voulais dire à contrecœur, balbutia-t-elle en essayant de se dégager. Il est évident que vous ne voulez pas m'embrasser et que, par conséquent…

— Vous avez bel et bien dit *au rabais*, fit-il en l'attirant durement contre lui. Ce qui signifie que j'ai maintenant quelque chose à prouver.

— Non, pas du tout, assura-t-elle en toute hâte. Vraiment. Vous n'avez pas…

Elle laissa échapper un petit cri quand il referma la main sur sa nuque, puis se tut quand il releva son visage vers le sien.

7

Matthew sut qu'il commettait une erreur à l'instant où leurs lèvres se rencontrèrent. Parce que rien n'égalerait jamais la perfection de tenir Daisy dans ses bras. Il était perdu. Et, que Dieu lui vienne en aide, il s'en moquait.

Sa bouche était douce et chaude comme le soleil, comme le flamboiement d'un feu de bûches. Elle émit un son étouffé quand il toucha sa lèvre inférieure de la pointe de la langue. Lentement, elle posa ses mains sur ses épaules, puis il sentit ses doigts remonter le long de son cou, et se glisser dans ses cheveux pour l'empêcher de s'écarter. Comme s'il y avait une chance que cela arrive ! Rien n'aurait pu l'arrêter, à présent.

Ses doigts tremblaient lorsqu'il referma les mains autour de l'ovale exquis de son visage pour l'incliner doucement selon un angle plus commode. Le parfum de sa bouche, suave et insaisissable, alimentait un désir qui menaçait de devenir incontrôlable. Il chercha la soie humide au-delà de ses lèvres, plus profondément, plus durement, jusqu'à ce qu'elle commence à laisser échapper de longs soupirs en moulant son corps contre le sien.

L'un de ses bras l'enlaçant, les pieds écartés pour la tenir entre les colonnes puissantes de ses cuisses, il lui laissa éprouver à quel point il était plus fort qu'elle, à quel point il était plus lourd… Elle avait le torse emprisonné dans un corset lacé et rembourré, et Matthew fut presque submergé par l'envie sauvage d'arracher ce capitonnage pour trouver la tendre chair qu'il recouvrait.

Enfonçant les doigts dans son chignon, il fit basculer sa tête en arrière jusqu'à ce que sa gorge pâle soit exposée à son regard. Il chercha l'endroit où, un peu plus tôt, il avait vu palpiter son pouls et, des lèvres, suivit le chemin secret des nerfs sous sa peau. Quand il atteignit un point sensible, il sentit la vibration de son gémissement étouffé.

« Ce serait comme cela, de lui faire l'amour », songea-t-il, en proie au vertige. Le doux frémissement de sa chair quand il la pénétrerait, le chaos délicat de sa respiration, les gémissements involontaires roulant dans sa gorge. Sa peau tiède sentait le thé et le talc, avec un soupçon de sel. Il reprit de nouveau sa bouche, força son ouverture et, plongeant dans sa chaleur humide, il se gorgea de son parfum intime à en perdre la tête.

Elle aurait dû se débattre, mais il ne rencontra qu'une douceur et une soumission qui le poussèrent à bout. Il commença à lui dévorer la bouche de baisers profonds tout en pressant son corps rythmiquement contre le sien. Il sentit qu'elle écartait les jambes sous sa robe pour mieux accueillir sa cuisse entre elles. En proie à un désir innocent, elle ondula contre lui, les joues aussi rouges que des coquelicots. Aurait-elle vraiment compris ce qu'il voulait d'elle, elle ne se serait pas contentée de rougir. Elle se serait évanouie sur-le-champ.

Lui lâchant la bouche, Matthew pressa la joue contre sa tempe.

— Je crois, murmura-t-il, haletant, que cela répond à la question de savoir si je vous trouve désirable ou pas.

Au prix d'un grand effort, Daisy pivota entre ses bras pour échapper à son étreinte. Fixant sans les voir les rangées de livres aux reliures de cuir face à elle, elle agrippa l'étagère d'acajou, s'efforçant de reprendre le contrôle de son souffle erratique.

Debout derrière elle, Matthew tendit les bras pour couvrir ses mains des siennes. Ses épaules minces se raidirent contre sa poitrine quand il chercha le tendre ourlet de son oreille.

— Non, protesta-t-elle d'une voix enrouée en essayant de s'écarter.

Matthew était incapable de s'arrêter. Enfouissant le visage contre la courbe duveteuse de son cou, il posa l'une de ses paumes à plat sur la chair dévoilée par son décolleté, juste au-dessus du renflement de ses seins. De sa main libre, Daisy pressa les doigts de Matthew contre sa poitrine, comme si leurs efforts associés étaient nécessaires pour réprimer les battements affolés de son cœur.

Ce fut au prix d'un raidissement de tous ses muscles que Matthew réussit à vaincre son envie irrésistible de la soulever et de l'emporter jusqu'au divan le plus proche. Il voulait lui faire l'amour, se perdre en elle jusqu'à ce que tous les souvenirs amers de son existence se dissolvent dans sa douceur. Mais cette chance lui avait été volée longtemps avant qu'ils se soient rencontrés.

Il n'avait rien à lui offrir. Sa vie, son nom, son identité… ce n'était qu'une illusion. Il n'était pas l'homme qu'elle croyait. Et ce n'était qu'une question de temps avant qu'elle le découvre.

Il fut consterné quand il s'aperçut que, inconsciemment, il avait empoigné ses jupes comme s'il se préparait à les relever. Le satin s'écoulait en flots brillants entre ses doigts. Il songea à son corps sanglé dans ces étoffes et ces laçages, et au plaisir impie qu'il aurait à les lui ôter pour la dénuder, à dessiner son corps avec sa bouche et ses doigts, à découvrir chaque courbe, chaque creux, chaque endroit secret.

Regardant sa main comme si elle appartenait à un autre, Matthew ouvrit les doigts un à un jusqu'à ce que le satin jaune retombe. Il fit se retourner Daisy face à lui et plongea son regard dans le sien.

— Matthew… dit-elle d'une voix rauque.

C'était la première fois qu'elle l'appelait par son prénom. Il lutta pour dissimuler la puissance de sa réaction.

— Oui ?

— La manière dont vous vous êtes exprimé tout à l'heure… Vous n'avez pas dit que vous ne *vouliez* pas m'épouser… mais que vous ne *pouviez* pas. Pourquoi ?

— Puisque cela ne se produira pas, vous fournir les raisons est hors de propos.

Daisy fronça les sourcils et pinça les lèvres d'une façon qui lui donna envie de l'embrasser sur-le-champ.

Il s'écarta pour la laisser partir.

Obéissant à son signal muet, Daisy passa devant lui.

Mais au moment où son bras frôlait le sien, Matthew lui attrapa le poignet et, soudain, elle fut de nouveau dans ses bras. Il ne pouvait plus s'arrêter de prendre ses lèvres, de l'embrasser comme si elle lui appartenait, comme s'il était en elle.

« Voilà ce que je ressens pour toi, lui dit-il avec ses baisers fiévreux et dévorants. Voilà ce que je veux. » Il sentit la tension nouvelle qui s'emparait des membres de Daisy, éprouva le désir qui la consumait, et se rendit compte qu'il pouvait lui donner du plaisir, là, maintenant, s'il glissait sa main sous ses jupes et...

« Non ! » s'adjura-t-il avec violence. Ils étaient déjà allés trop loin. Comprenant qu'il était à deux doigts de perdre tout contrôle de soi, Matthew s'arracha à sa bouche avec un gémissement et la repoussa.

Daisy s'élança aussitôt hors de la bibliothèque. L'ourlet de sa robe jaune s'attarda derrière elle, s'enroula autour du chambranle, avant de disparaître tel un ultime rayon de soleil glissant sous la ligne d'horizon.

Accablé, Matthew se demanda comment il allait pouvoir désormais se comporter de manière naturelle avec elle.

Une tradition ancienne et respectée voulait que la maîtresse du domaine agisse en généreuse bienfaitrice vis-à-vis des métayers et des habitants du village. Cela impliquait de dispenser aide et conseils, et de fournir de la nourriture et des vêtements aux plus démunis. Lillian s'était acquittée de sa tâche de bon cœur jusqu'à présent, mais son état ne le lui permettait plus.

Il était hors de question de demander à sa mère de la remplacer – Mercedes était bien trop caustique et impatiente pour une telle entreprise. Elle n'aimait pas les malades, les personnes âgées étaient mal à l'aise en sa présence, et quelque chose dans sa voix provoquait immanquablement les pleurs des bébés.

Il était donc logique de choisir Daisy. D'autant que celle-ci ne voyait aucun inconvénient à passer sa journée en visites. Elle aimait partir seule dans la charrette attelée du poney pour livrer des colis et des bocaux, faire la lecture à ceux qui n'y voyaient plus très bien et collecter des nouvelles des villageois. Et pour ne rien gâter, la nature informelle de cette mission n'exigeait pas qu'elle s'habille élégamment ou se soucie de l'étiquette.

Il y avait une autre raison pour laquelle Daisy était heureuse de se rendre au village... Cela lui fournissait une occasion de s'occuper loin du manoir, et donc de penser à autre chose qu'à Matthew Swift.

Trois jours s'étaient écoulés depuis cet horrible jeu de société et ses conséquences – c'est-à-dire avoir été embrassée à en perdre la tête par Matthew. Depuis, il se conduisait avec elle comme il s'était toujours conduit, avec froideur et courtoisie.

Daisy aurait presque pu croire qu'elle avait rêvé si, chaque fois qu'elle se tenait près de Swift, ses nerfs ne se mettaient à lancer des étincelles et son estomac à papillonner.

Elle aurait voulu en parler avec quelqu'un, mais ç'aurait été trop mortifiant. Sans compter que cela ressemblerait à une trahison – bien qu'elle ne sût pas vraiment de qui. Une chose était sûre : son existence était chamboulée. Elle dormait mal, si bien qu'elle se montrait maladroite et distraite dans la journée.

Pensant qu'elle était peut-être malade, elle était allée voir la gouvernante, lui avait décrit ses symptômes, et s'était vu administrer une répugnante cuillerée d'huile de ricin. Ce qui ne lui avait pas fait le moindre bien. Pire que tout, elle ne parvenait pas à se concentrer sur ses livres. Elle avait relu les mêmes pages encore et encore, sans y trouver le moindre intérêt.

Elle ne savait comment se ressaisir, mais il lui sembla que ce serait une bonne chose de cesser de penser à elle et de se rendre utile auprès des autres.

Elle se mit en route au milieu de la matinée, conduisant la grande charrette tirée par un solide poney brun nommé Hubert. Celle-ci était chargée de bocaux et de jarres remplis de nourriture, de rouleaux de flanelle, de roues de fromage, de morceaux de mouton soigneusement emballés, de bacon, de thé et de bouteilles de porto.

Ces visites étaient généralement très plaisantes, car les villageois semblaient apprécier sa gaieté naturelle. Certains la faisaient rire en décrivant malicieusement la manière dont les visites se passaient auparavant, quand c'était la mère de lord Westcliff qui s'en occupait.

La comtesse douairière distribuait ses présents avec réticence et s'attendait à de grandes démonstrations de reconnaissance. Si les révérences des femmes n'étaient pas assez profondes à son goût, elle leur demandait d'un ton aigre si elles avaient les genoux raides. Elle s'attendait à être consultée sur les prénoms qu'ils donnaient à leurs enfants, et leur dispensait ses instructions en matière de religion et d'hygiène. Plus exaspérant encore, la comtesse apportait les denrées – viande, légumes, sucreries – mélangées dans un même plat, ce qui rendait l'ensemble très peu appétissant.

— Bonté divine ! s'écria Daisy en posant des bocaux et un rouleau de tissu sur la table de ceux qui l'accueillaient. Quelle méchante vieille sorcière ! Comme dans les contes de fées...

Elle régala les enfants d'une version dramatique de *Hansel et Gretel* qui les envoya, gloussant et criant, sous la table, d'où ils lui coulèrent des regards enchantés.

À la fin de sa tournée, Daisy avait rempli de notes un petit carnet... Serait-il possible qu'un spécialiste rende visite au vieux M. Hearnsley, dont la vue baissait ? Et M. Blunt pourrait-il avoir une autre bouteille de la boisson fortifiante de la gouvernante pour ses problèmes digestifs ?

Après avoir promis de transmettre toutes ces questions directement à lord et lady Westcliff, Daisy remonta dans la charrette, à présent vide, et reprit la direction de Stony Cross Manor.

Le crépuscule n'était plus loin, et les ombres des chênes et des marronniers s'étiraient sur la route non pavée qui quittait le village. Cette partie de l'Angleterre n'avait pas encore subi de déforestation pour alimenter les chantiers navals et les manufactures qui se multipliaient dans les grandes villes. Les bois, quadrillés de petits chemins à demi ensevelis sous les épais feuillages, conservaient encore leur profondeur et leur secret. Dans l'ombre qui gagnait, les arbres paraissaient drapés de brume et de mystère, telles les sentinelles d'un monde de druides, de sorciers et de licornes. Un hibou au plumage brun glissa sans bruit au-dessus du chemin.

On n'entendait rien à l'exception du grincement des roues de la charrette et du *clip-clop* des sabots ferrés d'Hubert. Daisy serra davantage les guides quand le poney accéléra l'allure. Soudain nerveux, il se mit à balancer sa tête d'un côté et de l'autre.

— Du calme, mon garçon, murmura Daisy, l'obligeant à ralentir quand l'essieu de la charrette frotta durement une bosse du chemin. Tu n'aimes pas les bois ? Inutile de t'inquiéter, nous n'allons pas tarder à être en terrain découvert.

Le poney demeura nerveux, même quand la végétation s'éclaircit et que plus aucune frondaison ne cacha le ciel. Ils étaient à présent dans un chemin creux, bordé d'un côté par la forêt, de l'autre par une prairie.

— Voilà, espèce de trouillard ! lança gaiement Daisy. Tu vois bien qu'il n'y avait rien à craindre.

Elle avait malheureusement parlé un peu vite.

Des craquements sonores retentirent dans les taillis, comme si l'on piétinait des branches et des brindilles. Hubert hennit avec appréhension et tourna brusquement la tête en direction du bruit. Quand elle entendit un puissant grognement animal, Daisy sentit se hérisser les poils de sa nuque.

Seigneur, qu'est-ce que c'était ?

Avec une soudaineté stupéfiante, une silhouette énorme, ramassée, jaillit de la forêt et chargea la charrette.

Tout se passa trop vite pour que Daisy réagisse. Elle ne put que se cramponner aux rênes tandis qu'Hubert se jetait en avant avec un hennissement de panique, entraînant la charrette qui, tel un jouet, se mit à cahoter et à rebondir.

Daisy lutta de toutes ses forces pour demeurer sur son siège, mais au moment où la charrette heurtait une ornière profonde, elle fut éjectée du véhicule. Hubert continua à foncer follement sur le chemin tandis que Daisy heurtait le sol avec violence.

Le choc lui coupa le souffle. Elle étouffait, sa respiration se fit sifflante. Alors qu'elle avait l'impression qu'une créature énorme, un véritable monstre, se précipitait vers elle, un coup de fusil explosa, lui faisant tinter les oreilles.

Il y eut un cri animal à vous glacer le sang… puis plus rien.

Daisy essaya de s'asseoir, mais retomba sans force sur le ventre comme un spasme lui bloquait les poumons. Elle avait l'impression qu'un étau lui enserrait la poitrine. Sur le point de vomir, elle songea à quel point ce serait douloureux, et cela lui suffit pour ravaler son haut-le-cœur.

Presque aussitôt, un martèlement de sabots fit vibrer le sol sous sa joue. Enfin capable d'inhaler un peu d'air, elle s'appuya sur les coudes et leva le menton.

Trois cavaliers – non, quatre – se dirigeaient vers elle au galop, soulevant un nuage de poussière sur le chemin. L'un des hommes sauta à bas de son cheval avant même qu'il se soit immobilisé et la rejoignit en quelques enjambées.

Surprise, Daisy cligna des yeux quand, d'un même mouvement, il se laissa tomber à genoux et la souleva à demi. Abandonnant sa tête sur son bras, elle se retrouva face au visage sombre de Matthew Swift.

— Daisy ! fit-il d'un ton brusque, pressant, qu'elle ne lui avait jamais entendu auparavant.

La soutenant d'un seul bras, il la palpa rapidement de sa main libre.

— Êtes-vous blessée ?

Elle essaya d'expliquer qu'elle avait simplement eu le souffle coupé, et il sembla comprendre ses sons incohérents.

— Très bien, dit-il. N'essayez pas de parler. Respirez lentement.

Comme elle s'agitait contre lui, il la réinstalla dans ses bras.

— Appuyez-vous contre moi.

Il écarta avec douceur ses cheveux de son visage. À ce contact, Daisy sentit de petits frissons lui courir dans les membres. Il resserra son étreinte.

— Doucement, mon cœur. Calmez-vous. Vous êtes en sécurité, maintenant.

Daisy ferma les paupières pour dissimuler son étonnement. Matthew Swift lui murmurait des mots affectueux, il la tenait dans ses bras musclés, et elle avait l'impression que ses os fondaient comme du sucre bouillant.

Des années de bagarres acharnées avec ses frères et sœur lui avaient appris à se remettre rapidement d'une chute. Dans n'importe quelle autre circonstance, elle serait déjà sur ses pieds en train de s'épousseter. Mais chaque cellule saturée de plaisir de son corps cherchait à prolonger cet instant le plus longtemps possible.

Du bout des doigts, Matthew lui caressa la joue.

— Regardez-moi, mon cœur. Dites-moi où vous avez mal.

Elle releva les paupières. Le visage de Matthew était juste au-dessus du sien. Prisonnière du bleu extraordinaire des yeux qu'il fixait sur elle, elle eut l'impression de flotter dans un océan de couleurs.

— Vous avez de belles dents, murmura-t-elle d'une voix pâteuse, mais, vous savez, vos yeux sont encore plus beaux…

Swift fronça les sourcils, passa le pouce sur la pommette de Daisy, qui se colora légèrement.

— Pouvez-vous me dire votre nom ?

Elle cilla.

— Vous l'avez oublié ?

— Non, je veux savoir si *vous*, vous l'avez oublié.

— Je ne suis pas stupide au point d'oublier mon propre nom, répliqua-t-elle. Je m'appelle Daisy Bowman.

— Quelle est votre date de naissance ?

Elle ne put réprimer un sourire malicieux.

— Si je vous en donnais une fausse, vous ne vous en apercevriez pas.

— Votre date de naissance, insista-t-il.

— Le 5 mars.

— Pas de ce jeu-là, coquine.

— D'accord. C'est le 12 septembre. Comment le savez-vous ?

Au lieu de répondre, Swift releva la tête et s'adressa à ses compagnons, qui s'étaient rassemblés autour d'eux.

— Ses pupilles sont de la même taille. Et elle est bien réveillée. Rien de cassé, apparemment.

— Le ciel soit loué, fit la voix de Westcliff.

Par-dessus les larges épaules de Matthew Swift, Daisy aperçut son beau-frère. M. Mardling et lord Llandrindon étaient également là, le visage empreint de compassion.

Westcliff tenait un fusil à la main. Il s'accroupit à côté d'elle.

— Nous revenions tout juste de la chasse. C'est vraiment une chance extraordinaire que nous soyons arrivés au moment précis où vous étiez attaquée.

— J'aurais juré qu'il s'agissait d'un sanglier, dit Daisy d'un ton songeur.

— Mais c'est impossible, répliqua lord Llandrindon avec un petit rire indulgent. Votre imagination vous joue des tours, mademoiselle Bowman. Il n'y a plus de sangliers en Angleterre depuis des centaines d'années.

— Mais j'ai vu… commença Daisy, sur la défensive.

— Moi aussi, je l'ai vu, murmura Swift en resserrant son étreinte.

— Mlle Bowman ne se trompe pas vraiment, dit Westcliff, l'air préoccupé, à l'adresse de Llandrindon.

Nous avons un problème, sur le domaine avec des animaux qui se sont échappés et ont donné naissance à une ou deux générations de portées sauvages. Pas plus tard que le mois dernier, l'un de ces animaux a chargé une cavalière.

— Vous voulez dire que je viens d'être attaquée par un cochon furieux ? demanda Daisy en tentant de se mettre en position assise.

Swift continua de la soutenir d'un bras passé derrière son dos et la maintint contre son flanc.

Un dernier rayon de soleil brilla à l'horizon et aveugla Daisy. Quand elle détourna la tête, elle sentit le menton de Swift frotter sur ses cheveux.

— Pas furieux, rectifia Westcliff. Revenu à l'état sauvage, et, par conséquent, dangereux. Les cochons domestiques qui se retrouvent dans la nature peuvent facilement devenir agressifs et énormes. À mon avis, celui que nous venons de voir devait peser au moins cent cinquante kilos.

Swift aida Daisy à se relever.

— Doucement, murmura-t-il. La tête ne vous tourne pas ? Vous ne vous sentez pas nauséeuse ?

Elle se sentait tout à fait bien. Mais c'était si agréable de s'appuyer ainsi contre lui qu'elle dit d'une voix essoufflée :

— Peut-être un peu.

Il posa sa main sur sa tête pour l'attirer doucement au creux de son épaule. Son corps lui apparaissait si solide, si protecteur, que la température de Daisy s'éleva en flèche. Dire qu'il s'agissait de Matthew Swift, le moins romantique des hommes qu'elle eût jamais connu.

Jusqu'à présent, ce séjour lui avait réservé une surprise après l'autre.

— Je vais vous ramener, lui murmura Swift à l'oreille, ce qui fit courir un délicieux picotement sur sa peau. Pensez-vous pouvoir monter à cheval avec moi ?

Qu'elle puisse éprouver un frisson de plaisir anticipé à cette perspective, et sans en ressentir la moindre honte, prouvait à quel point les choses étaient sens dessus dessous. Tandis qu'elle serait assise entre ses bras sur son cheval, le dos contre son torse ferme, elle pourrait laisser son imagination vagabonder. Elle pourrait prétendre être une aventurière enlevée par un fringant scélérat…

— Je crains que cela ne soit pas sage, intervint lord Llandrindon en riant. Étant donné les relations entre vous deux…

Daisy blêmit, pensant tout d'abord qu'il faisait allusion à l'intermède torride dans la bibliothèque. Mais il était absolument impossible qu'il fût au courant. Elle-même n'en avait parlé à personne ; quant à Swift, dès qu'il s'agissait de sa vie privée, il était aussi muet qu'une carpe. Non, Llandrindon devait évoquer leur rivalité au jeu de boules.

— Je crois qu'il vaudrait mieux que ce soit *moi* qui ramène Mlle Bowman à la maison, continua ce dernier. Pour éviter tout risque de violence…

Daisy glissa un coup d'œil au visage souriant du vicomte. Si seulement il s'était tu ! Alors qu'elle ouvrait la bouche pour protester, Swift la devança.

— Vous avez peut-être raison, milord.

Et zut ! C'est mécontente et dépitée qu'elle sentit Swift l'écarter du refuge protecteur de son corps.

Examinant le sol d'un air sombre, Westcliff déclara :

— Je vais devoir retrouver cet animal et le supprimer.

— Pas à cause de moi, j'espère, s'inquiéta Daisy.

— Il y a du sang sur le chemin, répliqua le comte. Il est blessé. Il est plus charitable de l'achever que de le laisser souffrir.

M. Mardling alla chercher son fusil après avoir lancé avec empressement :

— Je vous accompagne, milord !

Entre-temps, lord Llandrindon avait enfourché sa monture.

— Si vous voulez bien aider Mlle Bowman à grimper, dit-il à Swift, je la ramènerai saine et sauve au manoir.

Swift releva le menton de Daisy et tira un mouchoir blanc de sa poche pour essuyer avec précaution la terre sur son visage.

— Si jamais la tête vous tourne quand nous serons rentrés, j'enverrai chercher un médecin. Compris ?

Malgré ses manières autoritaires, l'éclair de tendresse qui traversa son regard donna à Daisy l'envie de se faufiler sous son manteau et de se blottir contre son cœur.

— Vous rentrez également ou vous accompagnez lord Westcliff ? voulut-elle savoir.

— Je serai juste derrière vous.

Après avoir remis le mouchoir dans sa poche, il se pencha et la souleva aisément.

— Accrochez-vous à moi.

Daisy passa les bras autour de son cou. Ses poignets la picotèrent à l'endroit où ils pressèrent contre la peau chaude de sa nuque et la fraîcheur soyeuse de ses cheveux. Il l'emporta, appuyée contre son torse musclé, comme si elle ne pesait guère plus qu'une plume. Son souffle doux et régulier lui effleurait la joue, et sa peau sentait le soleil et le grand air. Ce ne fut qu'au prix d'un grand effort qu'elle se retint d'enfouir le visage dans son cou.

Déconcertée par la puissance de l'attirance qu'elle ressentait pour lui, Daisy garda le silence quand Swift la remit à lord Llandrindon, qui chevauchait un solide cheval bai. Le vicomte l'installa devant lui, et elle sentit le rebord de la selle s'enfoncer dans sa cuisse.

Llandrindon était un bel homme brun, élégant, aux traits fins, pourtant, la sensation de ses bras autour d'elle, de son torse, de son odeur… la contrariaient. La main qu'il avait refermée sur sa taille lui paraissait étrangère et importune.

Elle en aurait pleuré de frustration. Pourquoi n'était-elle pas attirée par lui plutôt que par un homme qui n'était pas pour elle ?

— Que s'est-il passé ? demanda Lillian quand Daisy entra dans le salon particulier des Marsden.

À demi allongée sur le canapé, elle lisait un périodique.

— On dirait qu'une voiture t'est passée dessus !

— J'ai rencontré un cochon mal élevé, en fait.

Lillian sourit en reposant le périodique.

— Hmm… de qui pourrait-il bien s'agir ?

— Ce n'était pas une métaphore. Il s'agissait *vraiment* d'un cochon.

Après s'être assise dans le fauteuil le plus proche, Daisy lui raconta sa mésaventure sur le mode humoristique.

— Tu es sûre que tu n'as rien ? s'inquiéta Lillian.

— Sûre et certaine. Et Hubert n'a rien non plus. Il a rejoint les écuries en même temps que lord Llandrindon et moi.

— Un coup de chance.

— Oui. Comme quoi Hubert est assez intelligent pour retrouver son…

— Je ne parlais pas de ce maudit poney, mais du fait que tu es rentrée avec lord Llandrindon. Non pas que je t'encourage à jeter ton dévolu sur lui ; d'un autre côté…

— Ce n'est pas avec lui que je voulais rentrer.

Daisy baissa les yeux sur ses jupes maculées de terre et s'acharna à enlever un poil de crinière collé sur la fine mousseline.

— On ne peut t'en blâmer, répliqua Lillian. Llandrindon est gentil, mais plutôt quelconque. Je suis sûre que tu aurais préféré monter avec M. Mardling.

— Non. J'étais ravie de ne pas avoir à rentrer avec lui. Celui avec qui je voulais vraiment…

— Non ! s'exclama Lillian en se bouchant les oreilles. Ne le dis pas. Je ne veux pas l'entendre.

Daisy l'observa avec gravité.

— Tu le penses vraiment ?

— Bon sang, grommela Lillian. Sacré nom de Dieu ! Ce fils de…

— Quand le bébé sera né, commenta Daisy avec un faible sourire, il faudra vraiment que tu cesses d'utiliser un langage aussi grossier.

— Alors, je vais m'en donner à cœur joie jusqu'à ce qu'il arrive.

— Tu es certaine que ce sera un « il » ?

— Il a intérêt, puisque Westcliff a besoin d'un héritier, et que je n'ai pas l'intention d'en repasser par là.

Lillian se frotta les yeux.

— Le seul candidat qui reste étant Matthew Swift, dit-elle d'un ton grincheux, je suppose que c'est celui avec qui tu voulais revenir.

— Oui. Parce que… je suis attirée par lui.

Ce fut un soulagement de le dire à voix haute. Soudain, la boule qui obstruait la gorge de Daisy disparut, et elle put enfin prendre une longue et lente inspiration.

— Physiquement, tu veux dire ?

— De toutes les autres manières également.

Lillian posa la joue sur son poing ; ce dernier était si serré que les jointures avaient blanchi.

— Est-ce parce que père veut cette union ? Espères-tu gagner ainsi son approbation ?

— Oh non ! En tout état de cause, l'approbation de père jouerait plutôt *contre* Swift. Je me moque comme d'une guigne de lui faire plaisir – je sais très bien que c'est impossible.

— Dans ce cas, je ne comprends pas pourquoi tu voudrais d'un homme qui n'est si visiblement pas pour toi. Tu n'es pas une écervelée quelconque, Daisy. Impulsive, oui. Romantique, c'est certain. Mais tu as aussi l'esprit pratique, et tu es assez intelligente pour comprendre quelles seraient les conséquences d'une telle union. Le problème, selon moi, c'est que tu es désespérée. Tu es la dernière de nous quatre à ne pas être mariée, père t'a présenté cet ultimatum ridicule et…

— Je ne suis pas désespérée !

— Si tu en es à envisager d'épouser Matthew Swift, je dirais que c'est la preuve d'un désespoir extrême.

Jamais Daisy n'avait été accusée d'avoir un caractère emporté – c'était plutôt à Lillian que revenait cet honneur. Mais une telle indignation lui gonfla la poitrine qu'elle dut lutter pour ne pas exploser.

Jetant un coup d'œil au ventre volumineux de sa sœur, elle parvint à se calmer. Lillian se trouvait confrontée à des doutes et à des malaises aussi nombreux que nouveaux, et voilà qu'elle-même donnait du souci.

— Je n'ai pas dit que je voulais l'épouser, répliqua-t-elle. Je veux simplement en apprendre davantage sur lui. Je ne vois pas où est le mal.

— Mais tu ne pourras pas ! argua Lillian avec force. C'est là le problème. Il ne se montrera pas tel qu'il est en réalité, il te trompera. Son talent dans la vie est de découvrir ce que les gens veulent et de le fabriquer pour eux, tout cela pour son propre bénéfice. Regarde la manière dont il a réussi à incarner le fils que père a toujours voulu. À présent, il va feindre d'être le genre d'homme que tu as toujours voulu.

— Il ne pouvait pas savoir que… commença Daisy.

Mais sa sœur était trop échauffée pour avoir une conversation rationnelle, et l'interrompit brutalement.

— Il n'éprouve aucun intérêt pour toi, ton cœur, ton esprit, la personne que tu es… Ce qu'il veut, ce sont des parts majoritaires dans la société, et il te voit comme le moyen de les obtenir. Évidemment, il essaie de te plaire… Il va jouer de son charme jusqu'à ce que tu y succombes, et le lendemain du mariage, tu découvriras que tout n'était qu'illusion. Il est exactement comme père, Daisy ! Il t'écrasera ou il te transformera en quelqu'un comme mère. C'est vraiment l'existence que tu souhaites ?

— Bien sûr que non !

Pour la première fois de sa vie, Daisy se rendit compte qu'elle ne pouvait parler à sa sœur aînée de quelque chose d'important.

Elle aurait eu tant à lui dire… Que tout ce que Matthew Swift avait dit et fait ne pouvait avoir été calculé. Qu'il aurait pu insister pour qu'elle rentre avec lui au manoir, mais qu'il l'avait remise à Llandrindon sans protester. Elle aurait aussi voulu lui confier que Swift l'avait embrassée, qu'elle avait trouvé cela divin, et combien cela l'inquiétait.

Mais il était inutile de discuter avec Lillian quand elle était de cette humeur. Elles n'auraient fait que tourner en rond.

Un silence lourd s'abattit. Ce fut Lillian qui le rompit.

— Alors ? Que comptes-tu faire ?

Daisy se leva, frotta une tache de poussière sur son bras et déclara d'un air contrit :

— Pour commencer, je pense qu'il serait indiqué que je prenne un bain.

— Tu sais très bien ce que je veux dire !

— Que voudrais-tu que je fasse ? s'enquit Daisy avec une politesse qui fit froncer les sourcils à Lillian.

— Dis à Matthew Swift qu'il n'est qu'un crapaud méprisable, et qu'il peut toujours courir pour que tu envisages un jour de l'épouser !

8

— … et puis, elle est *partie,* conclut Lillian avec véhémence. Sans me dire ce qu'elle allait faire ou ce qu'elle pensait réellement. Et, bon sang, je sais qu'il y a des choses qu'elle a passées sous silence…

— Ma chérie, l'interrompit Annabelle avec douceur, es-tu certaine de lui avoir donné l'occasion de tout te raconter ?

— Que veux-tu dire ? J'étais assise juste en face d'elle. J'étais consciente et j'avais deux oreilles. De quelle autre occasion aurait-elle eu besoin ?

Énervée et incapable de trouver le sommeil, Lillian avait découvert qu'Annabelle, ayant dû se relever pour le bébé, ne dormait pas non plus. Après s'être aperçues sur les balcons respectifs de leur chambre, elles étaient convenues d'un signe de se retrouver en bas. Il était minuit. Sur une suggestion d'Annabelle, elles se rendirent dans la galerie des Marsden, une longue pièce rectangulaire sur les murs de laquelle s'alignaient d'austères portraits d'ancêtres et d'inestimables œuvres d'art. Enveloppées de leur robe de chambre, elles arpentaient la galerie à petits pas, bras dessus bras dessous.

Lillian s'était tournée de plus en plus fréquemment vers Annabelle à mesure que sa grossesse avançait. Étant elle-même récemment passée par cet état, Annabelle comprenait ce qu'elle éprouvait. Et sa présence sereine se révélait invariablement apaisante.

— Ce que je veux dire, répondit Annabelle, c'est que tu étais peut-être si déterminée à expliquer à Daisy ce que tu ressentais, que tu as oublié de lui demander quels étaient ses sentiments à *elle*.

— Mais elle... mais je... balbutia Lillian, indignée.

Elle se tut et réfléchit un moment.

— Tu as raison, finit-elle par admettre d'un ton brusque. J'étais si consternée à l'idée que Daisy soit attirée par Matthew Swift que, sans doute, je n'avais pas vraiment envie de discuter. Je voulais lui dire ce qu'elle devait faire et qu'on en finisse.

Arrivées à l'extrémité de la galerie, elles firent demi-tour et revinrent en longeant une série de paysages.

— Penses-tu qu'ils aient partagé des moments intimes ? risqua Annabelle, avant de préciser en voyant l'expression alarmée de Lillian : un baiser... une étreinte...

— Ô mon Dieu ! murmura Lillian, qui secoua la tête. Daisy est tellement innocente. Il serait si facile à ce serpent de la séduire !

— À mon avis, il est sincèrement attiré par Daisy. Quel jeune homme ne le serait pas ? C'est un amour. Elle est ravissante, intelligente...

— Et riche, ajouta Lillian d'un air sombre.

Annabelle sourit.

— Être riche ne nuit pas, admit-elle. Mais dans ce cas précis, je crois qu'il n'y a pas que cela.

— Comment peux-tu être aussi affirmative ?

— Ma chérie, c'est évident. Tu n'as pas vu la manière dont ils se regardaient ? C'est juste... dans l'atmosphère.

Lillian plissa le front.

— Pouvons-nous nous arrêter un instant ? J'ai mal au dos.

Annabelle accepta aussitôt et l'aida à s'asseoir sur l'un des bancs capitonnés alignés au milieu de la salle.

— J'ai l'impression que le bébé ne va plus tarder, murmura-t-elle. Je m'aventurerais même à prédire qu'il naîtra un peu plus tôt que le médecin ne l'a prévu.

— Que le ciel t'entende ! Je n'ai jamais rien désiré autant que de ne plus être enceinte.

Lillian entreprit de se pencher en avant pour essayer d'apercevoir la pointe de ses mules pardessus la courbe de son ventre.

— Je vais être honnête avec elle et lui dire ce que je pense, déclara-t-elle abruptement. Je vois Matthew Swift tel qu'il est, même si ce n'est pas son cas à elle.

— Je crois qu'elle connaît déjà ton opinion à son sujet, fit remarquer Annabelle avec ironie. Et, au bout du compte, c'est à elle de prendre une décision. Est-ce que je me trompe en suggérant que, lorsque tu essayais d'y voir clair dans tes sentiments pour lord Westcliff, Daisy n'a pas cherché à t'influencer d'une manière ou d'une autre ?

— La situation est totalement différente, protesta Lillian. Matthew Swift est un reptile ! En outre, si Daisy l'épousait, il finirait par l'emmener en Amérique et je ne la reverrais quasiment plus.

— Alors que tu préférerais qu'elle reste sous ton aile à jamais, murmura Annabelle.

Lillian lui jeta un regard torve.

— Es-tu en train de suggérer que je serais assez égoïste pour l'empêcher de mener la vie qui lui plaît uniquement pour la garder auprès de moi ?

Imperturbable, Annabelle lui adressa un sourire de sympathie.

— Vous avez toujours été ensemble, n'est-ce pas ? Vous avez toujours représenté l'une pour l'autre la seule source d'amour et de camaraderie. Mais tout change, ma chérie. Tu as ta propre famille, à présent, un mari et bientôt un enfant… Tu ne devrais pas souhaiter moins pour Daisy.

Lillian sentit que son nez commençait à la picoter. Elle détourna la tête, mortifiée, tandis que des larmes brûlantes lui brouillaient la vue.

— Je promets d'aimer le prochain homme auquel elle s'intéressera, murmura-t-elle. Peu importe qui ce sera à partir du moment où ce n'est pas M. Swift.

— Tu n'apprécierais aucun homme auquel elle s'intéresserait.

Annabelle lui entoura les épaules du bras avant d'ajouter affectueusement :

— Tu es plutôt possessive, ma chérie.

— Et toi, tu es incroyablement agaçante, rétorqua Lillian en posant la tête sur l'épaule d'Annabelle.

Elle continua de renifler, enveloppée dans l'étreinte ferme et réconfortante de son amie. Sa propre mère n'avait jamais été capable d'un tel geste. C'était un soulagement de pleurer, bien qu'un peu embarrassant.

— Je déteste me transformer en fontaine, marmonna-t-elle.

— C'est à cause de ton état, assura Annabelle. C'est tout à fait normal. Tu redeviendras toi-même après la naissance du bébé.

— Ce sera un garçon, décréta Lillian en s'essuyant les yeux. Comme cela, nous arrangerons un mariage entre nos enfants afin qu'Isabelle puisse devenir vicomtesse.

— Je pensais que tu ne croyais pas aux mariages arrangés ?

— C'était le cas jusqu'à maintenant. Mais il n'est pas possible de faire confiance à nos enfants pour prendre une décision aussi importante que le choix d'un conjoint.

— Tu as raison. Il nous faudra le faire pour eux.

Elles gloussèrent, et Lillian sentit son humeur s'alléger un peu.

— J'ai une idée, reprit Annabelle. Si nous allions jusqu'à la cuisine pour jeter un coup d'œil dans le garde-manger ? Je parie qu'il reste du gâteau à la framboise du dessert. Sans parler de celui à la confiture de fraise.

Lillian releva la tête et tamponna son nez humide avec sa manche.

— Tu crois vraiment que je me sentirai mieux après avoir mangé des gâteaux ?

— Ça ne peut pas faire de mal, n'est-ce pas ?

Lillian réfléchit un instant.

— Allons-y, acquiesça-t-elle, laissant son amie l'aider à se mettre debout.

Le soleil matinal se déversa à flots dans le grand vestibule quand les domestiques tirèrent les tentures et les attachèrent avec des embrasses de soie ornées de glands. Daisy se dirigeait vers le salon du petit déjeuner, sachant qu'il y avait peu de chances qu'elle y trouve qui que ce fût. Bien qu'en proie à une fébrilité qui exigeait de trouver un exutoire, elle avait essayé de dormir le plus tard possible, puis avait fini par bondir de son lit pour s'habiller.

Un peu partout, des servantes astiquaient les cuivres et les boiseries, balayaient les tapis, transportaient des seaux et des paniers de linge. Des entrailles de la maison lui parvenaient des bruits de casseroles et de plats – on s'activait à la préparation du petit déjeuner dans les cuisines.

La porte du bureau de lord Westcliff étant ouverte, Daisy y jeta un coup d'œil en passant. C'était une belle pièce lambrissée, simple et sobrement meublée, dont l'originalité consistait en une rangée de fenêtres ornées de vitraux colorés qui jetaient un arc-en-ciel de lumière sur le tapis. Elle s'arrêta, le sourire aux lèvres, en apercevant quelqu'un assis derrière le bureau massif. À en juger par sa chevelure sombre et ses larges épaules, il s'agissait de M. Hunt, qui utilisait souvent le bureau de Westcliff quand il était à Stony Cross.

— Bonjour… commença-t-elle, avant de s'interrompre quand il tourna la tête vers elle.

Elle ressentit un pincement d'excitation en reconnaissant non pas M. Hunt mais Matthew Swift.

Comme il se levait, elle lui dit timidement :

— Non, s'il vous plaît, je suis désolée d'avoir interrompu…

Sa voix mourut quand elle remarqua qu'il y avait en lui quelque chose de différent. Il portait une paire de fines lunettes cerclées d'acier.

Des lunettes, sur ce visage aux traits puissants… Et ces cheveux en désordre, comme s'il les avait ratissés avec les doigts. Cela, associé à ce grand corps musclé éminemment viril, constituait un mélange étonnamment… érotique.

— Quand avez-vous commencé à les porter ? réussit-elle à articuler.

— Les lunettes ? Il y a un an environ.

Il eut un sourire un peu contraint et les ôta.

— J'en ai besoin pour lire. J'ai passé trop de nuits penché sur des contrats et des rapports…

— Elles… elles vous vont très bien.

— Vraiment ?

Sans cesser de sourire, Swift secoua la tête, comme s'il ne lui était jamais venu à l'idée de s'interroger sur son apparence. Il rangea les lunettes dans la poche de son gilet.

— Comment vous sentez-vous ?

Il fallut un moment à Daisy pour comprendre qu'il faisait allusion à sa chute de la charrette.

— Oh, je me sens bien, merci.

Il la regardait de cette manière si particulière qui était la sienne, sans ciller, concentrée. Cela l'avait toujours mise mal à l'aise. Mais, à cet instant précis, son regard ne semblait pas critique. En vérité, il la fixait comme si elle était la seule chose au monde digne d'être contemplée. Daisy se mit à tripoter la jupe de sa robe de mousseline, rose à petites fleurs.

— Vous êtes matinale, commenta Swift.

— Je le suis, en général. Je ne comprends pas pourquoi certaines personnes s'attardent si longuement au lit le matin. On ne peut pas dormir plus que son compte, après tout.

À peine Daisy eut-elle prononcé ces paroles qu'il lui vint à l'esprit qu'on pouvait faire autre chose dans un lit qu'y dormir. Elle devint écarlate.

Charitablement, Swift s'abstint de se moquer d'elle, même si une ombre de sourire lui retroussa les lèvres. Écartant ce sujet risqué, il désigna d'un geste la pile de papiers sur le bureau.

— Je me prépare à aller bientôt à Bristol. Il y a quelques problèmes à régler avant de décider d'implanter la manufacture là-bas.

— Lord Westcliff a accepté que vous dirigiez le projet ?

— Oui. Encore qu'apparemment, j'aurai à obtenir l'accord d'un organe consultatif.

— Mon beau-frère peut se montrer un peu directif, admit Daisy. Mais une fois qu'il aura constaté à quel point vous êtes fiable, il lâchera considérablement les rênes, j'en suis persuadée.

Il lui jeta un regard étrange.

— On dirait presque un compliment, mademoiselle Bowman.

Elle haussa les épaules avec une désinvolture étudiée.

— Quels que puissent être vos défauts, votre fiabilité est légendaire. Mon père a toujours dit que l'on pouvait régler une horloge sur vos allées et venues.

— Fiable, répéta-t-il avec, dans la voix, un amusement teinté de sarcasme. Voilà la description d'un individu excitant.

À une époque, Daisy aurait été d'accord avec le sarcasme. Quand on disait d'un homme qu'il était « fiable » ou « gentil », on l'éreintait sous couleur d'éloge. Mais elle venait de passer trois saisons à observer les caprices de messieurs désinvoltes, distraits ou irresponsables. La fiabilité était une merveilleuse qualité chez un homme. Elle se demandait pourquoi elle ne s'en était pas aperçue plus tôt.

— Monsieur Swift…

Daisy s'efforça d'adopter un ton léger, sans grand succès.

— Je m'interrogeais à propos de quelque chose…

— Oui ?

Il fit un demi-pas en arrière quand elle s'approcha, comme s'il était impératif de maintenir une certaine distance entre eux.

Daisy le fixa d'un regard intense.

— Puisqu'il n'est pas possible que vous et moi… que le mariage est hors de… Je me demandais… quand avez-vous l'intention de vous marier ?

Il parut d'abord déconcerté, puis son visage se vida de toute expression.

— Je ne crois pas que le mariage me conviendrait.

— Jamais ?

— Jamais.

— Pourquoi ? Est-ce parce que vous tenez trop à votre liberté ? Ou avez-vous l'intention de devenir un coureur de jupons ?

Swift se mit à rire, avec une telle chaleur que Daisy eut l'impression d'une caresse de velours le long de sa colonne vertébrale.

— Non. J'ai toujours pensé que c'était perdre son temps que de courir après des hordes de femmes quand une seule suffit dès lors que c'est la bonne.

— Comment définiriez-vous cette dernière ?

— Êtes-vous en train de me demander quel genre de femme j'aimerais épouser ?

Son sourire s'attarda sur son visage bien plus longtemps que d'ordinaire, et Daisy sentit sa nuque se hérisser.

— Je suppose que je le saurai quand je la rencontrerai.

Luttant pour paraître indifférente, Daisy s'avança vers les fenêtres garnies de vitraux. Elle leva la main, regarda la mosaïque de couleurs jouer sur sa peau claire.

— Je peux deviner à quoi elle ressemblerait, dit-elle sans se retourner. Elle serait plus grande que moi, pour commencer.

— La plupart des femmes le sont, fit-il remarquer.

— Accomplie et utile, continua Daisy sans relever. Pas du genre rêveuse. Elle s'attacherait aux questions pratiques et dirigerait les domestiques à la perfection, et elle ne laisserait pas le poissonnier lui vendre de la morue avariée.

— Si jamais j'avais été enclin à songer au mariage, vous venez juste de chasser cette idée de mon esprit.

— Vous n'aurez aucune difficulté à la trouver, poursuivit Daisy d'un ton plus morose qu'elle ne le souhaitait. Il y en a des centaines à Manhattanville. Des milliers peut-être.

— Pourquoi êtes-vous aussi certaine que je souhaiterais une femme conventionnelle ?

Daisy frémit quand elle le sentit s'approcher d'elle dans son dos.

— Parce que vous êtes comme mon père, répondit-elle.

— Pas complètement.

— Et que si vous épousiez une femme différente de celle que je viens de décrire, vous finiriez par la voir comme un… parasite.

Elle sentit la légère pression des mains de Swift sur ses épaules. Il la fit pivoter face à lui. Son regard bleu était chaleureux quand il fouilla le sien, et elle eut l'impression dérangeante qu'il lisait bien trop aisément dans ses pensées.

— Je préfère penser que je ne serai jamais cruel à ce point, dit-il lentement. Ou idiot.

Son regard tomba sur son décolleté. Avec une douceur infinie, il dessina de ses pouces la forme ailée de ses clavicules, jusqu'à ce que Daisy en ait la chair de poule.

— Tout ce que je demanderais à une épouse, murmura-t-il, ce serait qu'elle me porte une certaine affection, et soit heureuse de me voir à la fin de la journée.

La respiration de Daisy s'accéléra sous la caresse de ses doigts.

— Vous n'en demandez pas beaucoup.

— N'est-ce pas ?

Les doigts de Swift avaient atteint la base de sa gorge, et elle déglutit avec peine. Il cligna alors des yeux et ôta les mains en toute hâte, sans paraître savoir qu'en faire, jusqu'à ce qu'il les enfouisse dans les poches de sa veste.

Pourtant, il ne s'écarta pas. Ressentait-il la même attirance irrésistible qu'elle ? Ce besoin déconcertant qui semblait ne pouvoir être apaisé que par une proximité plus étroite ?

Après s'être éclairci la voix, Daisy se redressa de toute la hauteur de son mètre cinquante-cinq – un peu moins, même, selon Lillian.

— Monsieur Swift ?

— Oui, mademoiselle Bowman ?

— J'ai une faveur à vous demander.

Son regard se fit plus aigu.

— Laquelle ?

— Dès que vous direz à mon père qu'il est définitivement hors de question de m'épouser, il sera... déçu. Vous savez comment il est.

— Oui, je le sais, acquiesça Swift d'un ton ironique.

Aucun de ceux qui connaissaient Thomas Bowman n'ignorait que, pour lui, une « déception » équivalait à un outrage insupportable.

— J'ai bien peur qu'il n'y ait quelques répercussions déplaisantes pour moi. Père est déjà mécontent que je n'aie pas réussi à décrocher une demande en mariage. S'il en vient à supposer que j'ai agi délibérément pour contrecarrer ses plans en ce qui nous concerne… Eh bien, je me retrouverai dans une situation… difficile.

— Je comprends, assura Swift, qui connaissait son père peut-être mieux que Daisy elle-même. Je ne lui dirai rien. Et je ferai tout ce qui est en mon pouvoir pour vous faciliter les choses. Je pars pour Bristol dans deux jours, trois au maximum. Llandrindon et les autres ne sont pas idiots… Ils ont leur petite idée sur la raison de cette invitation à Stony Cross Park et ne seraient pas venus s'ils n'étaient pas intéressés. Vous ne devriez donc pas tarder à recevoir une demande en mariage de l'un d'entre eux.

Sans doute Daisy aurait-elle dû apprécier son empressement à la pousser dans les bras d'un autre, mais son enthousiasme la rendit au contraire acerbe.

— Je vous remercie infiniment, monsieur Swift. Vous vous êtes montré très serviable. En particulier, en me permettant d'acquérir une expérience dont je manquais cruellement. La prochaine fois que j'embrasserai un homme – lord Llandrindon, par exemple –, je saurai bien mieux quoi faire.

Une satisfaction vengeresse l'envahit quand elle vit la manière dont sa bouche se durcissait.

— Tout le plaisir était pour moi, gronda-t-il.

S'apercevant qu'il levait les mains comme s'il était sur le point de l'étrangler ou de la secouer comme un prunier, Daisy lui décocha son sourire le plus radieux et s'esquiva.

Au cours de la journée, le soleil matinal céda la place à des nuages qui déroulèrent peu à peu un grand tapis gris à travers le ciel. La pluie qui se mit à tomber en continu ne tarda pas à transformer les routes non pavées en bourbiers, à réapprovisionner les prairies humides et les marais, et à précipiter bêtes et gens vers leurs abris respectifs.

Le printemps était ainsi dans le Hampshire, espiègle et capricieux, jouant des tours à ceux qui ne se méfiaient pas. Si, par un matin humide, vous vous aventuriez dehors muni d'un parapluie, le Hampshire vous offrait un grand soleil. Et si vous partiez en promenade les mains dans les poches, le ciel vous déversait à coup sûr des baquets d'eau sur la tête.

Confinés à l'intérieur, les invités se rassemblèrent en groupes variés et toujours mouvants – certains dans le salon de musique, d'autres dans la salle de billard, d'autres encore dans le grand salon pour jouer, boire du thé ou s'essayer au théâtre amateur. De nombreuses dames se consacrèrent à leur broderie ou à leur dentelle pendant que les messieurs lisaient, discutaient et buvaient dans la bibliothèque. Aucune conversation ne se terminait sans que l'on ait tenté au moins une fois de prédire la fin de la tourmente.

D'ordinaire, Daisy adorait la pluie. Se blottir au coin du feu avec un livre était pour elle le plus grand des plaisirs imaginables. Mais elle était encore prisonnière de cette agitation qui lui avait fait perdre le goût de la chose écrite. Elle déambulait donc d'une pièce à l'autre en observant discrètement les activités des invités.

Après s'être arrêtée sur le seuil de la salle de billard, elle se pencha pour glisser un coup d'œil aux gentlemen qui déambulaient nonchalamment autour de la table, une boisson ou une queue de billard à la main. Le cliquètement des boules en ivoire apportait un contrepoint arythmique au bourdonnement des conversations masculines. Son attention fut soudain attirée par Matthew Swift qui, en manches de chemise, se penchait au-dessus de la table pour exécuter un coup.

Ses yeux bleus s'étrécirent comme il observait la disposition des boules sur la table. Ses mèches rebelles retombaient une fois de plus sur son front, et Daisy fut saisie de l'envie de les repousser en arrière. Quand il envoya sa boule directement dans le trou sur le côté de la table, il y eut des applaudissements, quelques rires, et des pièces de monnaie changèrent de main. Swift se redressa en esquissant l'un de ses sourires fugitifs, puis il fit une remarque à son adversaire, qui se révéla être lord Westcliff.

Celui-ci accueillit son observation en riant. Un cigare éteint entre les dents, il fit le tour de la table pour étudier ses options. Il régnait dans la pièce une atmosphère indéniable de détente et de plaisir masculins.

Apercevant Daisy qui passait la tête par la porte, Westcliff lui adressa un clin d'œil. Elle recula vivement, telle une tortue qui rentre dans sa carapace.

Elle était vraiment ridicule à rôder ainsi dans le manoir en essayant d'apercevoir Matthew Swift. Tout en se morigénant, elle se dirigea vers le vestibule et le grand escalier. Elle gravit les marches en courant et ne s'arrêta qu'arrivée dans le salon des Marsden.

Annabelle et Evangeline étaient avec Lillian. À demi recroquevillée sur le canapé, celle-ci avait le visage pâle et tendu, et tenait ses bras minces serrés autour de son ventre.

— Ça fait vingt minutes, annonça Evangeline, le regard rivé sur l'horloge de la cheminée.

— Elles ne sont pas encore régulières, remarqua Annabelle.

Elle était occupée à brosser puis tresser avec dextérité les épais cheveux sombres de Lillian.

— Qu'est-ce qui n'est pas régulier ? s'enquit Daisy avec une gaieté forcée en pénétrant dans la pièce. Et pourquoi regardez-vous la...

Elle pâlit quand elle comprit.

— Mon Dieu ! Tu as des contractions, Lillian ?

Sa sœur secoua la tête, l'air perplexe.

— Non, pas vraiment. Plutôt une espèce de serrement de tout le ventre. Ça a commencé après le déjeuner, ça a recommencé une heure plus tard, puis une demi-heure plus tard, et là, ça faisait vingt minutes.

— Westcliff le sait ? demanda Daisy, le souffle court. Faut-il que j'aille le lui dire ?

— *Non !* répondirent les trois autres d'une seule voix.

— Inutile de l'inquiéter dès maintenant, ajouta Lillian d'un ton penaud. Laissons-le jouir de son après-midi avec ses amis. Dès qu'il sera au courant, il ne tiendra plus en place, il donnera des ordres et plus personne n'aura la paix. Surtout pas moi.

— Et mère ? Dois-je aller la chercher ?

Daisy se sentait obligée de poser la question, même si elle connaissait déjà la réponse. Mercedes n'était pas du genre réconfortant et, en dépit de ses cinq grossesses, elle ne supportait pas la moindre allusion aux fonctions corporelles.

— C'est déjà assez pénible comme ça, répondit Lillian avec ironie. Ne lui dis rien pour le moment. Elle se sentirait obligée de rester assise ici avec moi par souci des convenances, et cela me rendrait aussi nerveuse qu'une chatte. Pour l'instant, c'est de vous trois que j'ai besoin.

Malgré son ton désinvolte, elle s'empara de la main de Daisy et la serra avec force. Accoucher était une expérience effrayante, surtout la première fois, et Lillian ne faisait pas exception.

— D'après Annabelle, ça peut durer des jours, expliqua-t-elle à sa sœur en louchant comiquement. Ce qui signifie que je ne serai peut-être pas aussi affable que d'habitude.

— Ce n'est pas grave. Nous te pardonnons d'avance.

Sans lâcher la main de Lillian, Daisy s'assit sur le sol, à ses pieds.

On n'entendait dans la pièce que le *tic-tac* de l'horloge et le crépitement des cheveux de Lillian sous les coups de brosse. Entre leurs mains jointes, les pouls des deux sœurs se mêlèrent. Daisy ne savait trop si elle offrait du réconfort à Lillian ou si elle en recevait.

L'heure de la délivrance avait sonné pour Lillian, et Daisy avait peur pour elle. Peur de la douleur, des complications possibles, et du fait que la vie ne serait plus jamais la même ensuite.

Elle jeta un coup d'œil à Evangeline, qui lui adressa un sourire, puis à Annabelle, qui affichait une expression calme fort rassurante. Elles s'aideraient mutuellement à faire face à tous les défis, les joies et les peurs de l'existence, songea Daisy, qui fut soudain submergée d'amour pour elles.

— Je ne vivrai jamais loin de vous, déclara-t-elle. Je veux que nous restions toujours ensemble toutes les quatre. Je ne supporterais pas de perdre l'une d'entre vous.

Elle sentit qu'Annabelle lui donnait un petit coup affectueux sur la jambe de la pointe de sa mule.

— Daisy… on ne perd jamais une véritable amie.

9

À mesure que l'après-midi cédait la place au début de soirée, le déluge printanier se transforma en une véritable tempête. Des rafales de vent chargées de pluie cinglaient les fenêtres, et fouettaient les arbres et les haies méticuleusement taillées. Des éclairs cisaillaient le ciel. Les quatre amies restèrent dans le salon des Marsden jusqu'à ce que les contractions de Lillian se succèdent à un intervalle régulier de dix minutes. Cette dernière se taisait, visiblement anxieuse même si elle s'efforçait de le cacher. Daisy soupçonnait sa sœur d'éprouver des difficultés à se soumettre au processus inéluctable qui prenait le contrôle de son corps.

— Il n'est pas possible que tu te sentes à l'aise sur ce canapé, finit par déclarer Annabelle en aidant Lillian à se redresser. Viens, ma chérie. Il est temps d'aller au lit.

— Dois-je… commença Daisy, qui pensait que le moment était peut-être venu d'avertir Westcliff.

— Je pense, oui, dit Annabelle.

Soulagée à la perspective de se rendre utile plutôt que de rester assise, impuissante, Daisy demanda :

— Et ensuite ? Aurons-nous besoin de draps ? De serviettes ?

— Oui et oui, lança Annabelle par-dessus son épaule, tout en soutenant Lillian d'un bras ferme. Et des ciseaux et une bouillotte. Dis aussi à la gouvernante qu'elle fasse monter de l'huile de valériane ainsi que de la tisane d'agripaume séchée et de bourse-à-pasteur.

Tandis que les autres emmenaient Lillian dans sa chambre, Daisy dévala l'escalier. Elle se rendit dans la salle de billard, mais elle était vide. Elle n'eut pas plus de chance avec la bibliothèque et l'un des grands salons. Westcliff semblait introuvable. S'efforçant de dominer son impatience, Daisy s'obligea à passer d'un pas tranquille devant quelques invités qui traversaient le vestibule, et se dirigea vers le bureau de Westcliff. À son grand soulagement, il était là, en compagnie de son père, de M. Hunt et de Matthew Swift. Ils étaient plongés dans une conversation animée où se succédaient des expressions telles que « les profits par unité de production » et « l'insuffisance des réseaux de distribution ».

Quand ils prirent conscience de sa présence sur le seuil, les hommes tournèrent les yeux dans sa direction. Westcliff, qui était à demi assis sur le bureau, se leva.

— Milord, fit-elle, puis-je vous dire un mot ?

Même si elle s'était exprimée calmement, quelque chose dans son expression dut alerter Westcliff, qui s'approcha d'un pas vif.

— Oui, Daisy ?

— C'est au sujet de Lillian, chuchota-t-elle. Le travail a commencé, apparemment.

Jamais elle n'avait vu le comte aussi effaré.

— C'est trop tôt, dit-il.

— Le bébé semble en avoir décidé autrement.

— Mais… il est en avance.

Westcliff semblait sincèrement déconcerté que son enfant ait pu oublier de consulter le calendrier avant d'arriver.

— Pas forcément, répliqua Daisy. Il est possible que le médecin se soit trompé sur la date. Au bout du compte, il y a une grande part de conjectures.

Westcliff fronça les sourcils.

— Je m'attendais à bien plus de précision que ça ! Cela fait presque un mois avant la…

Il devint blanc comme un linge comme une autre pensée lui venait.

— Le bébé est prématuré ?

Bien que cette éventualité ait traversé l'esprit de Daisy, elle secoua aussitôt la tête.

— Certaines femmes prennent beaucoup de poids, d'autres moins. Et ma sœur est très mince. Je suis sûre que le bébé va bien, déclara-t-elle avec un sourire rassurant. Lillian a des contractions depuis quatre ou cinq heures, mais, à présent, elles reviennent à peu près toutes les dix minutes, ce qui, d'après Annabelle…

— Le travail est commencé depuis des *heures* et personne ne m'a averti ? l'interrompit Westcliff, scandalisé.

— En fait, techniquement, on ne peut pas dire que le travail a commencé tant que l'intervalle entre les contractions n'est pas régulier, et elle ne voulait pas vous déranger avant…

Westcliff lâcha un juron qui fit sursauter Daisy. Il se retourna pour pointer un doigt autoritaire mais tremblant sur Simon Hunt.

— Docteur ! éructa-t-il avant de sortir en trombe.

Simon Hunt ne parut pas surpris par le comportement primaire de Westcliff.

— Le pauvre, dit-il avec un demi-sourire en se penchant sur le bureau pour replacer un crayon dans le porte-crayons.

— Pourquoi vous a-t-il appelé « docteur » ? demanda Thomas Bowman, qui se ressentait d'un après-midi à siroter du cognac.

— Je pense qu'il veut que j'envoie quelqu'un *chercher* le médecin, répondit Hunt. Ce que j'ai l'intention de faire sur-le-champ.

Malheureusement, la tâche se révéla plus difficile que prévu. Le valet de pied qu'on envoya chercher le médecin de famille au village revint avec une triste nouvelle : alors qu'il l'accompagnait vers la voiture, le vieil homme s'était blessé.

— Comment ? s'écria Westcliff, sorti momentanément de la chambre pour écouter le rapport du valet de pied.

Un petit groupe comprenant Daisy, Evangeline, Saint-Vincent, M. Hunt et M. Swift, attendait sur le palier. Annabelle était à l'intérieur de la chambre avec Lillian.

— Milord, le docteur a glissé sur le pavé mouillé et est tombé avant que j'aie pu le rattraper, expliqua d'un ton de regret le valet de pied. Il s'est blessé à la jambe. Il ne pense pas qu'elle soit cassée, mais, cela n'empêche, il ne pourra pas venir assister lady Westcliff.

Une lueur farouche s'alluma dans le regard sombre du comte.

— Et pourquoi ne teniez-vous pas le bras du médecin ? Pour l'amour du ciel, c'est un fossile ! Il est évident qu'on ne pouvait pas le laisser marcher seul sur des pavés mouillés.

— S'il est aussi fragile que ça, comment cette vieille relique était-elle censée être utile à lady Westcliff ? s'enquit logiquement Simon Hunt.

Le comte fronça les sourcils.

— Ce médecin s'y connaît mieux en accouchements que n'importe qui entre ici et Portsmouth. Il a mis au monde plusieurs générations de Marsden.

— Au train où vont les choses, intervint lord Saint-Vincent, la dernière génération de Marsden risque fort d'arriver toute seule. À moins, ajouta-t-il en se tournant vers le valet de pied, que le médecin ait suggéré quelqu'un pour le remplacer ?

— Oui, milord, répondit le domestique, mal à l'aise. Il m'a dit qu'il y avait une sage-femme au village.

— Qu'attendez-vous pour aller la chercher ? aboya Westcliff.

— J'y suis allé, milord. Mais… elle a un petit coup dans le nez.

— Retournez-y et ramenez-la quand même. Je ne suis pas vraiment d'humeur à chicaner pour un verre de vin ou deux.

— Euh, milord… En vérité, elle a *plus* qu'un petit coup dans le nez.

Le comte le fixa avec incrédulité.

— Bon sang, à quel point est-elle saoule ?

— Elle se prend pour la reine. Elle m'a insulté parce que j'avais marché sur sa traîne.

Un court silence s'abattit sur le groupe.

— Je vais tuer quelqu'un, annonça le comte sans s'adresser à quiconque en particulier.

On entendit alors crier Lillian, et il pâlit brusquement.

— Marcus !

— J'arrive ! cria Westcliff, avant de se retourner pour foudroyer le valet de pied d'un regard menaçant. Trouvez quelqu'un, lui intima-t-il. Un médecin, une sage-femme, une fichue diseuse de bonne aventure… n'importe qui. Mais vous avez intérêt à ramener quelqu'un, et *maintenant* !

Comme Westcliff s'engouffrait dans la chambre à coucher, l'air parut trembler et fumer dans son sillage, comme si la foudre venait de tomber. D'ailleurs, un coup de tonnerre retentit, qui fit tinter les lustres et vibrer le plancher.

Le domestique était tout près de fondre en larmes.

— Dix ans que je suis au service de Sa Seigneurie, et voilà que je serai renvoyé…

— Retournez chez le médecin pour vous enquérir de l'état de sa jambe, coupa Simon Hunt. S'il ne peut toujours pas se déplacer, demandez-lui s'il connaît un apprenti ou un étudiant susceptible de le remplacer. Pendant ce temps, je me rendrai au village voisin pour essayer de dénicher quelqu'un.

Matthew Swift, qui était resté silencieux jusque-là, demanda calmement :

— Quelle route comptez-vous prendre ?

— Celle qui se dirige vers l'est, répondit Hunt.

— Je prendrai celle de l'ouest.

Daisy le regarda avec surprise et gratitude. La tempête rendrait la course non seulement pénible, mais dangereuse. Qu'il soit disposé à l'entreprendre pour Lillian, qui ne cachait pas son hostilité envers lui, l'éleva de plusieurs degrés dans son estime.

— Je suppose que cela me laisse le sud, déclara Saint-Vincent avec flegme. C'est bien d'elle d'avoir son bébé pendant un déluge digne de la Bible.

— Vous préféreriez rester ici avec Westcliff ? s'enquit Simon Hunt d'un ton sarcastique.

Le regard que Saint-Vincent lui jeta brillait d'un amusement à peine dissimulé.

— Je vais chercher mon chapeau.

Durant les deux heures qui s'écoulèrent après le départ des hommes, le travail continua à progresser. Les contractions devinrent si intenses que Lillian en avait le souffle coupé. Elle serrait la main de son mari à lui rompre les os, sans qu'il semble en souffrir le moins du monde. Westcliff se montrait patient et rassurant. Il lui tamponnait le visage avec un linge imprégné d'eau fraîche, lui donnait à boire de la tisane d'agripaume par petites gorgées, et lui massait les reins et les jambes pour l'aider à se détendre.

Annabelle se montrait si compétente que Daisy doutait qu'une sage-femme se fût mieux débrouillée. Elle appliquait la bouillotte chaude sur le dos et le ventre de Lillian, et lui parlait entre chaque contraction, lui rappelant que si elle, Annabelle, avait réussi à survivre à une telle épreuve, elle aussi le pouvait.

Alors que Lillian tremblait après une contraction particulièrement violente, Annabelle lui prit la main et la serra dans la sienne.

— Tu n'as pas à te retenir, ma chérie. Crie ou jure si cela peut t'aider.

Lillian secoua faiblement la tête.

— Je n'ai pas assez d'énergie pour crier. J'ai plus de force si je la garde à l'intérieur.

— J'étais comme ça, moi aussi. Mais je dois te prévenir, les gens montreront d'autant moins de compassion que tu te seras comportée stoïquement.

— Je ne veux pas de compassion, haleta Lillian en fermant les yeux à l'approche d'une nouvelle contraction. Je veux juste… que ce soit *fini*.

Portant le regard sur le visage tendu de Westcliff, Daisy songea que, même si Lillian la refusait, son mari débordait d'une compassion infinie.

— Tu n'es pas censé être ici, dit Lillian à Westcliff quand elle put reprendre son souffle.

Elle s'accrochait à sa main comme une noyée à un filin.

— Tu devrais être en bas à faire les cent pas et à boire.

— Tonnerre, femme ! marmonna Westcliff en essuyant la sueur qui perlait sur le visage de Lillian. C'est moi qui t'ai fait ça. Il est hors de question que je te laisse affronter les conséquences toute seule.

Son commentaire amena un pâle sourire sur les lèvres desséchées de Lillian.

On frappa un coup bref à la porte, et Daisy se précipita pour répondre. Dans l'entrebâillement, elle découvrit Matthew Swift, ruisselant, couvert de boue et hors d'haleine.

— Dieu merci ! s'écria-t-elle, immensément soulagée. Personne n'est encore revenu. Avez-vous trouvé quelqu'un ?

— Oui et non.

D'expérience, Daisy savait qu'avec ce genre de réponse, le résultat était rarement celui que l'on espérait.

— Que voulez-vous dire ? demanda-t-elle, méfiante.

— Il sera là dans quelques instants – il est en train de se nettoyer. Les routes sont transformées en bourbiers, et il n'arrête pas de tonner… C'est un miracle que le cheval ne se soit pas emballé ou cassé une jambe.

Swift enleva son chapeau et s'essuya le front de la manche, laissant une trace noire sur son visage.

— Mais vous avez bien trouvé un médecin ? insista Daisy, qui attrapa une serviette propre dans le panier posé à côté de la porte et la lui tendit.

— Non. Les voisins m'ont dit qu'il était à Brighton pour une quinzaine de jours.

— Alors une sage-femme…

— Déjà occupée, répondit Swift. Elle aide deux femmes du village qui sont en train d'accoucher en ce moment même. Elle m'a dit que cela arrivait quelquefois lors d'une tempête particulièrement violente… Quelque chose dans l'air déclenche les naissances.

— Mais qui donc avez-vous ramené ? demanda Daisy, déconcertée.

Un homme chauve, au doux regard brun, se matérialisa à côté de Swift. Il était mouillé mais propre – plus propre que Swift, en tout cas –, et avait une allure respectable.

— Bien le bonsoir, mademoiselle, dit-il timidement.

— Il s'appelle Merritt, intervint Swift. Il est vétérinaire.

— Il est *quoi* ?

Même si la porte était presque fermée, la conversation pouvait être entendue de la chambre. Depuis le lit, Lillian s'écria :

— Vous m'avez amené quelqu'un qui soigne les *animaux* ?

— On me l'a chaudement recommandé, assura Swift.

Comme Lillian était couverte d'un drap, Daisy ouvrit grand la porte pour qu'elle puisse voir l'homme en question.

— Vous avez beaucoup d'expérience ? lança-t-elle à Merritt.

— Hier, j'ai mis au monde les chiots d'une femelle bouledogue. Et avant ça…

— C'est assez proche, dit Westcliff en toute hâte alors que Lillian, en proie à une nouvelle contraction, se cramponnait à sa main. Entrez.

Daisy s'écarta pour laisser passer l'homme puis, munie d'une autre serviette, elle sortit sur le palier.

— J'étais prêt à aller jusqu'au village suivant, expliqua Swift d'une voix rude, s'excusant presque, mais les marais et les ruisseaux ont débordé, et les routes sont impraticables. Je ne sais pas si Merritt sera d'une aide quelconque, mais je ne voulais pas revenir sans quelqu'un.

Il ferma les yeux un instant et, à ses traits tirés, elle devina combien la chevauchée avait dû être épuisante.

« Fiable », songea-t-elle. À l'aide d'un coin de serviette, elle essuya les taches de boue qui lui maculaient le visage et tamponna les gouttes de pluie prisonnières de sa barbe naissante. Elle était fascinée par les poils sombres qui marquaient la ligne de sa mâchoire. Elle aurait aimé la caresser de ses doigts nus.

Swift se tenait immobile, la tête inclinée vers elle pour lui faciliter la tâche.

— J'espère que les autres auront plus de succès que moi pour trouver un médecin.

— Ils risquent de ne pas revenir à temps, répliqua Daisy. Les choses se sont précipitées au cours de la dernière heure.

Il releva la tête, comme brusquement embarrassé qu'elle s'occupe de lui.

— Vous ne retournez pas dans la chambre ?

Daisy secoua la tête.

— Je suis de trop. Lillian déteste avoir beaucoup de monde autour d'elle, et Annabelle est bien plus capable que moi de l'aider. Mais je vais attendre tout près au cas où… au cas où elle m'appellerait.

Swift lui prit la serviette des mains et se frotta l'arrière de la tête, où ses cheveux trempés étaient aussi sombres et brillants qu'une peau de phoque.

— Je vais revenir, dit-il. Le temps de me nettoyer et d'enfiler des vêtements secs.

— Mes parents et lady Saint-Vincent attendent dans le salon des Marsden. Vous pouvez rester avec eux... Ce sera bien plus confortable qu'ici.

Mais quand Swift se fut changé, il ne se rendit pas au salon. Il rejoignit Daisy.

Elle était assise sur le sol du palier, les genoux fléchis, le dos appuyé contre le mur. Perdue dans ses pensées, elle ne le remarqua que lorsqu'il fut juste à côté d'elle. Vêtu de vêtements propres, les cheveux encore humides, il baissa les yeux sur elle.

— Je peux ?

Daisy ne savait pas exactement ce qu'il demandait, mais elle se surprit à hocher la tête. Swift s'assit sur le sol près d'elle. Jamais Daisy ne s'était retrouvée assise dans cette posture à côté d'un homme, et elle n'imaginait certes pas que cela lui arriverait un jour avec Matthew Swift.

Quand il lui tendit un petit verre rempli d'un liquide d'un rouge profond, Daisy s'en empara avec étonnement et le porta à ses narines pour le renifler.

— Du madère, dit-elle avec un sourire. Je vous remercie. Encore que célébrer la naissance du bébé soit un peu prématuré.

— Ce n'est pas pour célébrer la naissance. C'est pour vous aider à vous détendre.

— Comment saviez-vous que c'était mon vin préféré ?

Il haussa les épaules.

— Le hasard fait bien les choses.

Mais Daisy savait que le hasard n'y était pour rien.

Dans les minutes qui suivirent, ils ne parlèrent que très peu. Le silence entre eux était toutefois étrangement confortable.

— Quelle heure est-il ? demandait Daisy de temps à autre, et il tirait alors sa montre de sa poche.

Intriguée par le heurt de différents objets dans sa poche, elle finit par lui demander à voir ce qu'il y avait dedans.

— Vous allez être déçue, la prévint-il en enfonçant la main dans sa poche.

Il en déversa le contenu sur les genoux de Daisy, qui entreprit d'en faire l'inventaire.

— Vous êtes pire qu'un furet, dit-elle avec un large sourire.

Il y avait là le canif et le fil de pêche, quelques pièces de monnaie, un bout de crayon, sa paire de lunettes, une petite boîte métallique contenant du savon – Bowman, bien sûr – et un petit paquet de papier paraffiné contenant de la poudre d'écorce de saule. Le prenant entre le pouce et l'index, Daisy demanda :

— Souffrez-vous de migraines, monsieur Swift ?

— Non. Mais votre père en a chaque fois qu'il apprend une mauvaise nouvelle. Et je suis en général celui qui la lui apporte.

Tout en s'esclaffant, Daisy ramassa une minuscule boîte d'allumettes en argent.

— Pourquoi des allumettes ? Je croyais que vous ne fumiez pas.

— On ne sait jamais quand on peut avoir besoin de faire du feu.

Se saisissant d'une pochette d'épingles, Daisy leva un sourcil interrogateur.

— Je m'en sers pour attacher des documents, expliqua-t-il. Mais elles ont été utiles en d'autres occasions.

— Existe-t-il une urgence à laquelle vous n'êtes pas préparé, monsieur Swift ? demanda-t-elle avec une pointe de taquinerie.

— Mademoiselle Bowman, si j'avais suffisamment de poches, je sauverais le monde.

Ce fut la manière dont il le dit, avec une espèce d'arrogance mélancolique censée l'amuser, qui renversa les défenses de Daisy. Elle se mit à rire, le cœur empli d'une chaleur soudaine, tout en sachant qu'apprécier Swift n'allait certainement pas améliorer sa situation. Penchée sur les objets en vrac, elle examina un paquet de minuscules cartes noué d'une ficelle.

— On m'a dit d'apporter des cartes de visite professionnelles *et* privées, dit-il. Encore que je ne comprenne pas bien la différence.

— Ne laissez jamais une carte de visite professionnelle lorsque vous vous rendez chez un Anglais, lui conseilla Daisy. Ici, cela ne se fait pas. On considérerait que vous essayez de récolter de l'argent pour une raison ou une autre.

— C'est en général le cas.

Daisy sourit. Elle dénicha un autre objet curieux et le prit entre ses doigts pour l'examiner.

Un bouton…

Elle fronça les sourcils en remarquant le moulin à vent stylisé gravé sur le dessus. À l'arrière, le bouton était fermé par une mince plaque de verre cerclée de cuivre, à travers laquelle on apercevait une minuscule boucle de cheveux noirs.

Swift pâlit. Il tendit la main pour le lui reprendre, mais Daisy referma les doigts dessus. Son cœur s'emballa soudain.

— J'ai déjà vu ce bouton, dit-elle. Il faisait partie d'un ensemble. Ma mère a fait faire un gilet pour père orné de cinq boutons. Il y en avait un gravé d'un moulin à vent, un autre d'un arbre, un autre d'un pont… Elle a pris une mèche de cheveux à chacun de ses enfants pour les mettre dans les boutons. Je me souviens très bien qu'elle me l'a coupée sur la nuque.

Sans la regarder, Swift reprit les objets et commença à les remettre méthodiquement dans sa poche.

Le silence se prolongea, Daisy attendant en vain une explication. Finalement, elle referma les doigts sur la manche de Swift. Son bras s'immobilisa, et il fixa sa main du regard.

— Comment l'avez-vous eu ? murmura-t-elle.

Il garda le silence si longtemps qu'elle crut qu'il ne répondrait pas.

Enfin, il parla, avec une réticence si douloureuse qu'elle en eut le cœur serré.

— Votre père a mis son gilet pour venir au bureau, où il a été très admiré. Mais un peu plus tard le même jour, il s'est mis en colère et, en lançant une bouteille d'encre, il en a répandu sur lui. Le gilet était fichu. Plutôt que d'affronter votre mère, il me l'a donné en me demandant de l'en débarrasser.

— Mais vous avez conservé un bouton, souffla Daisy, qui avait de la peine à respirer tant son cœur battait la chamade. Le moulin à vent. Qui était le mien. Avez-vous… avez-vous conservé une mèche de mes cheveux sur vous durant toutes ces années ?

Il y eut un autre silence interminable. Daisy ne sut jamais ce qu'il aurait répondu, si tant est qu'il l'ait fait, car la voix d'Annabelle retentit sur le palier :

— *Daisyyyy !*

Les doigts toujours refermés sur le bouton, elle se releva maladroitement. D'un mouvement souple, Swift se mit sur ses pieds, l'aida à retrouver son équilibre, puis lui saisit le poignet. Tendant sa main libre vers celle de Daisy, il la fixa d'un regard impénétrable.

Il voulait qu'elle lui rende le bouton ! Elle laissa échapper un rire incrédule.

— Il est à moi, protesta-t-elle.

Non pas parce qu'elle voulait ce maudit bouton, mais parce qu'il était étrange de penser qu'il s'était approprié cette minuscule partie d'elle-même, et qu'il l'avait gardée sur lui pendant des années. Elle était un peu effrayée par ce que cela signifiait.

Swift se contenta d'attendre sans mot dire, avec une patience inébranlable, jusqu'à ce que Daisy ouvre les doigts et laisse tomber le bouton sur sa paume. Après l'avoir empoché telle une pie possessive, il lui lâcha le poignet.

Perplexe, Daisy se précipita vers la chambre de sa sœur. Quand elle entendit un vagissement, une joie anxieuse lui coupa le souffle. Elle n'avait que quelques pas à faire pour atteindre la porte, mais il lui sembla mettre un temps fou pour y parvenir.

Annabelle parut, l'air las mais souriant jusqu'aux oreilles. Elle tenait un minuscule paquet enveloppé de lin entre ses bras. Daisy plaqua la main sur sa bouche et secoua doucement la tête, riant et pleurant à la fois.

— Ô mon Dieu, murmura-t-elle en contemplant le petit visage rouge du bébé, ses yeux noirs brillants et sa houppe de cheveux bruns.

— Dis bonjour à ta nièce, lui souffla Annabelle en lui tendant le nouveau-né.

Daisy la prit avec précaution, étonnée par sa légèreté.

— Lillian…

— Ta sœur va bien, répondit Annabelle. Elle s'est très bien débrouillée.

Tout en murmurant des mots tendres au bébé, Daisy entra dans la chambre. Adossée à une pile d'oreillers, Lillian avait les yeux clos. Elle paraissait très petite dans le grand lit, et ses cheveux nattés en deux tresses lui donnaient l'air d'une très jeune fille. Westcliff se tenait à son côté, avec l'air d'avoir remporté la bataille de Waterloo à lui tout seul.

Debout devant la table de toilette, le vétérinaire se savonnait les mains. Il jeta un sourire amical à Daisy, qui lui adressa un sourire radieux en retour.

— Toutes mes félicitations, monsieur Merritt, dit-elle. Il semblerait que vous ayez ajouté une nouvelle espèce à votre catalogue.

Lillian s'agita en entendant le son de sa voix.

— Daisy ?

Cette dernière s'approcha du lit avec le bébé.

— Oh, Lillian, je n'ai jamais rien vu de plus beau !

— C'est aussi mon avis, répondit sa sœur avec un sourire ensommeillé. Veux-tu… la montrer à père et à mère ? reprit-elle après avoir bâillé.

— Oui, bien sûr. Comment s'appelle-t-elle ?

— Merritt.

— Tu lui donnes le nom du vétérinaire ?

— Il s'est montré vraiment utile, répondit Lillian. Et Westcliff est d'accord.

Le comte borda sa femme un peu plus étroitement, puis l'embrassa sur le front.

— Toujours pas d'héritier, chuchota Lillian. Je suppose qu'il nous faudra avoir un autre enfant.

— Non, nous n'en aurons pas d'autre, répliqua Westcliff d'une voix rauque. Il est hors de question que j'en repasse par là.

Amusée, Daisy baissa les yeux sur la petite Merritt, qui s'endormait dans ses bras.

— Je vais la montrer aux autres, chuchota-t-elle.

Quand elle se retrouva sur le palier, elle fut surprise de le trouver vide.

Matthew Swift était parti.

Lorsqu'elle se réveilla le lendemain matin, Daisy fut rassurée d'apprendre que M. Hunt et lord Saint-Vincent étaient rentrés sains et saufs à Stony Cross Park. La route du sud, qu'entendait prendre Saint-Vincent, s'était révélée impraticable. M. Hunt, en revanche, avait eu plus de chance. Il avait trouvé un médecin dans un village voisin, mais celui-ci avait rechigné pour se déplacer pendant une telle tempête. C'est tout juste si Hunt n'avait pas eu recours à la force pour le convaincre de le suivre. À son arrivée à Stony Cross, le médecin avait examiné Lillian et Merritt, et déclaré que la mère et l'enfant étaient en excellente forme. Le bébé était certes petit, mais parfaitement formé, avec une paire de poumons bien développés.

Les invités au manoir accueillirent la nouvelle de la naissance avec seulement quelques rares murmures de regrets concernant le sexe du bébé. Mais en voyant le visage de Westcliff penché sur sa fille, et en l'entendant lui promettre à l'oreille de lui acheter des poneys, et des châteaux, et des royaumes entiers, Daisy sut qu'il n'aurait pas été plus heureux si Merritt avait été un garçon.

Tandis qu'elle prenait son petit déjeuner en compagnie d'Evangeline, Daisy fut consciente d'être la proie d'un mélange d'émotions très particulier. En plus de la joie due à la naissance de sa nièce et du soulagement de savoir sa sœur en bonne santé, elle se sentait… nerveuse. Étourdie. Impatiente.

Et tout cela à cause de Matthew Swift.

Elle n'était pas mécontente de ne pas encore l'avoir vu aujourd'hui. Après la découverte de la veille, elle ne savait pas comment elle réagirait face à lui.

— Evangeline, commença-t-elle à voix basse, il faut que je te parle de quelque chose. Cela t'ennuierait d'aller marcher dans le jardin avec moi ?

À présent que la tempête s'était calmée, le ciel laissait filtrer un pâle soleil.

— Pas du tout. Encore que ce doit être assez boueux…

— Nous resterons dans les allées de graviers. Mais il faut que nous sortions. C'est trop intime pour en discuter à l'intérieur.

Evangeline ouvrit de grands yeux et avala son thé avec une telle hâte qu'elle dut se brûler la langue.

La tempête avait semé le désordre dans le jardin d'ordinaire si impeccable, et il était jonché de feuilles, de bourgeons, de brindilles et de branches. Mais l'air embaumait la terre mouillée et les pétales gorgés de pluie. Inspirant à pleins poumons, les deux amies resserrèrent leur châle sur leurs épaules comme une brise impatiente se levait.

Daisy avait rarement connu un soulagement aussi grand que lorsqu'elle se confia à Evangeline. Elle lui raconta tout ce qui était arrivé entre Matthew Swift et elle, y compris le baiser, et termina par la découverte du bouton qu'il conservait dans sa poche. Selon Daisy, personne ne savait écouter comme Evangeline. Peut-être était-ce une conséquence de sa lutte contre le bégaiement.

— Je ne sais que penser, avoua Daisy avec accablement. Je ne sais pas comment je dois réagir. J'ignore pourquoi M. Swift me semble différent à présent, ou pourquoi je suis si attirée par lui. C'était tellement plus facile de le détester. Mais hier soir, quand j'ai vu ce maudit bouton...

— Il ne t'était jusqu'alors jamais venu à l'esprit qu'il pouvait avoir des sentiments pour toi, murmura Evangeline.

— Non.

— Daisy... Crois-tu que tout cela puisse être le fruit d'un calcul ? Qu'il te trompe et que le bouton dans sa poche était une espèce de... de ruse ?

— Non. Si seulement tu avais vu son visage ! Il était de toute évidence désespéré à l'idée que je le reconnaisse. Oh, Evangeline... murmura Daisy en flanquant un coup de pied dans un caillou, j'ai l'impression horrible que Matthew Swift pourrait bien être tout ce que j'ai toujours voulu chez un homme.

— Mais si tu l'épousais, il finirait par te ramener à New York, fit remarquer Evangeline.

— Oui, et c'est impossible. Je ne veux pas vivre loin de ma sœur et de vous toutes. Et j'adore l'Angleterre – je suis davantage moi-même, ici que je ne l'ai jamais été à New York.

Evangeline réfléchit quelques instants.

— Et si M. Swift était disposé à envisager de rester ici en perm... permanence ?

— Il ne le ferait pas. Il y a beaucoup plus d'opportunités à New York, en outre, s'il restait ici, il aurait toujours le handicap de ne pas appartenir à l'aristocratie.

— Mais s'il consentait à essayer, insista Evangeline.

— Il n'empêche que je ne pourrais quand même jamais devenir le genre de femme dont il aurait besoin.

— Il faut absolument que vous ayez tous les deux une conversation franche. M. Swift est un homme mûr et intelligent – il n'attend certainement pas de toi que tu deviennes ce que tu n'es pas.

— Cela ne changerait rien, de toute manière, déclara Daisy, morose. Il m'a clairement dit qu'en aucun cas il ne m'épouserait. Ce sont ses propres paroles.

— Est-ce toi qu'il refuse ou l'idée du mariage ?

— Je l'ignore. Tout ce que je sais, c'est qu'il doit bien ressentir quelque chose pour moi s'il se promène avec une boucle de mes cheveux dans sa poche.

Se rappelant la manière dont il avait refermé les doigts sur le bouton, elle sentit un frisson bref, pas déplaisant, lui parcourir la colonne vertébrale.

— Evangeline, comment sais-tu si tu aimes quelqu'un ?

Son amie réfléchit à la question alors qu'elles longeaient une haie basse, circulaire, au milieu de laquelle s'épanouissaient des primevères multicolores.

— Je suis sûre que c'est à cet instant que je suis cen… censée dire quelque chose de sage et d'utile, finit-elle par répondre avec un petit haussement d'épaules navré. Mais ma situation était différente de la tienne. Saint-Vincent et moi ne nous attendions pas à tomber amoureux l'un de l'autre. Nous avons été tous les deux pris de court.

— Oui, mais comment as-tu *su* ?

— C'est au moment où je me suis rendu compte qu'il était prêt à mourir pour moi. Je ne pense pas que quiconque, y compris Saint-Vincent lui-même, le croyait capable de se sacrifier. J'ai découvert alors que, parfois, on pense connaître une personne, mais que cette pers… personne peut néanmoins vous surprendre. C'était comme si tout avait changé en un instant – tout à coup, il est devenu pour moi la chose la plus importante au monde. Non, pas importante… *nécessaire*. Oh, si seulement j'étais plus à l'aise avec les mots…

— Je comprends ce que tu veux dire, murmura Daisy, même si elle se sentait plus mélancolique qu'éclairée.

Serait-elle un jour capable d'aimer un homme de cette manière ? Peut-être qu'elle s'investissait trop profondément dans ses relations avec sa sœur et ses amies… Peut-être qu'il ne restait plus de place pour quelqu'un d'autre.

Elles atteignirent une grande de haie de genévriers derrière laquelle passait l'allée dallée qui contournait le manoir. Alors qu'elles se dirigeaient vers une ouverture dans la haie, des voix masculines leur parvinrent. Bien qu'en pleine conversation, les deux hommes ne parlaient pas fort. En vérité, leur ton était si modéré qu'il était plus que probable qu'ils discutaient de quelque question secrète, et qui excitait donc la curiosité.

S'immobilisant derrière la haie, Daisy fit signe à Evangeline de ne plus bouger et de garder le silence.

— … pour être une bonne poulinière… disait l'un d'eux.

Ce commentaire s'attira une réplique indignée, quoique à voix basse.

— *Chétive ?* Par tous les saints, cette femme a suffisamment d'énergie pour faire l'ascension du Mont Blanc avec un canif et une pelote de ficelle ! Ses enfants seront de solides gaillards.

Daisy et Evangeline échangèrent un regard étonné en reconnaissant les voix de lord Llandrindon et de Mathieu Swift.

— Vraiment ? fit Llandrindon, sceptique. J'ai l'impression que c'est une fille plutôt portée sur la chose intellectuelle. Un peu bas-bleu, pour tout dire.

— Oui, elle adore les livres. Mais il se trouve qu'elle adore aussi l'aventure. Elle possède une imagination remarquable, associée à un enthousiasme passionné pour la vie et à une constitution d'acier. Vous ne trouverez pas de fille qui lui arrive à la cheville, pas plus de votre côté de l'Atlantique que du mien.

— Je n'avais pas l'intention de chercher de votre côté, riposta Llandrindon. Les Anglaises possèdent tous les traits que je désire chez une épouse.

C'était d'*elle* qu'il parlait ! Quand elle le comprit, Daisy en resta bouche bée. Elle était partagée entre le ravissement que lui procurait la description de Matthew Swift et l'indignation de l'entendre vanter ses mérites à Llandrindon, comme un marchand des rues ceux d'un vulgaire élixir.

— J'attends d'une épouse qu'elle soit posée, continua Llandrindon, calme, paisible…

— *Paisible !* Et le naturel ? Et l'intelligence ? Pourquoi pas une fille assez sûre d'elle pour s'affirmer, plutôt que de se plier à un idéal insipide de féminité servile ?

— J'ai une question à vous poser, dit Llandrindon.

— Oui ?

— Si elle est aussi diablement remarquable, pourquoi ne l'épousez-vous pas, *vous* ?

Daisy retint son souffle. Mais, à son immense contrariété, elle eut beau tendre l'oreille, la réponse de Swift fut étouffée par l'abondant feuillage de la haie tandis qu'ils s'éloignaient.

— Zut ! marmonna-t-elle en faisant mine de les suivre.

Evangeline la tira en arrière d'un geste ferme.

— Non ! chuchota-t-elle. Ne force pas la chance, Daisy. C'est déjà un miracle qu'ils ne se soient pas aperçus de notre présence.

— Mais je voulais écouter la suite !

— Moi aussi.

Elles se regardèrent, les yeux ronds.

— Daisy, articula Evangeline, abasourdie, je pense que Matthew Swift est bel et bien amoureux de toi.

10

Sans savoir exactement pourquoi, à l'idée que Matthew Swift puisse être amoureux d'elle, Daisy eut l'impression que son univers entier se retrouvait sens dessus dessous.

— S'il l'est, pourquoi montre-t-il une telle détermination à me jeter dans les bras de lord Llandrindon ? s'étonna-t-elle. Ce serait si facile pour lui de souscrire aux plans de mon père. Il en serait richement récompensé. Et si, en outre, il tient à moi, qu'est-ce qui l'empêche de se déclarer ?

— Peut-être veut-il découvrir si tu l'aimes en retour ?

— Non, le cerveau de M. Swift ne fonctionne pas ainsi, pas plus que celui de mon père. Ce sont des hommes d'affaires. Des prédateurs. Si M. Swift s'intéressait à moi, il ne s'arrêterait pas plus pour demander ma permission qu'un lion ne s'arrête pour demander à une antilope si ça ne l'ennuie pas de constituer son déjeuner.

— Je te le répète, je pense que vous devriez avoir une conversation franche, tous les deux.

— Oh, M. Swift se contenterait simplement de se dérober et de tergiverser, comme il l'a fait jusqu'à présent ! À moins que…

— À moins que quoi ?

— … que je trouve un moyen de lui faire baisser la garde, et de l'obliger à se montrer honnête sur ses éventuels sentiments à mon égard.

— Comment comptes-tu t'y prendre ?

— Aucune idée. Sapristi, Evangeline, tu en sais cent fois plus que moi sur les hommes ! Tu en as épousé un, et tu évolues parmi eux au club. Donne-moi donc un avis autorisé : quelle est la manière la plus rapide de pousser un homme à bout et de lui faire admettre quelque chose contre son gré ?

L'air flatté d'être considérée comme une femme d'expérience, Evangeline réfléchit un instant.

— C'est de le rendre jaloux, j'imagine. J'ai vu des hommes civ… civilisés se battre comme des chiens dans la venelle à l'arrière du club pour les beaux yeux d'une dame.

— Hmm… Je me demande si M. Swift est susceptible d'être jaloux.

— À mon avis, oui, dit Evangeline. C'est un homme, après tout.

Dans l'après-midi, Daisy réussit à coincer lord Llandrindon alors qu'il entrait dans la bibliothèque pour remettre un livre à sa place.

— Bonjour, milord, lança-t-elle gaiement, en affectant de ne pas remarquer la lueur d'appréhension dans son regard.

Elle réprima un sourire. Après la campagne menée par Matthew Swift en son honneur, le pauvre Llandrindon devait se sentir comme un renard acculé dans son terrier.

Toutefois, il se ressaisit rapidement et lui adressa un sourire affable.

— Bonjour, mademoiselle Bowman. Puis-je m'enquérir de votre sœur et du bébé ?

— Tous deux se portent bien, je vous remercie, répondit Daisy en s'approchant pour jeter un coup d'œil au livre qu'il tenait à la main. *Histoire de la cartographie militaire*… Eh bien, voilà qui semble… euh… fascinant.

— Oh, ça l'est ! assura Llandrindon. Et merveilleusement instructif, aussi. Encore que quelque chose ait été perdu à la traduction, j'en ai peur. Il faut le lire dans l'allemand d'origine pour apprécier toute la portée de cet ouvrage.

— Vous arrive-t-il de lire des romans, milord ?

Il parut sincèrement consterné par sa question.

— Jamais. Enfant, on m'a appris qu'il ne fallait lire que des livres qui enrichissent l'esprit ou élèvent le caractère.

Son ton supérieur irrita Daisy.

— Quel dommage ! marmonna-t-elle.

— Pardon ?

— C'est louable, corrigea-t-elle en toute hâte, affectant d'examiner la reliure de cuir du volume. Elle adressa à Llandrindon un sourire qu'elle espérait posé.

— Êtes-vous un lecteur passionné, milord ?

— Je m'efforce de n'être pas passionné en quoi que ce soit. « De la modération en toute chose » est l'une de mes maximes préférées.

— Je n'ai aucune maxime. Si j'en avais, je passerais mon temps à les contredire.

Llandrindon se mit à rire.

— Seriez-vous en train d'admettre que vous êtes d'une nature versatile ?

— Je préfère considérer cela comme de l'ouverture d'esprit, répliqua Daisy. Je suis capable de trouver de la sagesse dans un grand nombre de croyances.

— Ah.

Daisy pouvait pratiquement lire ses pensées ; sa prétendue ouverture d'esprit ne l'éclairait pas sous un jour favorable. Au contraire.

— J'aimerais en savoir plus sur vos maximes, milord. Peut-être pourriez-vous m'en parler au cours d'une promenade dans les jardins ?

— Je… euh…

Il était d'une audace impardonnable de la part d'une femme de proposer à un homme d'aller marcher avec elle au lieu d'attendre d'y être invitée. Cependant, la nature chevaleresque de Llandrindon ne lui permit pas de refuser.

— Bien sûr, mademoiselle Bowman. Peut-être que demain…

— Tout de suite, ce serait bien, dit-elle avec vivacité.

— Tout de suite… Oui, parfait, acquiesça-t-il d'une voix faible.

S'emparant de son bras avant même qu'il ne le lui offre, Daisy l'entraîna vers la porte.

— Allons-y !

N'ayant d'autre choix que de se laisser mener par la pétulante jeune femme, Llandrindon ne tarda pas à se retrouver en train de descendre l'un des grands escaliers de pierre menant de la terrasse aux jardins, en contrebas.

— Milord, commença Daisy, j'ai quelque chose à avouer. Je mets sur pied un petit complot et j'espère beaucoup bénéficier de votre aide.

— Un petit complot, répéta-t-il. Mon aide. Certes. Ceci est… euh…

— Rien de méchant, bien sûr, continua Daisy. Mon objectif est de m'attirer les attentions d'un certain gentleman, lequel semble quelque peu réticent à faire sa cour.

— Réticent ? reprit-il dans un murmure.

L'opinion que Daisy avait de ses capacités mentales chuta de plusieurs degrés quand il devint évident qu'il ne savait rien faire d'autre que de répéter ses paroles comme un perroquet.

— Oui, réticent. Mais j'ai l'impression que sa réserve apparente dissimule peut-être d'autres sentiments.

Llandrindon, d'ordinaire si gracieux, trébucha sur un gravier plus gros que les autres.

— Qu'est-ce... qu'est-ce qui vous donne cette impression, mademoiselle Bowman ?

— Il s'agit juste d'une intuition féminine.

— Mademoiselle Bowman, s'écria-t-il, si j'ai dit ou fait quelque chose susceptible de vous laisser croire – à tort – que je... que je...

— Ce n'est pas de vous que je parle, déclara Daisy sans détour.

— Non ? Dans ce cas, qui...

— Je faisais allusion à M. Swift.

La joie de Llandrindon fut presque palpable.

— M. Swift ! Mais bien sûr ! Mademoiselle Bowman, il a chanté vos louanges pendant des heures – non pas qu'il soit désagréable d'entendre louer vos charmes, bien sûr.

Daisy sourit.

— Je crains que M. Swift ne continue à se montrer réticent jusqu'à ce que quelque chose survienne pour le débusquer, tel un faisan dans un champ de blé. Mais si cela ne vous ennuyait pas de laisser croire que vous vous intéressez à moi – une excursion en voiture, une promenade dans les jardins, une danse ou deux –, ce serait peut-être là l'aiguillon dont il a besoin pour se déclarer.

— Tout le plaisir sera pour moi, déclara Llandrindon, qui trouvait apparemment le rôle de conspirateur bien plus séduisant que celui de cible matrimoniale. Je suis capable de feindre de vous courtiser de manière très convaincante, mademoiselle Bowman.

— Je veux que vous différiez votre voyage d'une semaine.

Matthew, qui attachait cinq feuilles de papier à l'aide d'une épingle, se planta la pointe dans le doigt. Il retira l'épingle sans prêter attention à la minuscule goutte de sang qui perlait sur sa peau et fixa sur Westcliff un regard interloqué. Ce dernier venait de passer au moins trente-six heures enfermé avec sa femme et sa fille et, tout à coup, il surgissait devant Matthew, la veille de son départ pour Bristol, pour lui donner un ordre dépourvu de sens.

— Puis-je vous demander pourquoi, milord ? dit-il d'une voix soigneusement maîtrisée.

— Parce que j'ai décidé de vous accompagner. Et que mon emploi du temps ne me permettra pas de partir demain.

Pour ce que Matthew en savait, l'emploi du temps actuel du comte tournait exclusivement autour de Lillian et du bébé.

— Il n'est pas nécessaire que vous veniez, répliqua-t-il, vexé qu'on ne lui fasse pas confiance pour se débrouiller seul. J'en sais plus que quiconque sur les différents aspects de cette affaire et sur ce qu'il faudra…

— Vous n'en demeurez pas moins un étranger dans ce pays, déclara Westcliff, le visage indéchiffrable. Et la mention de mon nom ouvrira des portes auxquelles vous n'aurez pas accès autrement.

— Si vous doutez de mes talents de négociateur…

— Ils ne sont pas en cause. J'ai une confiance totale dans vos capacités qui, en Amérique, seraient plus que suffisantes. Mais ici, pour une entreprise de cette envergure, vous aurez besoin du parrainage de quelqu'un de haut placé dans la société. Quelqu'un comme moi.

— Nous ne sommes plus à l'époque médiévale, milord. Que diable, je n'ai pas besoin d'en mettre plein la vue avec un pair du royaume pour un simple contrat d'affaires !

— Étant le pair en cause, répliqua Westcliff avec ironie, je vous avouerai que l'idée ne me plaît pas non plus. Surtout avec, à la maison, un enfant nouveau-né et une femme qui n'est pas encore remise de son accouchement.

— Mais je ne peux pas attendre une semaine ! J'ai déjà pris des rendez-vous. Je dois rencontrer tout le monde, depuis le capitaine du port jusqu'aux propriétaires de la société locale de stations hydrauliques…

— Dans ce cas, il faudra déplacer ces rendez-vous.

— Si vous croyez qu'il n'y aura pas de récriminations…

— La nouvelle que je vous accompagnerai la semaine prochaine suffira à faire taire la plupart des récriminations.

Prononcée par n'importe quel autre homme, cette affirmation aurait été de l'arrogance ; venant de Westcliff, il s'agissait d'une simple constatation.

— M. Bowman est-il au courant ? voulut savoir Matthew.

— Oui. Et, après avoir entendu mes arguments, il s'est rangé à mon avis.

— Que suis-je censé faire ici pendant une semaine ?

Le comte haussa un sourcil, à la manière d'un homme dont l'hospitalité n'avait jamais été mise en cause. Des gens de tous âges, de toutes nationalités et de toutes classes sociales priaient pour être un jour invités à Stony Cross Park. Matthew était probablement le seul et unique homme en Angleterre qui ne souhaitait pas être là.

Mais il s'en moquait. Cela faisait trop longtemps qu'il n'avait pas travaillé, et il en avait par-dessus la tête de l'oisiveté, des divertissements, des conversations à bâtons rompus, des paysages magnifiques, du grand air, de la paix et du calme. Il aspirait à de l'activité, que diable ! Pour ne rien dire de l'odeur de charbon de la grande ville et du vacarme des rues encombrées.

Plus que tout, il voulait être loin de Daisy Bowman. C'était une torture permanente de l'avoir si près et de ne jamais pouvoir la toucher. Il lui était impossible de la traiter avec un calme courtois quand il avait la tête pleine d'images torrides où il l'étreignait, la séduisait, cherchait de sa bouche les endroits les plus vulnérables et les plus délicieux de son corps... Et ce n'était que le début. Ce dont rêvait Matthew, c'était d'heures, de jours, de semaines seul avec elle... Il voulait toutes ses pensées, tous ses sourires et ses secrets ; et, aussi, la liberté de mettre son âme à nu devant elle.

Tout ce qu'il ne pourrait jamais avoir.

— Les divertissements ne manquent pas, aussi bien dans le domaine que dans les environs, dit Westcliff en réponse à sa question. Et si jamais vous désiriez une compagnie féminine d'un certain genre, je vous suggère d'aller jusqu'à la taverne du village.

Matthew avait d'ores et déjà entendu quelques-uns des invités se vanter d'une soirée de réjouissances débridées en compagnie de deux plantureuses serveuses de la taverne. Si seulement il pouvait se satisfaire de quelque chose d'aussi simple – d'une solide fille de la campagne, plutôt que d'un feu follet qui avait jeté une espèce de sort sur son esprit et sur son corps !

L'amour était censé être une émotion heureuse, enivrante, comme le prétendaient les vers idiots, ornés de plumes, de dessins et de dentelle, écrits sur les cartes de la Saint-Valentin. Mais ce n'était pas du tout cela. C'était un sentiment taraudant, triste et fiévreux... une dépendance à laquelle rien ne pouvait mettre fin.

C'était un besoin qui ne se souciait pas des conséquences, or, Matthew était tout sauf irresponsable.

Il savait que s'il restait à Stony Cross Park plus longtemps, il courait au désastre.

— Je vais aller à Bristol, déclara-t-il, au désespoir. Je fixerai de nouveaux rendez-vous la semaine prochaine. Je ne ferai rien sans votre autorisation. Mais au moins, je pourrai collecter des informations, me renseigner sur la société de transport locale, vérifier l'état des véhicules et des chevaux...

— Swift, l'interrompit le comte avec, dans la voix, une pointe de... gentillesse ? de... compassion ? qui mit Matthew sur la défensive. Je comprends la raison de votre hâte...

— Non, certainement pas.

— J'en comprends peut-être davantage que vous ne le croyez. Et, d'après mon expérience, ce n'est pas en évitant ces problèmes qu'on les résout. Vous ne courrez jamais assez vite ni assez loin.

Matthew se figea, les yeux rivés sur Westcliff. Le comte faisait-il allusion à Daisy ou aux fantômes de son passé ? Dans un cas comme dans l'autre, il avait probablement raison.

Non pas que cela fît une quelconque différence.

— Courir est parfois le seul choix possible, répliqua Matthew d'un ton bourru avant de quitter la pièce sans un regard en arrière.

Finalement, Matthew ne partit pas pour Bristol. Il savait qu'il regretterait sa décision… mais il n'imaginait pas à quel point.

Jusqu'à la fin de sa vie, Matthew se souviendrait des jours qui suivirent comme d'une semaine d'insupportable torture.

Bien plus tôt dans son existence, il était allé en enfer et en était revenu, après avoir connu la souffrance physique, les privations, la faim et la peur. Mais aucune de ces épreuves n'avait approché le supplice de regarder, impuissant, lord Llandrindon courtiser Daisy Bowman.

Apparemment, les graines qu'il avait semées dans l'esprit de Llandrindon concernant les charmes de Daisy avaient pris racine. Llandrindon était sans cesse au côté de Daisy, à bavarder, à flirter, à la contempler avec une familiarité choquante. Et Daisy était tout aussi absorbée par son prétendant. Elle buvait ses paroles et abandonnait ce qu'elle faisait dès qu'il paraissait.

Le lundi, ils allèrent pique-niquer ensemble.

Le mardi, ils firent une promenade en voiture.

Le mercredi, ils cueillirent des jacinthes.

Le jeudi, ils se rendirent à l'étang pour y pêcher et revinrent les vêtements mouillés, les joues rosies par le soleil, en riant d'une plaisanterie qu'ils ne daignèrent pas partager avec quiconque.

Le vendredi, ils dansèrent lors d'une soirée musicale improvisée; ils semblaient si bien assortis que l'un des invités fit remarquer que c'était un plaisir de les regarder.

Le samedi, Matthew se réveilla en proie à l'envie d'étrangler quelqu'un.

Son humeur ne s'améliora pas quand, après le petit déjeuner, Thomas Bowman s'approcha de lui, l'air irrité.

— Il est en train de gagner, grommela-t-il en entraînant Matthew vers le bureau pour une conversation privée. Ce salaud d'Écossais passe des heures avec Daisy, à dégouliner de charme et à débiter toutes ces fadaises que les femmes aiment entendre. Si tu avais la moindre intention d'épouser ma fille, Swift, tes chances sont désormais réduites à presque rien. À croire que tu fais tout pour l'éviter ! Toute la semaine, tu t'es montré taciturne et distant, avec une tête à faire peur aux enfants et aux animaux. Franchement, ta manière de courtiser une femme confirme tout ce que j'ai entendu sur les Bostoniens.

— Peut-être que Llandrindon lui conviendrait mieux, répliqua Matthew avec raideur. Ils ont l'air d'éprouver de l'affection l'un pour l'autre.

— Il ne s'agit pas d'affection, il s'agit de mariage ! rugit Bowman, dont le sommet du crâne vira au rouge. As-tu une idée des enjeux ?

— Autres que financiers ?

— Quels autres enjeux pourrait-il y avoir ?

Matthew lui adressa un regard sardonique.

— Le cœur de votre fille. Son bonheur futur. Sa...

— Allons donc ! Les gens ne se marient pas pour être heureux. Ou alors, ils découvrent bien vite que c'est de la pâtée pour cochon.

En dépit de son humeur noire, Matthew ne put s'empêcher d'ébaucher un sourire.

— Si jamais vous espériez m'inciter à embrasser l'état matrimonial, c'est raté.

— Et ça, ça t'inspire davantage ?

Plongeant la main dans la poche de son gilet, Bowman en sortit une pièce d'argent rutilante et la projeta en l'air avec le pouce. La pièce décrivit un arc brillant vers Matthew qui l'attrapa spontanément.

— Épouse Daisy, dit Bowman, et tu en auras plus. Plus que ce qu'un homme peut dépenser durant toute sa vie.

— C'est charmant, commenta une voix féminine depuis le seuil de la pièce.

Tous deux tournèrent la tête, pour découvrir Lillian, vêtue d'une robe rose, un châle drapé sur les épaules. Ses yeux sombres flamboyaient, et elle fixait sur son père un regard proche de la haine.

— Y a-t-il quelqu'un dans votre vie que vous ne considériez pas comme un simple pion, père ? s'enquit-elle.

— Il s'agit d'une discussion entre hommes, rétorqua Bowman en s'empourprant de colère, de culpabilité, ou d'un mélange des deux. Cela ne te regarde pas.

— La vie de Daisy me regarde, riposta Lillian d'une voix douce mais glaçante. Et je vous tuerais tous les deux plutôt que de vous laisser la rendre malheureuse.

Sans laisser à son père le temps de répondre, elle pivota sur ses talons et s'éloigna à grands pas dans le vestibule.

Avec un juron, Bowman sortit et prit la direction opposée.

Demeuré seul, Matthew jeta la pièce sur le bureau.

— Tous ces efforts pour un homme qui s'en moque comme d'une guigne, marmonna Daisy, qui ruminait de sombres pensées.

À quelques pas de là, Llandrindon, assis au bord d'une fontaine, gardait obligeamment la pose pendant qu'elle dessinait son portrait. Daisy n'avait jamais été très douée pour le dessin, mais elle ne savait plus à quoi occuper son temps avec lui.

— Vous dîtes ? lança-t-il.

— Que votre posture est très digne !

Llandrindon était un homme tout à fait charmant, d'une banalité rare et d'un conformisme absolu. Accablée, Daisy dut s'avouer que, en cherchant à rendre Matthew Swift à demi fou de jalousie, elle n'avait réussi qu'à se rendre à demi folle d'ennui.

Elle porta le dos de sa main à ses lèvres pour étouffer un bâillement, tout en essayant de paraître absorbée par son dessin.

Elle venait de passer l'une des semaines les plus misérables de son existence. Des jours et des jours d'ennui mortel, à prétendre s'amuser en compagnie d'un homme qui n'aurait pu lui être plus indifférent. Ce n'était pas la faute de Llandrindon – il se donnait beaucoup de mal pour la divertir –, mais il était évident qu'ils n'avaient et n'auraient jamais rien en commun.

Llandrindon paraissait en être beaucoup moins affecté qu'elle. Il pouvait parler de rien ou de quasiment rien des heures durant. Il aurait pu remplir des colonnes entières de journaux avec des commérages à propos de personnes que Daisy n'avait jamais rencontrées. Et il se lançait dans des discours interminables sur ses recherches d'une combinaison de couleurs parfaite pour son pavillon de chasse, à Thurso, ou dans un inventaire détaillé des matières qu'il avait préférées au cours de ses études. Aucun de ses récits ne semblait jamais mener nulle part.

Llandrindon se désintéressait pareillement de ce que Daisy avait à dire. Il ne riait pas quand elle racontait les bêtises que Lillian et elle avaient faites dans leur enfance, et quand elle s'exclamait : « Regardez ce nuage, il a vraiment la forme d'un coq ! », il la dévisageait comme si elle était folle.

Il n'avait pas non plus apprécié, lors d'une discussion au sujet des nouvelles lois sur les pauvres, qu'elle remette en question sa distinction entre « pauvres méritants » et « pauvres indignes ».

— On dirait que cette loi est conçue pour punir les gens qui ont le plus besoin d'aide, milord, avait-elle fait remarquer.

— Certaines personnes sont pauvres à cause des choix imposés par leurs propres faiblesses morales, par conséquent, personne ne peut leur venir en aide.

— Vous voulez parler des filles perdues, par exemple ? Mais, si ces femmes n'avaient d'autres…

— Il est hors de question que nous discutions des filles perdues, avait-il répliqué, l'air horrifié.

Les échanges avec lui étaient donc, au mieux, limités. D'autant que Llandrindon éprouvait quelques difficultés à suivre les fréquents et rapides changements de sujets de Daisy. Longtemps après qu'elle avait fini de parler d'une chose, il continuait de l'interroger.

— Je croyais que nous en étions encore au caniche de votre tante ? avait-il demandé le matin même, l'air perdu.

— Non, avait répliqué Daisy avec impatience, cela fait cinq minutes que je vous raconte la visite de l'opéra.

— Mais comment sommes-nous passés du caniche à l'opéra ?

Daisy était désolée d'avoir enrôlé Llandrindon, d'autant que son plan ne fonctionnait absolument pas. Matthew Swift n'avait pas montré une once de jalousie – il arborait son visage de granit habituel et avait à peine jeté un regard dans sa direction au cours des derniers jours.

— Pourquoi froncez-vous les sourcils, mon chou ? demanda Llandrindon, les yeux fixés sur son visage.

Mon chou ? Jamais encore il n'avait utilisé de terme affectueux avec elle. Daisy lui jeta un coup d'œil par-dessus son carnet à dessin. Il l'observait d'une manière qui l'embarrassa.

— Ne bougez pas, s'il vous plaît, dit-elle d'un ton guindé. Je suis en train de dessiner votre menton.

Détaillant son œuvre, Daisy ne la trouva pas si mauvaise. Mais… la tête de Llandrindon avait-elle vraiment cette forme d'œuf ? Et ses yeux étaient-ils si rapprochés ? Il était étrange qu'une personne puisse être plutôt séduisante jusqu'à ce que, détaillant ses traits un à un, une grande partie de son charme s'évanouisse. Sans doute n'était-elle pas douée pour dessiner des portraits. Désormais, elle se cantonnerait aux plantes et aux fruits.

— Cette semaine a eu un curieux effet sur moi, observa Llandrindon, songeur. Je me sens… différent.

— Êtes-vous malade ? s'enquit Daisy avec inquiétude en refermant son carnet. Je suis désolée, je vous ai fait rester au soleil trop longtemps.

— Non, ce n'est pas ça. Ce que je voulais dire, c'est que je me sens… merveilleusement bien. Comme jamais auparavant, ajouta-t-il en la regardant de nouveau de cette drôle de manière.

— C'est l'air de la campagne, je suppose, fit Daisy qui se leva, lissa ses jupes et le rejoignit. Il est plutôt vivifiant.

— Ce n'est pas l'air de la campagne que je trouve vivifiant, répliqua Llandrindon à voix basse. C'est vous, mademoiselle Bowman.

Daisy en resta bouche bée.

— Moi ?

— Vous.

Se levant à son tour, il posa les mains sur les épaules de Daisy.

— Je… je… Milord… bégaya Daisy, prise au dépourvu.

— Ces quelques jours passés en votre compagnie m'ont fait profondément réfléchir.

Daisy tordit le cou pour jeter un coup d'œil alentour. Elle n'aperçut que la haie soigneusement taillée, couverte des boutons pâles d'un rosier grimpant.

— M. Swift se trouve non loin ? chuchota-t-elle. Est-ce la raison pour laquelle vous parlez ainsi ?

— Non, je parle pour moi-même, répondit Llandrindon en l'attirant vers lui avec une telle ardeur que son carnet à dessin se retrouva presque écrasé entre eux. Vous m'avez ouvert les yeux, mademoiselle Bowman. Vous me faites voir les choses différemment. Désormais, je veux discerner des formes dans les nuages, et réaliser une chose digne de figurer dans un poème, je veux lire des romans, je veux faire de ma vie une aventure…

— C'est très bien, dit Daisy en se tortillant pour échapper à son étreinte.

— … avec vous.

Oh non !

— Vous plaisantez, n'est-ce pas ? dit-elle d'une voix faible.

— Non, je suis épris.

— Je ne suis pas libre.

— Je suis déterminé.

— Je suis… surprise.

— Très chère petite demoiselle, vous êtes exactement telle qu'il vous a décrite. Magique, adorable, intelligente, désirable…

— Attendez ! l'arrêta Daisy, le fixant avec étonnement. Matt… c'est-à-dire, M. Swift a dit cela ?

— Oui, oui, oui…

Et, sans lui laisser le loisir de bouger, de parler ou de respirer, Llandrindon inclina la tête et l'embrassa.

Le carnet à dessin lui échappa des mains. Elle demeura passive, à se demander si elle allait ressentir quelque chose.

Objectivement, il n'y avait rien à reprocher à son baiser. Il n'était ni trop sec ni baveux, ni trop dur ou trop doux. Il était…

Ennuyeux.

« Zut ! » songea Daisy en s'écartant, les sourcils froncés. Elle se sentait coupable d'avoir si peu apprécié ce baiser. Et elle se sentit encore plus mal quand il fut évident que Llandrindon y avait pris beaucoup de plaisir.

— Ma chère mademoiselle Bowman, susurra-t-il, vous m'aviez caché à quel point vous étiez délicieuse.

Comme il tendait de nouveau les bras vers elle, Daisy fit un bond en arrière avec un petit cri.

— Milord, reprenez-vous !

— J'en suis incapable, s'écria-t-il, avec un nouveau geste dans sa direction qui lui fit prendre la fuite.

Ils se mirent à tourner autour de la fontaine jusqu'au moment où, soudain, Llandrindon fondit sur elle et l'attrapa par la manche de sa robe. Daisy le repoussa avec force et s'écarta, non sans sentir la fine mousseline blanche se déchirer à la hauteur de l'épaule.

Il y eut un grand *plouf!* suivi d'une projection de gouttes d'eau.

Ébahie, Daisy fixa l'endroit où Llandrindon s'était tenu, puis elle se couvrit les yeux des mains comme si, par ce moyen, elle avait le pouvoir d'effacer ce qui venait de se passer.

— Milord ? murmura-t-elle. Est-ce que vous venez de… de tomber dans la fontaine ?

— Non, répondit-il avec acidité. Vous m'y avez *poussé*.

— Ce n'était absolument pas intentionnel, je vous assure.

Daisy s'obligea à regarder dans sa direction.

Llandrindon se relevait, de l'eau dégoulinant de ses cheveux et de ses vêtements, les poches de son manteau pleines à ras bord. De toute évidence, le plongeon dans la fontaine avait considérablement refroidi ses ardeurs.

Observant un silence vexé, il la foudroya du regard. Brusquement, ses yeux s'élargirent et il plongea la main dans une de ses poches. Quand une minuscule grenouille en jaillit et sauta dans l'eau d'un bond gracieux, Daisy essaya de dissimuler son amusement. Mais plus elle s'acharnait, pire c'était, si bien qu'elle finit par éclater de rire.

— Je suis désolée, balbutia-t-elle en plaquant les mains sur sa bouche, sans pour autant parvenir à contenir son fou rire. Je suis vraiment... Ô mon Dieu...

Pliée en deux, elle rit jusqu'à en avoir les larmes aux yeux.

La tension entre eux se dissipa comme Llandrindon esquissait un sourire réticent. Il sortit de la fontaine, ruisselant.

— Je crois que lorsqu'on embrasse le crapaud, dit-il avec flegme, il est censé se transformer en prince. Malheureusement, dans mon cas, ça ne semble pas avoir marché.

Alors que quelques gloussements lui échappaient encore, Daisy ressentit un brusque élan de compassion à son égard. S'approchant d'un pas prudent, elle posa les mains sur ses joues mouillées et effleura ses lèvres d'un baiser amical.

Llandrindon écarquilla les yeux.

— Vous êtes le prince charmant de quelqu'un, assura-t-elle en lui souriant d'un air contrit. Simplement, vous n'êtes pas le mien. Mais quand celle qui vous est destinée vous trouvera... quelle chance elle aura.

Elle se pencha alors pour ramasser son carnet et regagna le manoir.

Il advint que, par un caprice du destin, le chemin qu'emprunta Daisy passait tout près du pavillon des célibataires. Situé à l'écart de la maison principale, ce petit bâtiment dominait la rivière sur laquelle il offrait une vue magnifique. Quelques-uns des invités masculins avaient choisi de profiter de l'intimité du pavillon. Il était à présent en grande partie inoccupée car, la partie de chasse s'étant achevée la veille, la plupart des messieurs étaient repartis.

À l'exception de Matthew Swift, évidemment.

Plongée dans ses pensées, Daisy avançait sur le chemin bordé d'une rambarde métallique qui surplombait la rivière. Son humeur s'assombrit quand elle songea à son père – déterminé à lui faire épouser Matthew Swift –, à Lillian – pour laquelle elle devait se marier avec n'importe qui *sauf* Swift – et à sa mère, qui exigeait pour gendre rien de moins qu'un aristocrate. Mercedes ne serait pas contente lorsqu'elle apprendrait qu'elle avait repoussé Llandrindon.

En se remémorant la semaine qui venait de s'écouler, Daisy se rendit compte que ses tentatives pour attirer l'attention de Matthew n'avaient pas été un jeu pour elle. Bien au contraire. Elle y attachait une énorme importance. Jamais elle n'avait désiré quelque chose autant que la possibilité de s'entretenir avec lui en toute sincérité, honnêtement et sans rien dissimuler. Mais, au lieu de parvenir à lui faire avouer ses sentiments, elle n'avait réussi qu'à exposer les siens.

Quand elle était avec lui, elle sentait la promesse de quelque chose de plus merveilleux et de plus excitant que tout ce qu'elle avait jamais lu ou rêvé.

Quelque chose de *réel*.

Il était incroyable qu'un homme qu'elle avait toujours considéré comme froid et dénué de passion ait pu devenir quelqu'un d'aussi prévenant, sensuel et tendre. Quelqu'un qui gardait secrètement une mèche de ses cheveux dans sa poche.

Un bruit de pas la tira de ses réflexions. Quand elle leva la tête, tout son corps se mit à trembler.

Matthew revenait du manoir et marchait à grandes enjambées, la mine sombre et renfrognée. Il s'arrêta abruptement en la voyant, l'air interdit.

Ils se dévisagèrent dans un silence pesant.

Puis Daisy fronça les sourcils. Soit c'était cela, soit elle se jetait sur lui et se mettait à pleurer. L'intensité même de son désir la choquait.

— Monsieur Swift, le salua-t-elle d'une voix mal assurée.

— Mademoiselle Bowman.

À en juger par son expression, il aurait préféré se trouver n'importe où plutôt qu'en sa compagnie.

Daisy eut l'impression que ses nerfs crépitaient quand il tendit la main vers son carnet à dessin. Sans réfléchir, elle le laissa s'en emparer.

Il plissa les yeux lorsqu'il reconnut le portrait de Llandrindon.

— Pourquoi l'avez-vous dessiné avec une barbe ? demanda-t-il.

— Ce n'est pas une barbe, mais une ombre, rétorqua-t-elle.

— On dirait qu'il ne s'est pas rasé depuis trois mois.

— Je ne vous ai pas demandé de commentaires sur mon travail !

Elle se saisit du carnet, mais il refusa de le lâcher.

— Donnez-le-moi, lui ordonna-t-elle en tirant de toutes ses forces, sinon je…

— Sinon quoi ? Vous dessinerez mon portrait ?

Il lâcha le carnet si brusquement qu'elle trébucha en arrière, puis il leva les mains en un geste défensif.

— Non ! Tout mais pas ça.

Daisy se précipita vers lui pour lui assener un grand coup de carnet sur la poitrine. Elle détestait se sentir aussi vivante en sa présence et avoir l'impression que ses sens se gorgeaient de lui comme la terre sèche absorbe la pluie. Elle détestait son visage séduisant, son corps viril, sa bouche trop tentante.

Le sourire de Matthew s'évanouit quand il aperçut la couture déchirée sur son épaule.

— Qu'est-il arrivé à votre robe ?

— Ce n'est rien. J'ai eu une espèce de… eh bien, disons de « petite bagarre » avec lord Llandrindon.

C'était là le terme le plus innocent qu'elle ait trouvé pour décrire cette rencontre, qui avait été évidemment sans aucune conséquence. Elle était persuadée qu'on ne pouvait attacher aucune connotation licencieuse au mot « bagarre ».

Mais Swift en avait apparemment une définition bien plus large qu'elle. Son expression se fit soudain sombre, effrayante, et ses yeux bleus jetèrent des flammes.

— Je vais le tuer, annonçait-il d'une voix gutturale. Il a osé… Où est-il ?

— Non, non, vous vous méprenez, dit Daisy en toute hâte. Ce n'est pas ce que vous croyez…

Lâchant son carnet à dessin, elle le ceintura et tenta de le retenir alors qu'il s'élançait vers le jardin. Elle aurait pu tout aussi bien essayer d'arrêter un taureau qui chargeait.

— Attendez ! cria-t-elle alors qu'il la traînait sur quelques pas. De quel droit intervenez-vous dans une affaire qui me concerne ?

Respirant bruyamment, Matthew s'immobilisa et la fusilla du regard.

— Vous a-t-il touchée ? Vous a-t-il forcée à…

— Vous êtes vraiment comme le chien dans la mangeoire ! répliqua Daisy, véhémente. Puisque vous ne voulez pas de moi, que vous importe si quelqu'un d'autre est intéressé ? Laissez-moi tranquille, retournez construire votre maudite usine et continuez de gagner des montagnes d'argent ! J'espère que vous deviendrez l'homme le plus riche du monde. J'espère que vous obtiendrez tout ce que vous voulez, et qu'un jour, vous regarderez autour de vous et vous vous demanderez pourquoi personne ne vous aime et pourquoi vous êtes aussi mal...

Elle fut réduite au silence comme il écrasait sa bouche sur la sienne avec force, comme s'il voulait la punir. Un frisson sauvage la traversa et elle détourna le visage avec un cri étouffé.

— ... heureux, parvint-elle à conclure juste avant qu'il ne prenne sa tête entre ses mains et l'embrasse de nouveau.

Cette fois, sa bouche se fit plus douce, cherchant avec une hâte sensuelle le meilleur angle d'approche. Le cœur de Daisy se mit à battre à tout rompre, envoyant un flot de sang brûlant dans ses veines dilatées. Refermant les mains sur les poignets de Matthew, elle sentit sous ses doigts la pulsation d'un pouls non moins éperdu que le sien.

Chaque fois qu'elle croyait que Matthew allait mettre un terme à leur baiser, il la fouaillait plus profondément. Elle lui répondait avec fièvre, les jambes si flageolantes qu'elle craignait de s'effondrer à tout moment sur le sol telle une poupée de chiffon.

S'arrachant à ses lèvres, elle réussit à articuler:

— Matthew... emmenez-moi quelque part.

— Non.

— Si. J'ai besoin... j'ai besoin d'être seule avec vous.

Haletant, il l'enveloppa de ses bras et la serra contre son torse. Elle sentit ses lèvres sur ses cheveux.

— Je ne me fais pas assez confiance, finit-il par chuchoter.

— Juste pour parler. S'il vous plaît. Nous ne pouvons rester au vu et au su de tout le monde, comme ça. Et si vous me quittez maintenant, j'en mourrai.

Bien qu'en proie à un désir violent teinté de désespoir, Matthew ne put néanmoins retenir un petit rire devant cette affirmation dramatique.

— Vous ne mourrez pas.

— Juste pour parler, répéta Daisy en se cramponnant à lui. Je ne… je ne vous tenterai pas.

— Mon cœur, vous me tentez en étant simplement dans la même pièce que moi.

La gorge de Daisy devint brûlante, comme si elle venait d'avaler du soleil. Pressentant que si elle insistait, il prendrait le parti opposé, elle demeura silencieuse. Cependant, elle se pressa davantage contre lui, certaine que la communication silencieuse entre leurs corps ferait fondre sa résolution.

Avec un grognement étouffé, Matthew lui prit la main pour l'entraîner vers le pavillon des célibataires.

— Que Dieu nous vienne en aide si jamais quelqu'un nous aperçoit.

Daisy fut tentée de faire remarquer avec malice que, dans ce cas, il serait forcé de l'épouser, mais elle tint sa langue et gravit en hâte les marches avec lui.

11

Il faisait sombre et frais à l'intérieur. Les murs étaient entièrement lambrissés de bois de rose luisant et le mobilier imposant. D'épais rideaux de velours aux coloris précieux, bordés d'une frange de soie, encadraient les fenêtres. Gardant la main de Daisy dans la sienne, Matthew lui fit traverser la maison jusqu'à une pièce située à l'arrière.

En franchissant le seuil, elle découvrit qu'il s'agissait de sa chambre, et un picotement d'excitation courut sous son corset.

Dans la pièce bien rangée, où flottait un parfum d'encaustique, la lumière du jour était tamisée par un rideau de dentelle crème. Quelques objets étaient disposés avec soin sur la table de toilette : un peigne, une brosse à dents, deux petites boîtes – contenant l'une de la poudre dentifrice, l'autre du savon –, un rasoir et sa lanière de cuir. Ni pommade à cheveux, ni eau de Cologne, ni crèmes, ni épingles à cravate ou bagues. On pouvait difficilement accuser Matthew d'être un dandy.

Il ferma la porte et se tourna vers elle. Il semblait très grand dans la petite pièce et écrasait le mobilier raffiné de sa stature imposante. La bouche de Daisy s'assécha lorsqu'elle leva les yeux sur lui. Elle voulait être tout près de lui… elle voulait sentir sa peau contre la sienne.

— Qu'y a-t-il entre Llandrindon et vous ? demanda-t-il.

— Rien. Une simple amitié. De mon côté, en tout cas.

— Et du sien ?

— Je le soupçonne… Eh bien, il a laissé entendre qu'il ne serait pas opposé à… vous comprenez.

— Oui, je comprends, rétorqua-t-il. Et même si je ne supporte pas ce salaud, je ne peux le blâmer de vous désirer. Surtout vu la manière dont vous l'avez aguiché durant toute la semaine.

— Si vous insinuez que je me suis conduite comme une dévergondée…

— Inutile de nier. J'ai vu la manière dont vous flirtiez avec lui. Cette façon que vous aviez de vous pencher vers lui pour lui parler… les sourires, les robes provocantes…

— Les robes provocantes ? répéta Daisy, ébahie.

— Comme celle-ci.

Elle baissa les yeux sur sa chaste robe blanche, qui lui couvrait la poitrine et une grande partie des bras. Une nonne n'y aurait rien trouvé à redire. Elle lui jeta un regard sarcastique.

— Cela fait des jours que j'essaye de vous rendre jaloux. Vous m'auriez épargné beaucoup d'efforts si vous l'aviez admis d'emblée.

— Vous avez délibérément tenté de me rendre jaloux ? explosa-t-il. Au nom du ciel, dans quel but ? À moins que me rendre fou soit le dernier passe-temps que vous ayez trouvé pour vous divertir ?

— Je pensais que vous éprouviez peut-être quelque chose pour moi… avoua-t-elle en s'empourprant. Et j'espérais vous le faire admettre.

Matthew ouvrit la bouche, puis la referma, apparemment incapable de prononcer un mot. Mal à l'aise, Daisy se demanda quelle émotion l'agitait. Au bout d'un moment, il secoua la tête et s'appuya contre la commode, comme s'il avait besoin d'un soutien physique.

— Êtes-vous fâché ? demanda-t-elle avec appréhension.

— Dix pour cent de moi est fâché, répondit-il d'une voix étrange, entrecoupée.

— Et les quatre-vingt-dix pour cent qui restent ?

— Cette partie n'est plus qu'à un cheveu de vous jeter sur ce lit et…

Matthew s'interrompit et déglutit avec peine.

— Daisy, que diable, vous êtes trop innocente pour vous rendre compte du danger que vous courez. C'est au prix d'un immense effort que je parviens à rester loin de vous. Ne jouez pas avec moi, mon cœur. Il vous est trop facile de me torturer, et j'ai atteint la limite du supportable. Pour faire taire les doutes que vous pourriez avoir… je suis jaloux de chaque homme qui vous approche à moins de dix pas. Je suis jaloux des vêtements sur votre peau et de l'air que vous respirez. Je suis jaloux de chaque moment que vous passez hors de ma vue.

Abasourdie, Daisy murmura :

— Vous… vous n'en avez jamais rien montré, c'est le moins qu'on puisse dire.

— Au fil des ans, j'ai engrangé des milliers de souvenirs de vous, chaque fois que je vous voyais, chaque fois que je vous entendais. Toutes ces visites que je rendais à votre famille, tous ces dîners... je mourais d'impatience de franchir la porte et de vous voir.

Les coins de sa bouche se retroussèrent avec amusement comme il se souvenait.

— Vous, au milieu de cette famille, exubérante et têtue – j'adore vous observer parmi eux. Vous avez toujours incarné à mes yeux tout ce qu'une femme devrait être. Et je vous ai désirée chaque seconde de ma vie depuis notre première rencontre.

Le regret qui submergea Daisy était une véritable torture.

— Je ne me suis même jamais montrée aimable avec vous, dit-elle d'un ton désolé.

— Et j'en étais diablement heureux. Sinon, je me serais probablement consumé comme une torche à l'instant même.

Quand elle fit mine d'avancer vers lui, Matthew l'arrêta d'un geste.

— Non. Ne bougez pas. Comme je vous l'ai déjà dit, je ne peux en aucun cas vous épouser. Et cela ne changera pas. Mais cela n'a rien à voir avec le désir que j'éprouve pour vous.

Ses yeux étincelèrent comme du saphir en fusion quand il l'embrassa tout entière du regard.

— Mon Dieu, si vous saviez comme je vous veux, chuchota-t-il.

Daisy mourait d'envie de se jeter dans ses bras.

— Je vous veux aussi. Je vous veux au point que je ne crois pas être capable de renoncer à vous sans savoir pourquoi.

— S'il m'était possible d'expliquer mes raisons, croyez-moi, je l'aurais déjà fait.

Daisy s'obligea à poser la question qu'elle redoutait par-dessus tout.

— Êtes-vous déjà marié ?

Matthew plongea son regard dans le sien.

— Grand Dieu, non.

Le soulagement de Daisy fut indescriptible.

— Alors, tout le reste peut se résoudre à condition que vous me disiez…

— Si vous aviez un tout petit peu plus d'expérience de la vie, coupa Matthew avec tristesse, vous ne prononceriez pas de phrases comme « tout le reste peut se résoudre ».

Il se plaça de l'autre côté de la commode, dégageant ainsi le passage vers la porte.

Puis il observa un long silence, comme s'il s'abandonnait à de graves considérations.

Daisy demeura immobile, les yeux fixés sur lui. Elle ne pouvait lui offrir que sa patience. Elle attendit sans mot dire, sans même battre des paupières.

Matthew détourna le regard. Son expression se fit distante et ses yeux devinrent aussi durs que des éclats de cobalt poli.

— Il y a longtemps, finit-il par dire, je me suis fait un ennemi, un ennemi puissant, sans que j'aie commis de faute. À cause de son influence, j'ai été obligé de quitter Boston. Et j'ai de bonnes raisons de penser que le ressentiment de cet homme reviendra me frapper un jour ou l'autre. Je vis avec cette épée de Damoclès depuis des années. Je ne veux pas que vous soyez près de moi le jour où elle tombera.

— Mais on doit pouvoir faire quelque chose, répliqua Daisy, déterminée à affronter cet ennemi inconnu avec tous les moyens à sa disposition. Si vous vouliez bien m'en raconter davantage, me donner son nom et…

— Non, lâcha-t-il.

Sa voix était calme, mais avec quelque chose d'irrévocable qui contraignit Daisy au silence.

— Je me suis montré aussi honnête que possible avec vous, Daisy. J'espère que vous ne trahirez pas ma confiance. À présent, ajouta-t-il avec un geste vers la porte, il est temps que vous partiez.

— Comme ça, tout simplement ? protesta-t-elle, interloquée. Après ce que vous venez de me dire, vous voulez que je m'en aille ?

— Oui. Tâchez que personne ne vous voie.

— Ce n'est pas juste que vous ayez pu dire ce que vous aviez sur le cœur et que vous ne me laissiez pas…

— La vie est rarement juste. Même pour une Bowman.

Alors qu'elle fixait son profil inflexible, les pensées se bousculaient dans l'esprit de Daisy. Il ne s'agissait pas simplement d'obstination de la part de Matthew, mais de conviction. Il ne laissait aucune place à la discussion, ni d'ouverture pour une quelconque négociation.

— Dois-je me tourner vers Llandrindon dans ce cas ? lança-t-elle en espérant le provoquer.

— Oui.

Elle le foudroya du regard.

— J'aimerais comprendre. Il y a quelques minutes, vous étiez prêt à le mettre en pièces.

— Si vous voulez cet homme, je n'ai pas le droit de m'y opposer.

— Si vous me voulez, vous avez amplement le droit de dire quelque chose ! riposta Daisy en se dirigeant vers la porte. Pourquoi prétend-on toujours que les femmes sont illogiques alors que les hommes le sont cent fois plus ? D'abord, ils veulent quelque chose, puis ils ne veulent plus, puis ils prennent des décisions irrationnelles fondées sur des secrets qu'ils se refusent à éclaircir, et personne n'est censé protester parce que la parole d'un homme est sans appel.

À l'instant où elle tendait la main vers le bouton de la porte, elle aperçut la clé dans la serrure.

Suspendant son geste, elle lança un coup d'œil en direction de Matthew, qui était resté fermement planté de l'autre côté de la commode pour conserver une distance prudente entre eux.

Même si Daisy était la plus modérée des Bowman, elle n'avait rien d'une poltronne. Et elle n'était pas du genre à accepter la défaite sans se battre.

— Vous me forcez à prendre des mesures désespérées, dit-elle.

— Il n'y a rien que vous puissiez faire, répondit-il avec une grande douceur.

Il ne lui laissait donc pas le choix.

Daisy tourna la clef dans la serrure et la retira avec précaution.

Le déclic résonna anormalement fort dans la pièce silencieuse.

D'un geste calme mais décidé, Daisy écarta de son buste le décolleté de son corsage. Puis elle tint la clé au-dessus de l'entrebâillement étroit.

Matthew écarquilla les yeux quand il comprit son intention.

— Vous n'oseriez pas !

Comme il contournait la commode, Daisy lâcha la clé et s'assura qu'elle glissait sous son corset. Elle rentra le ventre jusqu'à ce qu'elle sente le métal froid s'arrêter au niveau de son nombril.

— Bon sang !

Matthew l'avait rejointe avec une célérité étonnante. Il tendit les mains vers elle puis les rejeta en arrière comme s'il venait de se brûler.

— Retirez-la, lui ordonna-t-il, l'air outré.

— Je ne peux pas.

— Je ne plaisante pas, Daisy !

— Elle est tombée trop bas. Il faudra que j'enlève ma robe.

Il aurait voulu la tuer, cela sautait aux yeux. Mais Daisy percevait aussi la force de son désir. Son souffle était saccadé et une chaleur torride émanait de son corps.

Son chuchotement avait la férocité d'un rugissement.

— Ne me faites pas ça.

Daisy attendit patiemment. La balle était dans le camp de Matthew.

Il lui tourna le dos, les poings serrés comme s'il luttait pour se contrôler. Il prit une inspiration tremblante, puis une autre, et quand il parla, ce fut d'une voix pâteuse, comme s'il venait juste de se réveiller d'un sommeil profond.

— Enlevez votre robe.

Ne souhaitant pas le contrarier plus qu'il n'était nécessaire, Daisy répliqua d'un ton contrit :

— Je ne peux le faire moi-même. Elle est boutonnée dans le dos.

D'une voix étouffée, Matthew laissa échapper une exclamation sans doute très grossière. Après un silence qui parut durer une éternité, il pivota pour lui faire face. Son visage paraissait coulé dans le bronze.

— Je ne perdrai pas mes moyens aussi facilement. Je peux vous résister, Daisy. J'ai des années d'entraînement. Tournez-vous.

Elle obéit. Quand elle pencha la tête en avant, elle eut vraiment l'impression de sentir son regard descendre le long de l'interminable rangée de petits boutons en nacre.

— Comment arrivez-vous à vous déshabiller ? marmonna-t-il. Je n'ai jamais vu autant de fichus boutons sur un vêtement.

— C'est la mode.

— C'est ridicule.

— Vous pouvez envoyer une lettre de protestation au *Godey's Lady's Book*, suggéra-t-elle.

Avec un ricanement de mépris, Matthew s'attaqua au premier bouton. Il essaya de le détacher en évitant soigneusement tout contact avec son corps.

— C'est plus facile quand on glisse les doigts sous la patte de boutonnage, dit Daisy. Ainsi, vous pouvez sortir le bouton de la…

— Taisez-vous !

Elle n'insista pas.

Matthew se battit avec les boutons pendant une minute supplémentaire. Puis, avec un grognement d'exaspération, il suivit son conseil et glissa deux doigts entre sa robe et sa peau. Quand ses phalanges effleurèrent sa colonne vertébrale, un délicieux frisson courut le long du dos de Daisy.

Il progressait avec une lenteur atroce. Elle le sentait tâtonner indéfiniment.

— Puis-je m'asseoir, s'il vous plaît ? demanda-t-elle d'une voix douce. Je suis fatiguée d'être debout sans bouger.

— Il n'y a rien pour s'asseoir.

— Oh, mais si.

S'écartant de lui, Daisy alla jusqu'au lit à colonnes et s'efforça de grimper dessus. Malheureusement, c'était un vénérable Sheraton, très haut sur pied pour éviter les courants d'air en hiver et permettre de glisser dessous un lit pliant. Le matelas arrivait à la hauteur de sa poitrine. Elle essaya bien de hisser les hanches dessus, en vain.

— En général, dit-elle en se tortillant, les pieds dans le vide, on fournit un tabouret pour… les lits de cette hauteur.

S'accrochant au couvre-lit, elle tenta de passer le genou par-dessus le bord du matelas.

— Seigneur Dieu… Si quelqu'un tombait de ce lit la nuit, ça pourrait lui être fatal.

Elle sentit les mains de Matthew se refermer sur sa taille.

— Le lit n'est pas aussi haut que ça, observa-t-il en la soulevant comme si elle était une enfant pour la déposer sur le matelas. C'est juste que vous êtes petite.

— Je ne suis pas petite. Je suis… verticalement désavantagée.

— Si vous voulez. Asseyez-vous.

Le matelas se creusa derrière elle sous le poids de Matthew, et ses mains se posèrent de nouveau sur le dos de sa robe.

Consciente du léger tremblement de ses doigts contre sa peau, Daisy s'enhardit à faire remarquer :

— Je n'ai jamais été attirée par les hommes de grande taille auparavant. Mais avec vous, je me sens…

— Si vous ne vous taisez pas, l'interrompit-il d'un ton sec, je vais vous étrangler.

Daisy demeura silencieuse, ce qui lui permit de constater que la respiration de Matthew s'était faite plus profonde, moins contrôlée. Par contraste, ses doigts semblèrent gagner en assurance, progressant le long de la rangée de boutons jusqu'à ce que son corsage s'ouvre et que les manches glissent de ses épaules.

— Où est-elle ? demanda-t-il.

— La clé ?

— Oui, Daisy, répondit il d'un ton mordant. La clé.

— Elle est tombée à l'intérieur de mon corset. Ce qui signifie… que je dois l'enlever lui aussi.

Comme sa déclaration ne suscitait aucune réaction – ni bruit ni geste –, Daisy se tourna de biais pour jeter un coup d'œil à Matthew.

Il paraissait hébété. Le bleu de ses yeux ressortait de manière surnaturelle dans son visage en feu. Elle comprit qu'il livrait une bataille féroce contre lui-même pour s'empêcher de la toucher.

Tout en rougissant d'embarras, elle sortit complètement les bras des manches de sa robe. Puis elle la repoussa sur ses hanches et se tortilla pour s'extraire du bouillonnement de mousseline blanche.

Matthew fixa l'amas de tissu sur le sol comme s'il s'agissait d'une fleur exotique inconnue de lui. Lentement, il reporta les yeux sur Daisy, et émit une protestation incohérente quand elle commença à dégrafer son corset.

À se déshabiller ainsi devant lui, elle se sentait à la fois timide et perverse. Mais elle était encouragée par le fait qu'il semblait incapable de s'arracher à la contemplation de sa peau qu'elle dévoilait progressivement. Lorsque le dernier crochet de métal eut cédé sous ses doigts, elle jeta par terre le chiffon de toile et de baleines. Il ne resta plus pour dissimuler ses seins que sa chemise froissée.

La clé libérée était tombée entre ses cuisses. Elle referma les doigts dessus et se risqua à glisser un regard à Matthew.

Les yeux fermés, il paraissait en proie à une concentration douloureuse qui marquait son front de plis profonds.

— Cela ne va pas arriver, murmura-t-il, plus pour lui-même que pour Daisy.

Elle se pencha vers lui pour enfoncer la clé dans la poche de sa veste. Puis, saisissant l'ourlet de sa fine chemise, elle la fit passer par-dessus sa tête. Une onde de picotements nerveux courut sur son buste dénudé. Elle était si gênée qu'elle commença à claquer des dents.

— Je viens d'enlever ma chemise, annonça-t-elle. Vous ne voulez pas regarder ?

— Non.

Ses yeux s'ouvrirent néanmoins. Quand son regard tomba sur ses petits seins à la pointe rosée, sa respiration se fit sifflante entre ses dents serrées. Il resta assis sans bouger, les yeux rivés sur elle, lorsqu'elle entreprit de dénouer sa cravate, de déboutonner son gilet, puis sa chemise. Bien qu'écarlate, elle persévéra et, dressée sur les genoux, elle repoussa sa veste sur ses épaules.

Avec des gestes de somnambule, il s'en extirpa lentement, fit de même avec son gilet.

Daisy écarta les pans de sa chemise avec une détermination maladroite. Elle se gorgea de la vision de son torse dont la peau satinée était tendue sur ses muscles saillants. Elle l'effleura du bout des doigts avant de descendre le long de son ventre, jusqu'à sa taille.

D'un geste brusque, Matthew lui immobilisa la main, ne sachant apparemment pas trop s'il fallait la repousser ou la presser plus étroitement.

Elle referma ses doigts sur les siens et plongea le regard dans les yeux bleus aux pupilles dilatées.

— Matthew, chuchota-t-elle, je suis ici. Je suis à vous. Je veux faire tout ce que vous avez jamais imaginé faire avec moi.

Il cessa de respirer. Sa volonté vacilla avant de s'effondrer et, soudain, plus rien n'eut d'importance que les exigences d'un désir trop longtemps nié. Avec un gémissement rauque, il la souleva pour l'asseoir sur ses genoux. Daisy laissa échapper un petit cri quand elle sentit son intimité épouser une saillie inconnue.

Matthew s'empara de sa bouche tandis que ses mains traçaient des chemins fébriles sur son corps. Quand il prit ses seins en coupe, le sang de Daisy fusa dans ses veines, et l'exigence douloureuse de sa chair devint intransigeante. Elle lutta pour le débarrasser de sa chemise, essayant de glisser les mains dessous et de l'écarter de son corps.

Il l'allongea sur le matelas, et ôta sa chemise, révélant les contours magnifiques de son torse et de ses épaules. Puis il se pencha sur Daisy qui gémit de plaisir au contact de sa peau nue. Son parfum familier – l'odeur épicée, voluptueuse, de la peau masculine propre – l'enveloppa tout entière. Il la gratifia d'une série de baisers sensuels tout en caressant tendrement son corps à demi dénudé. Du pouce, il traça un cercle lent autour de la pointe de son sein, qui durcit, s'assombrit, jusqu'à ce qu'elle se cambre en une supplication muette.

Comprenant sa prière, il s'inclina et referma la bouche autour de la pointe érigée. Il la tira légèrement, sa langue faisant naître de nouvelles étincelles brûlantes à la surface de sa peau. Daisy gémit et frissonna entre ses bras. Ses nerfs à vif envoyèrent des messages sauvages à travers tout son corps comme Matthew portait son attention sur l'autre sein, dont l'extrémité se dilata sous l'effet de ses baisers.

— Savez-vous ce que je veux de vous ? l'entendit-elle demander d'une voix rauque. Comprenez-vous ce qui va arriver si nous n'arrêtons pas ?

— Oui.

Matthew releva la tête pour lui jeter un regard dubitatif.

— Je ne suis pas aussi innocente que vous pourriez le penser, précisa Daisy avec impatience. J'ai beaucoup lu, vous savez.

Il détourna le visage, et elle eut l'impression qu'il s'efforçait de ne pas sourire. Puis il la regarda de nouveau avec une tendresse qui lui perça le cœur.

— Daisy Bowman, dit-il d'une voix mal assurée, je passerais l'éternité en enfer pour une heure avec vous.

— C'est ce que cela dure ? Une heure ?

— Mon cœur, à ce stade, ce serait un miracle si je durais une minute, répondit-il d'un air chagrin.

Daisy enroula les bras autour de son cou.

— Vous devez me faire l'amour. Sinon, je ne cesserai jamais de vous le reprocher.

Matthew la serra contre lui et l'embrassa sur le front. Il resta silencieux si longtemps qu'elle craignit qu'il ne la repousse. Puis, soudain, sa main chaude descendit le long de son corps, et son cœur fit une petite volte d'excitation.

Matthew tira sur les cordons de ses dessous pour les desserrer. Le ventre de Daisy s'élevait et s'abaissait au rythme précipité de son souffle, et elle fut submergée par la gêne lorsqu'il glissa la main sous la fine étoffe. Frôlant sa toison intime, il se mit à jouer avec les boucles douces, tantôt les aplatissant contre son mont de Vénus, tantôt les ébouriffant. De l'extrémité de l'annulaire, il effleura un endroit si sensible qu'elle eut un tressaillement de surprise. Les yeux rivés sur son visage en feu, Matthew écarta doucement la chair tendre.

— Daisy, mon ange, murmura-t-il, tu es si douce… si délicate… Où veux-tu que je te touche ? Ici ? Ou là…

— Là, dit-elle dans un demi-sanglot, alors qu'il glissait les doigts précisément au bon endroit. Oui... Oh oui, là !...

Il fit pleuvoir des baisers brûlants sur sa gorge, puis sur sa poitrine tandis qu'en même temps, il introduisait les doigts plus profondément entre ses jambes. Sous ses caresses répétées, Daisy prit conscience d'une moiteur déconcertante dans cet endroit secret. Elle ne s'y attendait pas. N'était-elle donc pas aussi informée qu'elle le croyait ?

Consternée, elle ouvrit la bouche pour dire quelque chose, mais fut abruptement réduite au silence quand son doigt s'insinua en elle. À *cela* non plus, elle ne s'attendait pas.

Matthew releva la tête, le regard comme embué de chaleur. Sans cesser d'observer son visage, il commença à fouiller son intimité à un rythme légèrement caressant qui ne tarda pas à lui arracher un hoquet de plaisir. Se tendant vers lui, elle lui rendit ses baisers avec une ferveur incontrôlable.

— Tu aimes ça ? chuchota-t-il.

— Oui, je... je croyais que cela ferait mal, réussit-elle à balbutier entre deux gémissements irrépressibles.

— Pas cela, dit-il avec une ombre de sourire. Plus tard, en revanche, il se peut que tu aies matière à te plaindre.

Un voile de sueur couvrit son visage lorsqu'il sentit les contractions spasmodiques de son intimité autour de son doigt.

— Je ne sais pas si je serai capable d'être doux, avoua-t-il d'une voix entrecoupée. Il y a si longtemps que je te désire...

— Je te fais confiance, chuchota-t-elle.

Matthew secoua la tête en retirant sa main.

— Tu manques du jugement le plus élémentaire. Tu es au lit avec le dernier homme au monde auquel tu devrais faire confiance, et tu es sur le point de commettre la plus grande erreur de ta vie.

— Est-ce là ta conception du badinage amoureux ?

— Je considérais que je devais te donner un dernier avertissement. À présent, tu es condamnée.

— Oh, tant mieux ! fit Daisy en se soulevant pour lui permettre de lui enlever ses dessous et ses bas.

Ses yeux s'agrandirent quand il commença à déboutonner son pantalon. Timide mais curieuse, elle tendit la main pour l'aider. D'une voix tremblante, Matthew prononça quelques mots tendres quand elle glissa sa petite main fraîche par sa braguette entrouverte. Elle le caressa avec précaution, découvrant la longueur et la dureté de son sexe.

— Comment dois-je te toucher ? chuchota-t-elle, émue de la manière dont son corps frémissait.

Matthew secoua la tête avec un petit rire incertain.

— Daisy… Je préférerais que tu t'abstiennes, à cet instant précis.

— Je m'y suis mal prise ? s'inquiéta-t-elle.

— Non, non…

Il l'attira dans ses bras et déposa un baiser sur sa joue, son oreille, ses cheveux.

— Tu ne t'y prends que trop bien.

Sans cesser de la caresser, il la repoussa contre les oreillers. Après s'être déshabillé, il s'étendit sur elle, et elle frissonna au contact délicieux et surprenant de sa peau chaude, douce, par endroits couverte de poils. Trop de choses survenaient en même temps – elle ne parvenait plus à les absorber toutes ensemble – la moiteur brûlante de sa bouche vagabonde, l'habileté de ses longs doigts, le chatouillement de ses cheveux sur ses seins, son ventre…

Quand il lui agaça d'une langue soyeuse le creux du nombril, un feu liquide déferla dans les veines de Daisy. Vaguement consciente de la zone que sa bouche explorait, elle s'agita sous lui.

Ne paraissant pas se rendre compte de l'endroit qu'il embrassait, Matthew persista et continua de descendre jusqu'à ce qu'elle émette un cri étouffé et repousse sa tête avec force.

— Qu'y a-t-il ? demanda-t-il en se redressant sur les coudes.

Écarlate, Daisy eut le plus grand mal à s'expliquer.

— Tu étais trop près de mon… C'est-à-dire que tu as par mégarde…

Sa voix mourut quand elle vit à son regard qu'il comprenait. D'un geste brusque, il baissa la tête pour dissimuler son expression tandis que ses épaules étaient agitées de soubresauts. Il répondit d'un ton prudent, toujours sans la regarder.

— Ce n'était pas par mégarde. Je l'ai fait volontairement.

Daisy ne cacha pas son étonnement.

— Mais tu allais m'embrasser pile sur…

Elle s'interrompit comme leurs regards se croisaient. Les yeux bleus de Matthew pétillaient.

Non seulement il n'était pas embarrassé, mais il avait l'air… *amusé* !

— Tu n'es pas choquée, n'est-ce pas ? fit-il. Je te croyais très instruite sur le sujet.

— Certes, mais personne n'écrirait jamais sur ce genre de… chose.

Il haussa les épaules, les yeux brillants.

— C'est toi, l'autorité littéraire.

— Tu te moques de moi.

— Juste un peu, murmura-t-il avant de lui embrasser de nouveau le ventre.

De ses mains, il lui maintint les jambes sur le matelas.

Daisy se mit à bavarder avec nervosité quand la bouche de Matthew s'aventura vers sa hanche.

— Dans quelques-uns des rom… romans que j'ai lus, il y avait certains passages, évidemment…

Elle prit une brusque inspiration en sentant ses dents lui mordiller tendrement l'intérieur de la cuisse.

— … mais… les auteurs utilisaient tant d'euphémismes que je n'ai pas vrai… vraiment compris… Oh, je t'en prie, je ne pense pas que tu devrais faire cela…

— Que penses-tu de ceci ?

— Définitivement pas cela.

Mais, lui crochetant les genoux de ses mains, il lui maintint les jambes ouvertes et se mit à faire des choses terribles avec la langue. Daisy commença à frissonner quand il trouva la chair sensible qu'il avait effleurée un peu plus tôt. Il la caressa de sa bouche douce, chaude, exigeante, jusqu'au moment où une vague de plaisir naquit de cet endroit même que ses lèvres s'appropriaient. Et, lorsqu'elle le supplia de ne pas la tourmenter davantage, et qu'il se mit à la lécher, à la fouailler de plus en plus profondément, la jouissance qui la foudroya lui arracha un cri d'assouvissement ébloui.

Après un long moment, Matthew se redressa et l'enlaça. Elle enroula avec ardeur les bras et les jambes autour de lui tandis qu'il se positionnait avec précaution entre ses cuisses grandes ouvertes, tremblant de l'effort qu'être doux exigeait de lui. Daisy eut la sensation d'une invasion lorsqu'il donna un premier coup de reins, et Matthew lui murmura des mots d'amour à l'oreille tandis qu'il s'enfonçait davantage.

Lorsque leurs corps furent complètement joints, il s'immobilisa, s'efforçant de ne pas lui infliger davantage de souffrance. Il était si dur à l'intérieur d'elle ! Daisy s'accoutumait à la curieuse sensation d'être possédée, d'être entièrement à sa merci, et pourtant... à cet instant, il lui appartenait complètement. Elle savait qu'elle emplissait son esprit et son cœur comme lui emplissait son corps. Désireuse de lui donner le même plaisir que celui qu'elle avait reçu, elle se cambra vers lui.

— Daisy... non, attends...

Elle s'arc-bouta de nouveau, encore et encore, en proie au désir désespéré d'être plus près de lui. Avec un gémissement, il imprima à ses hanches un rythme subtil mais implacable et, écrasant sa bouche sous la sienne, parcouru de spasmes, il s'abandonna à l'intensité de sa jouissance.

Ensuite, ils demeurèrent silencieux quelques minutes, la tête de Daisy au creux de l'épaule de Matthew. Puis il se retira d'elle avec précaution et la fit taire d'un baiser comme elle protestait.

— Laisse-moi prendre soin de toi.

Daisy ne comprit pas ce qu'il voulait dire, mais elle était si amollie par le plaisir qu'elle resta immobile, les yeux clos, quand il quitta le lit. Il revint avec une serviette humide, essuya son corps en sueur et la chair douloureuse entre ses cuisses.

Lorsqu'il se rallongea près d'elle, elle se blottit contre lui, l'oreille posée à l'endroit où battait son cœur, et soupira d'aise quand il ramena le couvre-lit sur eux.

Sans doute aurait-elle dû se sentir honteuse de s'être enfermée ainsi dans la chambre de Matthew en exigeant d'être séduite. Mais c'était une impression de triomphe qu'elle éprouvait. De triomphe et, aussi, d'une étrange précarité, comme si elle était en équilibre au bord d'un genre nouveau d'intimité qui allait au-delà de l'aspect physique.

Elle voulait tout savoir de lui – jamais elle n'avait ressenti une curiosité aussi dévorante à l'endroit d'une autre personne. Mais peut-être lui fallait-il faire preuve d'un peu de patience, le temps que tous deux s'adaptent à cette nouvelle situation.

Alors que la chaleur de leurs corps se mêlait sous la courtepointe, Daisy fut submergée par une irrépressible envie de dormir. Elle n'aurait jamais soupçonné à quel point il était agréable de s'abandonner entre les bras d'un homme, baignée par son odeur et sa force.

— Ne t'endors pas, l'entendit-elle murmurer. Il faut que nous sortions d'ici.

— Je ne dors pas. Je suis simplement en train de… me reposer les yeux, prétendit-elle après avoir bâillé à s'en décrocher la mâchoire.

— Juste une minute, alors.

Elle sentit sa main lui caresser les cheveux, puis descendre le long de son dos. Il n'en fallait pas plus pour qu'elle sombre dans une douce inconscience.

Daisy s'éveilla au bruit de la pluie sur le toit. Une brise chargée d'humidité entrait par la fenêtre ouverte. La météorologie du Hampshire avait décidé de rafraîchir l'après-midi avec une averse spontanée, du genre qui, d'ordinaire, ne dure guère plus d'une demi-heure, et laisse le sol spongieux et odorant.

Clignant des yeux, Daisy prit conscience d'un environnement peu familier: la chambre masculine... la sensation étrange d'un corps nu et musclé contre son dos. Et le souffle de quelqu'un dans ses cheveux. De surprise, elle se raidit, mais ne bougea pas. Matthew était-il éveillé? Le rythme de sa respiration ne changea pas mais, progressivement, il glissa le bras autour d'elle et déploya les doigts sur son ventre.

Doucement, il resserra son étreinte et ils regardèrent tomber la pluie en silence. Daisy tenta de se souvenir si, de sa vie, elle s'était déjà sentie aussi heureuse et protégée. Non, décida-t-elle. Rien ne pouvait se comparer à ce qu'elle éprouvait en cet instant.

La sentant sourire contre son bras, Matthew murmura:

— Tu aimes la pluie?

— Oui.

Elle explora l'une de ses jambes du bout des orteils, étonnée de la longueur de ses mollets.

— Certaines choses sont encore meilleures quand il pleut. Comme lire. Ou dormir. Ou cela.

— Être couchée dans un lit avec moi? fit-il d'un ton amusé.

Daisy hocha la tête.

— On a l'impression d'être seuls au monde.

Du bout du doigt, il suivit la ligne de sa clavicule, puis de sa gorge.

— Est-ce que je t'ai fait mal, Daisy?

— Eh bien, ça a été assez inconfortable quand tu...

Elle se tut et rougit.

— Mais je m'y attendais. Mes amies m'ont assuré que ça allait mieux la fois d'après.

Il lui caressait à présent le lobe de l'oreille, puis il s'attarda sur la courbe de sa joue. Il y avait un sourire dans sa voix quand il murmura :

— Je ferai de mon mieux pour ne pas les contredire.

— Es-tu désolé que ce soit arrivé ? risqua-t-elle, les poings serrés dans l'attente de sa réponse.

— Seigneur Dieu, non !

Il porta son petit poing à ses lèvres, l'ouvrit d'un baiser et pressa sa paume sur le côté de son visage.

— Je n'ai jamais rien désiré davantage de toute ma vie. Et c'est la seule chose que, je le savais, je ne pourrais jamais avoir. Je suis surpris, choqué même. Mais désolé, certainement pas.

Daisy se retourna entre ses bras pour se lover contre lui, emprisonnant l'une de ses cuisses entre les siennes.

La pluie tambourinait régulièrement contre le mur de la maison, et entrait par la fenêtre ouverte. À l'idée de sortir du lit, Daisy frissonna. Matthew tira plus haut la courtepointe afin de recouvrir ses épaules nues.

— Daisy, où est cette maudite clé ? lui demanda-t-il d'un ton égal.

— Je l'ai glissée dans la poche de ta veste. Tu ne t'en es pas aperçu ? Non ? Eh bien… je suppose que tu étais distrait à ce moment-là.

Elle fit courir sa main sur son torse, effleurant de la paume la pointe de son mamelon.

— Tu es probablement fâché contre moi parce que je nous ai enfermés dans la chambre.

— Je suis fou furieux, acquiesça-t-il. J'insiste pour que tu le fasses chaque soir quand nous serons mariés.

— Nous allons nous marier ? souffla-telle en relevant la tête.

Le regard de Matthew était tendre, mais il n'y avait pas trace de plaisir dans sa voix lorsqu'il répondit :

— Oui, nous allons nous marier. Encore que tu me haïras probablement un jour ou l'autre.

— Pourquoi, au nom du ciel, est-ce que je… Oh, je comprends…

Daisy venait de se rappeler ce qu'il lui avait dit au sujet du passé susceptible de le rattraper.

— Je ne pourrais jamais te haïr. Et je n'ai pas peur de tes secrets, Matthew. Quoi qu'il advienne, je ferai face avec toi. Encore que je tienne à ce que tu saches que je trouve exaspérante ta manière de jeter une déclaration comme celle-là et de refuser ensuite de t'expliquer.

Un rire roula soudain dans la poitrine de Matthew.

— Ce n'est que l'une des nombreuses raisons pour lesquelles tu me trouves exaspérant.

— Exact.

Elle grimpa sur lui et frotta le nez contre son torse comme un chaton curieux.

— Mais je préfère de loin les hommes exaspérants que ceux qui sont gentils, ajouta-t-elle.

— Tel que Llandrindon ?

— Oui, il est beaucoup plus gentil que toi.

À titre d'expérience, Daisy posa la bouche sur son mamelon plat et le taquina de la langue.

— Est-ce que cela te fait le même effet qu'à moi ?

— Non. Mais j'apprécie ton effort. Llandrindon t'a-t-il embrassée ? demanda-t-il en lui relevant le visage.

Elle hocha lentement la tête.

— Juste une fois.

— Cela t'a plu ? s'enquit-il, une pointe de jalousie dans la voix.

— Je voulais que cela me plaise. J'ai essayé.

Elle ferma les yeux et posa la joue contre sa main.

— Mais ce n'était pas du tout comme tes baisers.

— Daisy, chuchota-t-il en la faisant basculer de nouveau sous lui, je ne voulais pas que cela arrive. Mais à présent, continua-t-il en suivant du doigt le modelé de sa pommette puis la courbe souriante de ses lèvres, je ne comprends pas comment j'ai fait pour tenir aussi longtemps.

Les nerfs de Daisy, pourtant rassasiés, frémirent sous sa caresse.

— Matthew… que va-t-il se passer maintenant ? Vas-tu parler à mon père ?

— Pas tout de suite. Afin d'observer un minimum de convenances, je vais attendre mon retour de Bristol. À ce moment-là, la plupart des invités seront partis et la famille bénéficiera d'une relative intimité pour aborder le sujet.

— Mon père sera fou de joie. Mais mère piquera sans doute une crise. Quant à Lillian…

— Elle explosera.

Daisy soupira.

— Mes frères ne t'apprécient pas beaucoup non plus.

— Ah bon ? fit-il, feignant la surprise.

Daisy scruta son visage avec inquiétude.

— Et si jamais tu changeais d'avis à mon sujet ? Si tu revenais en me disant que tu t'es trompé, que tu ne veux pas m'épouser et…

— Non, l'interrompit Matthew en caressant ses cheveux en désordre. Il n'y a pas de retour en arrière possible. Je t'ai ravi ta virginité, et je ne vais pas me soustraire à mes responsabilités.

Peu satisfaite des termes qu'il employait, Daisy fit la grimace.

— Que se passe-t-il ? demanda-t-il.

— Cette manière que tu as de décrire la situation… tes « responsabilités »… comme si tu avais à expier quelque horrible faute. Ce n'est pas une chose terriblement romantique à dire, surtout dans les circonstances présentes.

— Oh. Je ne suis pas du genre romantique, mon cœur, déclara Matthew avec un brusque sourire. Cela, tu le savais déjà.

Inclinant la tête, il l'embrassa dans le cou, puis lui mordilla le lobe de l'oreille.

— Mais je suis bel et bien responsable de toi, à présent. De ta sécurité… de ton bien-être… de ton plaisir, murmura-t-il, sa bouche s'égarant sur son épaule. Et je prends mes responsabilités très au sérieux…

Tout en lui embrassant les seins et en saisissant tour à tour leur pointe érigée entre ses lèvres, il insinua doucement la main entre ses cuisses.

Daisy laissa échapper un gémissement de plaisir, et il sourit.

— Tu émets les sons les plus adorables, murmura-t-il. Quand je te touche comme ceci… et comme cela… et ta manière de crier quand je te fais jouir…

Le visage de Daisy devint brûlant. Elle essaya de se retenir mais, l'instant d'après, il lui avait soutiré un autre gémissement irrépressible.

— Matthew… ?

Ses orteils se recroquevillèrent quand elle le sentit descendre plus bas et que sa langue taquina le creux de son nombril.

— Oui, petit moulin à paroles ? dit-il d'une voix qu'assourdissait la courtepointe qui le recouvrait.

— Vas-tu faire…

Elle s'interrompit avec un hoquet quand il lui écarta les genoux.

— … ce que tu as fait tout à l'heure ?

— Selon toutes les apparences.

— Mais nous avons déjà…

Soudain, elle renonça à s'étonner qu'il puisse vouloir lui faire l'amour deux fois de suite. Comme il explorait l'intérieur de ses jambes et la tendre jonction de ses cuisses, elle s'alanguit. De légers mordillements… des caresses paresseuses de la langue… jouant avec la fente un peu douloureuse de son corps… puis, plus haut, encore plus haut… *Oui, là, oh oui…*

Il la taquinait avec une délicatesse affolante, s'écartant lentement puis revenant à petits coups rapides et brûlants. Elle posa les mains sur sa tête et la maintint entre ses cuisses, arc-boutée et toute palpitante de plaisir.

Il l'amena progressivement au sommet d'une extase impossible, au-delà de la tempête, au-delà du ciel lui-même… Et, quand elle reprit conscience, elle était dans ses bras, les battements erratiques de son cœur s'apaisant grâce au doux martèlement de la pluie printanière.

12

Comme la plupart des invités à Stony Cross Park repartaient le lendemain, le dîner fut particulièrement long et solennel ce soir-là. Les deux grandes tables ornées de cristal et de porcelaines de Sèvres étincelaient sous la vive clarté répandue par les lustres et les candélabres. Une armée de valets de pied en livrée bleu, moutarde et noir soutachée d'or, s'affairaient avec adresse autour des invités, remplissant les verres à eau et à vin, et présentant les innombrables plats.

Ce fut un repas fastueux. Malheureusement, jamais Daisy ne s'était si peu intéressée à ce qu'elle mangeait. Il était vraiment dommage qu'elle ne puisse faire honneur à la succession de mets : saumon d'Écosse, rôti, cuissot de chevreuil accompagné de saucisses et de ris de veau, légumes variés en cocotte avec sauce à la crème et aux truffes. À l'heure du dessert, aux framboises, nectarines, cerises, pêches, ananas et autres fruits rares succédèrent divers gâteaux, tartes et sabayons.

Daisy se força à manger, à rire, à converser d'une manière aussi naturelle que possible. Mais la tâche était ardue. Matthew était assis un peu plus loin, de l'autre côté de la table, et chaque fois que leurs regards se croisaient, elle manquait de s'étrangler avec ce qu'elle était en train de mastiquer.

Les conversations allaient bon train autour d'elle, mais elle n'y participait que vaguement, son esprit demeurant fixé sur ce qui s'était passé quelques heures plus tôt. Ceux qui la connaissaient bien, comme sa sœur et ses amies, parurent remarquer qu'elle n'était pas elle-même. Même Westcliff lui adressa quelques coups d'œil interrogateurs.

Daisy avait l'impression d'étouffer dans cette atmosphère éblouissante et confinée. Le sang ne cessait de lui monter aux joues, et son corps réagissait avec une sensibilité exacerbée. Ses sous-vêtements l'irritaient, son corset lui était insupportable, ses jarretières lui serraient les cuisses. Chaque fois qu'elle remuait, une légère brûlure entre les jambes, des picotements et des spasmes dans les endroits les plus inattendus lui rappelaient l'après-midi avec Matthew. Et pourtant, son corps aspirait à plus... Aspirait aux mains de Matthew, à sa bouche infatigable, à sa virilité en elle...

Sentant son visage s'enflammer de nouveau, Daisy s'appliqua à enduire de beurre un morceau de pain. Elle glissa un coup d'œil vers Matthew, qui s'entretenait avec la dame assise à sa gauche.

Conscient de ce regard furtif, Matthew tourna les yeux dans sa direction. Une flamme s'alluma dans leurs profondeurs bleues, et sa poitrine se souleva visiblement comme il prenait une profonde inspiration. Sagement, il reporta son attention sur sa voisine, lui manifestant un intérêt flatteur qui provoqua chez elle une série de gloussements ravis.

Daisy porta son verre d'eau rougie à ses lèvres et s'obligea à s'intéresser à la conversation qui se déroulait à sa droite. Il était question d'une excursion en Écosse, autour des lacs et dans les Highlands. Cependant, son esprit ne tarda pas à dériver de nouveau vers ses propres préoccupations.

Elle ne regrettait pas sa décision. Mais elle n'était pas naïve au point de croire que, désormais, tout serait facile. Au contraire, même. Se posait la question de savoir où ils allaient vivre, à quel moment Matthew la ramènerait à New York, et si elle parviendrait à apprendre à être heureuse loin de sa sœur et de ses amies. De plus, elle ignorait si elle serait à la hauteur en tant qu'épouse d'un homme aussi impliqué dans un milieu où elle n'avait jamais vraiment trouvé sa place. Enfin, et ce n'était pas la moindre de ses inquiétudes, elle se demandait de quelle nature étaient les secrets que Matthew refusait de lui révéler ?

Puis elle se rappela la note vibrante dans sa voix quand il avait déclaré : « Vous avez toujours incarné à mes yeux tout ce qu'une femme devrait être. »

Matthew était le seul homme à la prendre comme elle était – Llandrindon ne comptait pas, car il s'était entiché d'elle un peu trop rapidement, et il était probable qu'il se déprendrait tout aussi vite.

En ce sens, son mariage avec Matthew ne serait pas différent de celui de Lillian avec Westcliff. Tous deux étaient dotés d'une forte personnalité et débattaient ou se disputaient souvent, pourtant, leur union ne semblait pas en pâtir. Au contraire, même, elle paraissait y gagner en solidité.

Daisy songea alors au mariage de ses amies. Annabelle et M. Hunt partageaient les mêmes dispositions d'esprit… alors qu'Evangeline et lord Saint-Vincent, avec leurs natures opposées, étaient aussi nécessaires à l'existence de l'autre que le jour et la nuit. Il était impossible de conclure que l'une de ces unions était supérieure aux autres.

Peut-être qu'en dépit de tout ce qu'elle avait entendu sur le mariage parfait, celui-ci n'existait pas. Qui sait si chaque mariage n'était pas une création unique ?

Cette pensée, qu'elle trouva réconfortante, la remplit d'espoir.

Après le dîner interminable, Daisy prétexta un mal de tête pour échapper au rituel du thé et des commérages. En vérité, il ne s'agissait que d'un demi-mensonge. L'association de la lumière, du bruit et de sa propre tension intérieure provoquait une palpitation douloureuse au niveau des tempes. Avec un sourire désolé, elle présenta ses excuses, puis gagna le hall.

Mais à peine y avait-elle posé le pied qu'elle entendit la voix de sa sœur juste derrière elle.

— Daisy ? Je veux te parler.

Elle connaissait suffisamment Lillian pour déceler une pointe d'agacement dans son ton. Sa sœur aînée était méfiante, inquiète, et elle voulait débattre des éventuels problèmes jusqu'à l'épuisement de toutes les questions.

Mais Daisy était bien trop lasse.

— Pas maintenant, s'il te plaît, dit-elle en pivotant et en gratifiant sa sœur d'un sourire conciliant. Cela ne peut attendre un peu ?

— Non.

— J'ai la migraine.

— Moi aussi. Il n'empêche que nous allons discuter.

Daisy lutta contre une bouffée d'exaspération. Après des années de patience, de soutien inconditionnel et de loyauté de sa part, il ne semblait pas exagéré de demander à Lillian de ne pas la harceler.

— Je vais me coucher, déclara-t-elle en plantant le regard droit dans celui de sa sœur, la mettant au défi de répliquer. Je n'ai aucune envie d'expliquer quoi que ce soit, d'autant qu'il est évident que tu n'as pas l'intention d'écouter. Bonne nuit.

Voyant l'expression blessée de Lillian, elle ajouta plus doucement :

— Je t'aime.

Dressée sur la pointe des pieds, elle embrassa sa sœur sur la joue et se dirigea vers l'escalier.

Lillian résista à la tentation de la suivre. Percevant soudain une présence, elle se retourna et découvrit Annabelle et Evangeline qui affichaient une expression compatissante.

— Elle ne veut pas me parler, leur annonça-t-elle, interdite.

Evangeline, qui hésitait d'ordinaire à la toucher, glissa le bras sous le sien.

— Allons dans l'or… l'orangerie, suggéra-t-elle.

L'orangerie était de loin l'endroit du manoir que Lillian préférait. Les murs étaient constitués de grandes fenêtres vitrées et, dans le sol, s'ouvraient des grilles ouvragées qui laissaient passer de l'air chaud. Des orangers et des citronniers émanait un frais parfum d'agrumes, auquel se mêlaient les notes plus exotiques des plantes tropicales alignées sur des étagères. Des torches accrochées à l'extérieur projetaient des ombres complexes dans la pièce.

Avisant quelques chaises rassemblées, les trois amies s'y installèrent. Les épaules de Lillian s'affaissèrent tandis qu'elle déclarait d'une voix lugubre :

— Je pense qu'ils l'ont fait.

— Qui a fait quoi ? demanda Evangeline.

— Daisy et M. Swift, répondit Annabelle avec une pointe d'amusement. Nous supposons qu'ils se sont… euh… connus au sens biblique du terme.

— Et pourquoi supposons-nous cela ? s'enquit Evangeline, l'air perplexe.

— Eh bien, comme tu étais assise à l'autre table, tu n'as rien vu. Mais, pendant le dîner, il y a eu des… échanges subtils, acheva-t-elle avec un haussement de sourcils significatif.

Evangeline haussa les épaules.

— Oh, dans ce cas, c'est tout aussi bien que je n'aie pas été à votre table. Je n'ai jamais été très douée pour déchiffrer les échanges subtils.

— Sauf que ceux-là sautaient aux yeux, déclara Lillian sombrement. Ça n'aurait pas pu être plus clair si M. Swift était monté sur la table pour faire une annonce.

— M. Swift ne serait jamais aussi vulgaire, affirma Evangeline. Même s'il est américain.

Une grimace féroce déforma le visage de Lillian.

— Et que sont devenus les « je ne pourrais jamais être heureuse avec un industriel sans âme » ? Les « je veux que nous restions toutes les quatre ensemble à jamais » ? Bon sang, je n'arrive pas à croire que Daisy ait fait ça ! Tout allait si bien avec lord Llandrindon. Que lui a-t-il pris de coucher avec Matthew Swift ?

— Daisy n'a jamais été intéressée par lord Llandrindon, déclara Evangeline. Elle s'en servait simplement pour provoquer M. Swift.

— Comment le sais-tu ? demandèrent les deux autres en chœur.

— Eh bien, je… je…

Evangeline leva les mains en un geste d'impuissance.

— La semaine dernière, j'ai plus ou moins sugg… suggéré, par inadvertance, qu'elle essaye de le rendre jaloux. Et cela a marché.

Lillian déglutit avec force avant d'articuler :

— De toutes les idiotes, les imbéciles et les…

— Pourquoi, Evangeline ? demanda Annabelle d'un ton considérablement plus gentil.

— Daisy et moi avons surpris une conversation entre M. Swift et lord Llandrindon. M. Swift essayait de convaincre Llandrindon de lui faire la cour, et il est devenu évident que M. Swift la voulait pour lui-même.

— Je parierais qu'il avait tout manigancé ! rugit Lillian. D'une manière ou d'une autre, il a dû savoir que vous les surprendriez. C'était un piège tendu par un individu pervers et sournois, et vous êtes tombées dedans !

— Je ne le crois pas, répliqua Evangeline.

Les yeux fixés sur le visage écarlate de Lillian, elle s'enquit avec appréhension :

— Tu vas me crier dessus ?

Lillian secoua la tête et enfouit le visage dans ses mains.

— Je crierais comme un putois si je pensais que cela sert à quelque chose, répondit-elle derrière ses doigts en éventail. Mais comme je suis à peu près certaine que Daisy s'est donnée à ce reptile, personne ne peut probablement plus rien faire pour la sauver.

— Elle ne veut peut-être pas être sauvée, fit remarquer Evangeline.

— Parce qu'elle est devenue folle furieuse, gronda Lillian.

Annabelle acquiesça de la tête.

— C'est évident. Daisy a couché avec un homme beau, jeune, riche, intelligent et qui est, semble-t-il, amoureux d'elle. Au nom du ciel, à quoi a-t-elle bien pu penser ?

Elle sourit avec sympathie comme Lillian laissait échapper un juron, et posa une main légère entre les épaules de son amie.

— Ma chérie, murmura-t-elle, comme tu le sais, il fut un temps où peu m'importait d'aimer l'homme que j'épouserais... La seule chose qui comptait pour moi était de sortir ma famille de la situation désespérée dans laquelle elle se trouvait. Mais quand j'ai réfléchi à ce que ce serait de partager un lit avec mon mari... de passer le reste de ma vie avec lui... j'ai su que Simon était le seul choix possible.

Annabelle se tut, les yeux brillants de larmes. Elle toujours si posée, si maîtresse d'elle-même, et qui ne pleurait pratiquement jamais.

— Quand je suis malade, reprit-elle d'une voix enrouée, quand j'ai peur, quand j'ai besoin de quelque chose, je sais qu'il remuera ciel et terre pour moi. J'ai une confiance aveugle en lui. Et quand je regarde l'enfant que nous avons conçu, dans lequel nous sommes tous les deux unis à jamais... Dieu que je suis heureuse d'avoir épousé Simon ! Nous avons eu toutes les trois la chance de choisir notre mari, Lillian. Tu dois offrir à Daisy la même liberté.

Lillian repoussa sa main d'un mouvement brusque.

— Il n'est pas du même calibre que nos maris. Il ne possède même pas la qualité d'un Saint-Vincent, qui a peut-être été un coureur de jupons dévoyé, mais qui, au moins, a un cœur.

Elle s'interrompit avant de murmurer :

— Sans vouloir t'offenser, Evangeline.

— Il n'y a pas de mal, assura Evangeline, dont les lèvres frémirent comme si elle s'efforçait de réprimer un sourire.

— La vérité, reprit Lillian, c'est que je suis tout à fait d'accord pour que Daisy ait la liberté de choisir, à partir du moment où elle ne fait pas le mauvais choix.

— Ma chérie... commença Annabelle dans l'intention de corriger le défaut de son raisonnement.

Mais Evangeline intervint.

— Je pense que... que Daisy doit avoir le droit de se tromper. Tout ce que nous pouvons faire, c'est lui offrir notre aide si elle la demande.

— Nous ne pourrons pas l'aider si elle finit dans ce fichu New York ! rétorqua Lillian.

D'un accord tacite, Evangeline et Annabelle renoncèrent à discuter avec elle. Il existait certains problèmes que de simples mots ne pouvaient résoudre, et certaines peurs qu'il était impossible d'apaiser. Elles se contentèrent donc de faire ce que font des amies lorsque tout le reste a échoué : elles demeurèrent assises près d'elle en silence, lui manifestant leur soutien par leur seule présence.

Un bain chaud aida Daisy à se détendre. Elle resta dans l'eau fumante jusqu'à ce que sa migraine se fût dissipée. Revigorée, elle enfila une chemise de nuit blanche, ornée de ruchés, et commença à se brosser les cheveux pendant que deux servantes remportaient la baignoire.

Elle démêla ses boucles brunes jusqu'à ce qu'elles forment une cascade brillante qui atteignait sa taille. Sans quitter son tabouret, elle scruta ensuite la nuit printanière, chargée d'humidité, par la porte-fenêtre ouverte sur le balcon. Le ciel sans étoiles avait le moelleux d'un velours sombre.

Alors qu'elle souriait d'un air absent, elle entendit la porte s'ouvrir derrière elle. Supposant qu'il s'agissait d'une des servantes, elle ne se retourna pas.

Soudain, elle sentit qu'on lui effleurait l'épaule, puis une grande main chaude glissa jusqu'à sa poitrine. Surprise, elle bondit sur ses pieds, et se retrouva le dos pressé contre un grand corps dur.

La voix profonde de Matthew lui chatouilla l'oreille.

— À quoi pensais-tu ?

— À toi, bien sûr.

Appuyée contre lui, elle suivit du bout des doigts son avant-bras musclé jusqu'à la limite de sa manche relevée. Puis elle reporta les yeux sur le jardin.

— Cette chambre était celle de l'une des sœurs du comte, dit-elle. On m'a dit que son amant – un garçon d'écurie, en fait – grimpait jusqu'au balcon pour lui rendre visite. Exactement comme Roméo.

— J'espère que la récompense était à la hauteur du risque couru.

— Aurais-tu pris un tel risque pour moi ?

— Si c'était là la seule manière de t'atteindre. Mais je ne vois pas l'intérêt de faire l'ascension jusqu'au balcon quand une porte tout à fait pratique est prévue.

— Passer par la porte est beaucoup moins romantique.

— Se rompre le cou aussi.

— Que tu es terre à terre ! s'esclaffa Daisy en pivotant entre ses bras.

Les vêtements de Matthew sentaient le grand air mêlé d'un soupçon de tabac. Après le dîner, il avait dû se rendre sur la terrasse en compagnie de quelques messieurs. Se blottissant davantage contre lui, elle respira l'odeur de sa chemise amidonnée et le parfum frais, familier, de sa peau.

— J'adore ton odeur, avoua-t-elle. Je pourrais entrer les yeux bandés dans une pièce remplie d'une centaine d'hommes et te trouver immédiatement.

— Un autre jeu de salon, commenta-t-il, ce qui les fit pouffer tous les deux.

Le prenant par la main, Daisy voulut l'entraîner vers le lit.

— Viens t'allonger avec moi.

Mais Matthew résista et secoua la tête.

— Je ne reste que quelques minutes. Westcliff et moi partons demain à l'aube. Et si je m'approche un tant soit peu de ce lit, continua-t-il tandis que son regard gourmand glissait sur sa chaste chemise de nuit, je ne pourrai pas m'empêcher de te faire l'amour.

— Je ne t'en voudrais pas, murmura Daisy non sans timidité.

Il l'attira contre lui et l'étreignit avec précaution.

— Pas si vite après la première fois. Tu as besoin de te reposer.

— Alors, pourquoi es-tu ici ?

Daisy sentit qu'il frottait sa joue contre le sommet de son crâne. Même après tout ce qui s'était passé entre eux, elle avait du mal à croire que

Matthew Swift la tenait dans ses bras avec une telle tendresse.

— Je voulais juste te souhaiter une bonne nuit, murmura-t-il. Et te dire que…

Daisy releva la tête, le regard interrogateur, et il lui vola un baiser comme malgré lui.

— … que tu n'as aucune inquiétude à avoir quant à notre mariage. Je ne changerai pas d'avis. En vérité, tu aurais même sacrément du mal à te débarrasser de moi, à présent.

Daisy lui sourit.

— Oui. Je sais que tu es fiable.

S'obligeant à la lâcher, Matthew se dirigea vers la porte à regret. Après l'avoir entrouverte sans bruit, il glissa un coup d'œil à l'extérieur pour s'assurer que la voie était libre.

— Matthew, chuchota-t-elle.

Il la regarda par-dessus son épaule.

— Oui ?

— Reviens-moi vite.

Ce qu'il lut sur son visage fit flamboyer ses yeux dans la relative pénombre. Il acquiesça d'un bref hochement de tête et la quitta pendant qu'il en était encore capable.

13

Matthew ne tarda pas à découvrir que se rendre à Bristol en compagnie de lord Westcliff plutôt que seul changeait énormément de choses. À l'origine, il avait prévu de descendre dans une auberge située au cœur de la ville. Cependant, avec Westcliff comme compagnon, ils furent invités à résider dans la famille d'un riche armateur. Matthew comprit que le comte avait reçu de nombreuses invitations de la part de familles influentes de la région, toutes plus désireuses les unes que les autres de l'accueillir le plus somptueusement possible.

Tout le monde était ami de Westcliff ou souhaitait le devenir tant était grand le pouvoir d'un nom aristocratique ancien. Mais, pour être juste, son nom et son titre ne justifiaient pas à eux seuls un tel enthousiasme. Westcliff était également connu pour ses opinions progressistes en politique et ses succès en tant qu'homme d'affaires.

Bristol, qui était le deuxième port commercial après Londres, connaissait une période de développement intensif. Au fur et à mesure que les zones industrielles s'étendaient et que les murs de la vieille cité s'effondraient, on élargissait les routes trop étroites et de nouvelles voies de circulation apparaissaient. De manière significative, une ligne ferroviaire reliant les docks à la gare centrale de Temple Meads venait juste d'être achevée. Par conséquent, il n'existait pas en Europe d'endroit plus indiqué pour l'implantation d'une manufacture.

Matthew dut reconnaître à contrecœur que la présence de Westcliff avait grandement facilité leurs rencontres et leurs négociations. Non seulement son nom suffisait à leur ouvrir des portes, mais il incitait pratiquement les gens à lui confier le bâtiment tout entier. Et Matthew admettait en son for intérieur qu'il y avait beaucoup à apprendre du comte, qui possédait un savoir immense en matière de finances et d'industries.

Quand ils discutaient construction de locomotives, par exemple, Westcliff ne se contentait pas de citer les grands principes de conception et de fabrication, il pouvait aussi décrire la dizaine de boulons différents utilisés sur les derniers modèles.

Matthew n'avait jamais rencontré d'homme susceptible de rivaliser avec sa propre capacité à comprendre et à mémoriser d'énormes quantités de connaissances techniques. Jusqu'à Westcliff. Ce qui leur permettait d'avoir des conversations passionnantes, à leurs yeux du moins. Parce que n'importe qui d'autre se serait mis à ronfler au bout de cinq minutes.

En se rendant à Bristol, Marcus avait, quant à lui, un double objectif : officiellement, il devait remplir quelques obligations relatives à ses affaires ; officieusement, il souhaitait se forger une opinion sur Matthew Swift.

Il ne lui avait pas été facile de se résoudre à quitter Lillian. Il avait découvert que, si la naissance d'un bébé était un événement parfaitement ordinaire quand elle se produisait chez les autres, elle prenait une importance considérable lorsqu'elle concernait sa propre femme et son propre enfant. Tout ce qui touchait à sa fille le fascinait : l'alternance des périodes d'éveil et de sommeil, son premier bain, la façon dont elle agitait les orteils et celle dont elle tétait le sein de Lillian.

Même s'il arrivait qu'une dame de la haute société nourrisse elle-même son enfant, il était bien plus courant d'engager une nourrice pour s'en charger. Toutefois, Lillian avait abruptement changé d'avis après la naissance de Merritt.

— C'est moi qu'elle veut, avait-elle déclaré à Marcus.

Il n'avait pas osé faire remarquer que le bébé n'était guère capable de discuter la chose, et qu'il se satisferait probablement aussi bien du lait d'une nourrice.

Sa peur de voir sa femme succomber à une fièvre puerpérale s'était dissipée à mesure que Lillian redevenait elle-même – alerte, mince et vigoureuse. Son soulagement fut indescriptible. Il n'avait jamais éprouvé un amour aussi intense pour une personne, ni ne s'était douté que Lillian deviendrait aussi rapidement l'élément essentiel à son bonheur. Il était prêt à faire tout ce qui était en son pouvoir pour que Lillian soit heureuse. Aussi l'inquiétude qu'elle manifestait au sujet de sa sœur l'avait-elle décidé à trouver le moyen d'acquérir une opinion définitive sur Matthew Swift.

Au fil des rencontres avec les représentants de la compagnie de chemin de fer, le capitaine du port, des administrateurs et des membres de la municipalité, il fut impressionné par la manière dont Swift tirait son épingle du jeu. Jusqu'alors, il ne l'avait vu qu'en compagnie des riches invités de Stony Cross Park, mais il constata vite qu'il était à l'aise avec une grande variété de personnes, depuis l'aristocrate d'âge vénérable jusqu'au jeune docker musculeux. Quand il fallait négocier, Swift se montrait offensif sans être discourtois. Il était calme, sérieux, raisonnable, mais il possédait aussi un humour pince-sans-rire dont il usait avec discernement.

Marcus décelait l'influence de Thomas Bowman dans sa ténacité et son opiniâtreté. Mais, à la différence de Bowman, Swift avait une présence et une confiance en soi naturelles auxquelles les gens réagissaient intuitivement. Il avait tout pour réussir à Bristol. C'était un poste idéal pour un jeune homme ambitieux – un poste qui offrait autant d'opportunités, sinon plus, que Londres.

Quant à savoir si Matthew Swift conviendrait à Daisy… c'était plus difficile. Marcus répugnait à porter un jugement dans ce genre d'affaires, l'expérience lui ayant appris qu'il n'était pas infaillible. Son opposition initiale au mariage d'Annabelle et de Simon Hunt le prouvait assez. Il fallait néanmoins qu'il se résigne à porter un jugement. Daisy méritait un mari qui serait bon avec elle.

Après un rendez-vous avec les représentants de la compagnie de chemin de fer, Marcus et Swift empruntèrent Corn Street, qui traversait un marché couvert aux nombreux étals de fruits et de légumes. De chaque côté de la rue s'alignaient des boutiques qui proposaient aussi bien des livres que des articles de toilette ou des objets en poterie de fabrication locale. Récemment, le bord de la chaussée avait été surélevé pour protéger les piétons des éclaboussures et des détritus.

Ils s'arrêtèrent dans une taverne pour y prendre une collation. Elle était remplie de toutes sortes d'hommes, depuis les riches négociants jusqu'aux ouvriers du chantier naval.

Marcus se détendit un peu dans cette atmosphère animée. Il porta à ses lèvres sa chope de bière brune, brassée sur place, et la sentit glisser, froide et amère, le long de sa gorge, lui laissant dans la bouche un arrière-goût velouté.

Alors qu'il réfléchissait à différentes manières d'aborder le sujet de Daisy, Swift le prit par surprise.

— Milord, je voudrais discuter de quelque chose avec vous, déclara-t-il sans préambule.

Marcus adopta une expression encourageante.

— Très bien.

— Il s'avère que Mlle Bowman et moi avons trouvé… un terrain d'entente. Après avoir pris en compte les avantages évidents pour chaque partie, j'ai jugé que la seule décision raisonnable serait que nous…

— Depuis combien de temps êtes-vous amoureux d'elle ? l'interrompit Marcus, amusé.

Swift laissa échapper un soupir contraint.

— Depuis des années, reconnut-il.

Il passa la main dans ses cheveux courts, ce qui ne réussit qu'à les ébouriffer.

— Mais j'ignorais ce que c'était jusqu'à récemment, ajouta-t-il.

— Ma belle-sœur éprouve-t-elle des sentiments réciproques ?

— Je crois…

Swift s'interrompit et but une grande gorgée de bière. Il paraissait jeune et troublé quand il admit :

— Je ne sais pas. J'espère qu'avec le temps… Oh, bon sang !

— Selon moi, vous ne devriez pas avoir de difficulté à gagner l'affection de Daisy, dit Marcus avec plus de gentillesse qu'il n'en avait eu l'intention. D'après ce que j'ai pu observer, aucun de vous deux n'aurait à perdre à une telle union.

Swift releva les yeux et esquissa un sourire d'autodérision.

— Vous ne pensez pas qu'elle serait mieux avec un aristocrate qui arpenterait son domaine campagnard en déclamant des vers ?

— Je pense que ce serait un désastre. Daisy n'a pas besoin d'un mari qui n'aurait pas plus les pieds sur terre qu'elle.

Tendant la main vers le plateau en bois garni de nourriture qui était posé entre eux, Marcus se coupa un morceau de fromage et le glissa entre deux épaisses tranches de pain. Il s'interrogeait. Pourquoi Matthew Swift semblait-il tirer aussi peu de plaisir de cette situation ? La plupart des hommes montraient infiniment plus d'enthousiasme à la perspective d'épouser la femme qu'ils aimaient.

— Bowman sera satisfait, finit-il par faire remarquer en guettant la réaction de Swift.

— Il n'a jamais été question de le satisfaire. Suggérer le contraire équivaudrait à sous-estimer considérablement ce que Mlle Bowman a à offrir.

— Il est inutile de voler au secours de Daisy, répliqua Marcus. C'est une charmante petite fée, et ravissante par-dessus le marché. Si elle avait eu un peu plus de confiance en elle et beaucoup moins de sensibilité, elle saurait à présent comment s'attirer les hommages du sexe opposé. Il faut reconnaître à son crédit qu'elle n'a pas un caractère à traiter l'amour comme un jeu. Et peu d'hommes ont l'intelligence d'apprécier la sincérité chez une femme.

— Moi, je l'apprécie, lâcha Swift avec brusquerie.

— C'est ce qu'il semblerait.

Conscient du dilemme auquel son interlocuteur était confronté, Marcus éprouva une pointe de compassion. En tant qu'homme raisonnable, doté d'une aversion louable pour le mélodrame, il était plus qu'embarrassant pour Swift de se retrouver atteint par l'une des flèches de Cupidon.

— Bien que vous ne me l'ayez pas demandé, reprit Marcus, vous pouvez compter sur mon soutien.

— Même si lady Westcliff y trouve à redire ?

L'allusion à Lillian provoqua une contraction douloureuse dans la poitrine de Marcus. Elle lui manquait encore plus qu'il ne s'y était attendu.

— Lady Westcliff devra admettre qu'une fois, de temps à autre, quelque chose ne se déroule pas selon ses vœux, répliqua-t-il avec flegme. Et si vous vous révélez être un bon mari pour Daisy, elle finira par changer d'avis. C'est une femme équitable.

Mais Swift paraissait toujours troublé.

— Milord…

Il referma la main sur la poignée de sa chope et considéra celle-ci, le regard fixe.

En voyant son visage s'assombrir, Marcus cessa de mâcher. Son instinct lui soufflait que quelque chose n'allait pas. « Bon sang ! songea-t-il, pourquoi faut-il que tout soit toujours compliqué avec les Bowman ? »

— Que diriez-vous en apprenant qu'un homme a bâti sa vie sur un mensonge, reprit Swift, et que, malgré tout, cette vie est devenue beaucoup plus digne d'être vécue que celle qu'il aurait pu connaître à l'origine ?

Marcus recommença à mâcher, déglutit, puis prit son temps pour boire une grande quantité de bière.

— Mais elle repose tout entière sur un mensonge ? demanda-t-il finalement.

— Oui.

— Est-ce que cet homme a dépouillé quelqu'un de ce qui lui revenait ? A-t-il causé un tort physique ou moral à qui que ce soit ?

— Non, répondit Swift en le regardant droit dans les yeux. Mais il y a eu effectivement des démêlés avec la justice.

Marcus se sentit un peu moins mal. Par expérience, il savait que, parfois, le meilleur des hommes ne pouvait éviter d'être en délicatesse avec la loi pour une raison ou une autre. Peut-être que Swift s'était un jour retrouvé à négocier avec des partenaires douteux, ou qu'il avait eu une liaison de jeunesse qui s'avérerait embarrassante si elle était révélée à présent.

Marcus ne considérait évidemment pas avec légèreté les questions d'honneur, il ne lui était donc pas agréable d'apprendre que son futur beau-frère éventuel avait dû rendre des comptes à la justice. D'un autre côté, Swift apparaissait comme un homme au caractère et au comportement estimables. Marcus lui avait trouvé beaucoup de qualités.

— Je crains d'être obligé de refuser mon soutien à cette union tant que je ne connaîtrai pas les détails, dit-il avec circonspection. Pouvez-vous m'en dire davantage ?

Swift secoua la tête.

— Non, je suis désolé. Seigneur, si seulement c'était possible !

— Même si je vous donne ma parole que je ne trahirai pas vos confidences ?

— Non, souffla Swift. Je vous le répète, je suis désolé.

Avec un profond soupir, Marcus s'adossa à sa chaise.

— Malheureusement, je ne peux résoudre ni même démêler un problème quand j'ignore en quoi consiste ce maudit problème. D'un autre côté, je considère que les gens ont droit à une seconde chance. Et je suis disposé à juger un homme sur ce qu'il est devenu plutôt que sur ce qu'il a été. Cela dit… je veux que vous me promettiez quelque chose.

Swift releva la tête, une lueur méfiante dans ses yeux bleus.

— Oui, milord ?

— Vous raconterez tout à Daisy avant de l'épouser. Vous lui exposerez les tenants et les aboutissants dudit problème, et la laisserez décider ensuite de ce qu'elle veut faire. Je vous demande de ne *pas* la prendre pour femme sans lui avoir avoué l'entière vérité.

Swift ne cilla pas.

— Je vous en donne ma parole.

— Bien.

D'un geste, Marcus appela la serveuse de la taverne.

Après cette conversation, il avait besoin d'une boisson bien plus forte que de la bière.

14

Avec Westcliff et Matthew Swift en voyage d'affaires à Bristol, Stony Cross Park semblait anormalement calme. Au grand soulagement de Lillian et de Daisy, Marcus avait réussi à convaincre leurs parents de se joindre à une famille du voisinage pour une excursion à Stratford upon Avon, ville natale du grand Shakespeare. Durant toute une semaine, ils assisteraient à des banquets, des représentations théâtrales, des conférences et des soirées musicales, dans le cadre d'un festival organisé pour fêter la naissance du poète, deux cent quatre-vingts ans auparavant. Comment Westcliff s'y était-il pris pour inciter les Bowman à se rendre là-bas, cela demeurait un mystère pour Daisy.

— Personne ne s'intéresse moins au « Chantre d'Avon » que nos parents, fit-elle remarquer, toujours abasourdie, à Lillian, peu après que la voiture emmenant leurs parents se fut ébranlée. Et je n'arrive pas à croire que père ait choisi d'aller à une manifestation artistique plutôt qu'à Bristol.

— Westcliff n'avait pas l'intention de laisser père les accompagner, déclara Lillian avec un sourire mi-figue mi-raisin.

— Pourquoi ? Il s'agit de ses affaires, après tout.

— Certes. Mais quand il s'agit de négocier, il est trop grossier au goût des Anglais ; sa présence rend toujours beaucoup plus difficile la conclusion d'un accord. Westcliff a organisé le voyage à Stratford avec une telle habileté que père n'a pu se dérober. Surtout pas après que Westcliff a laissé entendre à mère qu'elle côtoierait là-bas la fine fleur de l'aristocratie. Père n'avait plus l'ombre d'une chance d'y échapper.

— J'imagine que Westcliff et M. Swift se débrouilleront très bien à Bristol, dit Daisy.

Sa sœur parut aussitôt sur ses gardes.

— Je n'en doute pas.

Daisy avait remarqué que, lorsque leurs amies n'étaient pas là pour jouer les intermédiaires, Lillian et elle s'exprimaient désormais avec une extrême prudence. Cela ne lui plaisait pas, car elles avaient toujours été très libres et ouvertes l'une avec l'autre. Mais, soudain, il semblait qu'elles soient contraintes d'éviter certains sujets, comme si elles essayaient d'ignorer un éléphant dans la pièce. Un troupeau entier d'éléphants, en fait.

Lillian n'avait pas demandé à Daisy si elle avait couché avec Matthew. En fait, elle semblait répugner à parler de Matthew. Elle ne lui demanda pas non plus pourquoi sa relation naissante avec lord Llandrindon avait cessé brusquement, ni la raison pour laquelle retourner à Londres pour la fin de la saison ne paraissait pas l'intéresser.

Daisy non plus ne souhaitait pas aborder ces sujets. Malgré les promesses réitérées de Matthew avant son départ, elle se sentait agitée, inquiète, et ne voulait surtout pas se quereller avec sa sœur.

Toutes deux reportèrent donc leur attention sur la petite Merritt, la berçant, l'habillant et la baignant à tour de rôle comme s'il s'agissait d'une poupée. Même si deux domestiques étaient tout particulièrement chargées de s'occuper du bébé, Lillian ne le leur confiait qu'à contrecœur. La vérité, c'était qu'elle éprouvait un immense plaisir à s'occuper elle-même de sa fille.

Avant de partir, Mercedes l'avait prévenue que le bébé prendrait de mauvaises habitudes à être ainsi toujours porté dans les bras.

— Elle va devenir capricieuse, avait-elle averti Lillian, et on ne pourra plus la laisser dans son berceau.

Lillian avait rétorqué qu'il n'y avait pas pénurie de bras à Stony Cross Park, et que Merritt serait portée aussi souvent qu'elle le désirerait.

— Je veux que son enfance soit différente de la nôtre, confia-t-elle plus tard à Daisy, alors qu'elle poussait la voiture d'enfant dans le jardin. Les rares souvenirs d'enfance que j'ai de nos parents, c'est lorsque je regardais mère s'habiller pour une soirée, ou que j'étais convoquée dans le bureau de père pour confesser notre dernière bêtise. Et les punitions, bien sûr.

— Tu te souviens comme mère hurlait quand nous faisions du patin à roulettes dans la rue et que nous heurtions des passants ? demanda Daisy avec un sourire.

Lillian eut un petit rire.

— Sauf quand c'était les Astor. Eux, nous avions le droit.

— Et la fois où les jumeaux ont fait un petit potager et que nous avons arraché toutes les pommes de terre avant qu'elles soient à maturité ?

— Et la pêche au crabe à Long Island…

— Et le jeu de rounders…

Cet après-midi de « Tu te souviens » procura aux deux sœurs un plaisir réciproque.

— Qui aurait jamais pensé, conclut Daisy avec un sourire, que tu finirais mariée à un aristocrate britannique ? Et que je serais… vieille fille, souffla-t-elle après une hésitation.

— Ne sois pas ridicule, répliqua Lillian calmement. Il est évident que tu ne resteras pas vieille fille.

Ce fut là l'allusion la plus directe à la relation de Daisy avec Matthew Swift. Toutefois, réfléchissant à la réserve inhabituelle de sa sœur, Daisy devina que celle-ci voulait éviter de se disputer avec elle. Et que si jamais Matthew devait faire partie de la famille, elle ferait de son mieux pour le supporter. Sachant à quel point il était difficile à sa sœur de garder son opinion pour elle-même, Daisy eut envie de jeter les bras autour d'elle. Mais elle se contenta de se rapprocher pour prendre les poignées de la voiture d'enfant.

— À mon tour de pousser, dit-elle.

Tandis qu'elles continuaient leur promenade, Daisy se plongea de nouveau dans leurs souvenirs.

— Tu te souviens de la fois où nous avons retourné le canot sur l'étang ?

— Avec la gouvernante dedans ! précisa Lillian.

Et toutes deux échangèrent un grand sourire.

Le samedi, ce furent les Bowman qui rentrèrent les premiers. Comme on pouvait s'y attendre, le festival Shakespeare avait été une torture sans nom pour Thomas.

— Où est Swift ? demanda-t-il dès qu'il eut posé le pied dans le manoir. Et Westcliff ? Je veux un rapport sur les négociations.

— Ils ne sont pas encore rentrés, répondit Lillian, venue les accueillir dans le vestibule.

Elle adressa à son père un regard légèrement acerbe avant d'ajouter :

— N'allez-vous pas vous enquérir de ma santé, père ? Ne voulez-vous pas savoir comment se porte le bébé ?

— J'ai des yeux pour voir que tu respires la santé, répliqua Bowman. Et je suppose que le bébé va bien car, dans le cas contraire, tu m'en aurais déjà informé. Quand Swift et Westcliff sont-ils censés revenir ?

Lillian leva les yeux au ciel.

— D'un instant à l'autre.

Il devint toutefois vite évident que les voyageurs avaient du retard, sans doute dû aux difficultés que l'on rencontrait lorsqu'on se déplaçait au printemps. Le temps était imprévisible, les routes de campagne souvent en mauvais état, et il arrivait que les voitures soient endommagées ou que les chevaux se blessent.

Comme le soir tombait et qu'il n'y avait toujours aucun signe de Westcliff et de Swift, Lillian décida de faire servir le dîner pour ne pas mécontenter la cuisinière.

Il s'agissait d'un repas relativement intime, auquel assistaient les Bowman et deux autres couples, dont le vicaire et sa femme. Au milieu du dîner, le majordome vint murmurer discrètement quelques mots à l'oreille de Lillian. Celle-ci sourit en rosissant et, les yeux brillants d'excitation, informa l'assemblée que Westcliff était rentré et ne tarderait pas à se joindre à eux.

Daisy s'imposa une expression calme comme elle se serait collé un masque sur le visage. Sous la surface, cependant, une vague d'excitation anticipée courut dans ses veines. Quand elle s'aperçut que ses couverts tremblaient de manière visible dans ses mains, elle les reposa et croisa les doigts sur ses genoux. Elle écouta la conversation qui s'ensuivit d'une oreille distraite, une grande partie de son attention étant fixée sur la porte.

Quand les deux hommes finirent par paraître dans la salle à manger, après s'être lavés et changés, son cœur se mit à battre si violemment qu'elle éprouva de la difficulté à respirer.

Le regard de Matthew balaya les convives et il s'inclina en même temps que Westcliff. Tous deux paraissaient remarquablement dispos. On aurait pu penser qu'ils s'étaient absentés quelques minutes et non une semaine entière.

Avant de gagner sa place au bout de la table, Westcliff s'approcha de Lillian. Le comte n'ayant jamais été porté sur les démonstrations en public, tout le monde fut surpris – y compris Lillian – lorsqu'il prit son visage entre ses mains et l'embrassa sur la bouche. Elle rougit et murmura quelque chose au sujet du vicaire, qui était à deux pas, ce qui fit rire Westcliff.

Entre-temps, Matthew s'était glissé à la place vide à côté de Daisy.

— Mademoiselle Bowman, la salua-t-il doucement.

Daisy fut incapable de prononcer un mot. Quand elle leva le regard vers ses yeux souriants, il lui sembla que l'émotion jaillissait d'elle en une fontaine de chaleur. Elle fut obligée de détourner la tête pour ne pas se livrer à un acte insensé.

Mais elle conserva une conscience aiguë de la proximité de son corps.

Westcliff et Matthew divertirent la tablée en racontant comment leur voiture s'était embourbée. Par chance, un fermier qui passait avec une charrette tirée par un bœuf leur était venu en aide, mais en dégageant la voiture, ils s'étaient retrouvés couverts de boue de la tête aux pieds et, apparemment, la mésaventure avait laissé le bœuf d'humeur assez contrariante. À la fin de l'histoire, la table entière riait.

La conversation dévia ensuite sur le festival Shakespeare, et Thomas Bowman se lança dans un compte rendu de sa visite à Stratford upon Avon. Matthew posa une ou deux questions, l'air tout à fait intéressé.

Daisy tressaillit soudain en sentant sa main se glisser sur ses genoux, sous la table. Il referma doucement les doigts autour des siens. Et pendant tout ce temps, il continua de prendre part à la conversation, parlant et souriant avec naturel. De sa main libre, Daisy prit son verre de vin et le porta à ses lèvres. Elle but une gorgée, puis une autre, et faillit s'étrangler quand Matthew se mit à jouer avec ses doigts sous la table. Des sensations restées assoupies durant toute la semaine se réveillèrent soudain, vibrantes de vie.

Toujours sans la regarder, Matthew glissa lentement quelque chose à son annulaire, qu'il repoussa au-delà de l'articulation jusqu'à la naissance du doigt. Il reposa sa main sur ses genoux comme un valet de pied s'approchait pour remplir leur verre.

Daisy jeta un regard discret à sa main et battit des paupières à la vue du saphir jaune étincelant entouré de petits diamants ronds. On aurait dit une fleur aux pétales blancs – une pâquerette ou une marguerite, la fleur dont elle portait le nom. Refermant les doigts avec force, elle détourna le visage pour dissimuler la rougeur qui aurait révélé son plaisir.

— Elle te plaît ? chuchota Matthew.

— Oh, oui !

Ce fut là toute leur conversation durant le dîner. Et c'était aussi bien. Ils avaient trop de choses à se dire, toutes d'ordre très privé. Daisy s'arma de patience pour affronter le rituel – souvent très long – du porto et du thé servis après le dîner. Mais tout le monde, y compris son père, paraissait disposé à se retirer tôt. Dès que le vicaire âgé et son épouse eurent pris congé, le groupe se dispersa sans cérémonie.

Sortant avec Daisy de la salle à manger, Matthew murmura :

— Faudra-t-il que j'escalade le mur, cette nuit, ou laisseras-tu ta porte ouverte ?

— La porte, répondit succinctement Daisy.

— Le ciel soit loué.

Environ une heure plus tard, Matthew tournait avec précaution la poignée de la porte de sa chambre et se glissait à l'intérieur. Une lampe de chevet éclairait la petite pièce, sa flamme dansant dans la brise venue du balcon.

Assise dans son lit, Daisy lisait. Ses cheveux étaient rassemblés en une natte qui serpentait sur son épaule. Dans sa chemise de nuit blanche ornée d'un ruché sur le devant, elle paraissait si pure et si innocente que Matthew se sentit vaguement coupable de venir à elle en proie à un désir brûlant. Mais quand elle leva les yeux de son livre, il ne résista pas à l'appel de son regard sombre.

Alors qu'elle reposait le volume sur la table de nuit, la lumière souligna son profil. Sa peau paraissait aussi froide et lisse que de l'ivoire poli. Il voulait la réchauffer de ses mains.

Les coins de la bouche de Daisy se relevèrent comme si elle lisait ses pensées. Comme elle repoussait les couvertures, le saphir jaune étincela à son doigt. À cette vue, Matthew éprouva un accès de possessivité primitive qui ne manqua pas de le surprendre, quoique momentanément.

Il s'assit sur le bord du matelas, et ses nerfs crépitèrent quand Daisy, après avoir rassemblé les plis de sa chemise de nuit, se glissa sur ses genoux avec la grâce d'un chat. Un doux parfum de peau féminine lui emplit les narines en même temps qu'elle s'installait sur ses cuisses. Nouant ses bras graciles autour de son cou, elle dit d'un air grave :

— Tu m'as manqué.

De ses paumes, il dessina la forme de son corps : les courbes tendres, la taille fine, le cœur formé par ses fesses hautes et fermes. Toutefois, même s'il trouvait enchanteurs les charmes physiques de Daisy, ils le bouleversaient moins que l'intelligence chaleureuse et pétillante de vie de son caractère.

— Toi aussi, tu m'as manqué.

Les doigts de Daisy jouèrent dans ses cheveux, et leur caresse légère fit courir des éclairs de plaisir depuis la base de son crâne jusqu'à ses reins.

— As-tu rencontré beaucoup de femmes à Bristol ? demanda-t-elle d'un ton un peu provocant. Westcliff a fait allusion à un dîner et à une soirée donnés par votre hôte…

— Je n'en ai remarqué aucune.

Matthew commençait à trouver difficile de garder les idées claires sous la morsure exquise du désir.

— Tu es la seule que j'aie jamais voulue.

Espiègle, elle pressa le bout de son nez contre le sien.

— À New York, tu n'as pas toujours été célibataire, cependant.

— Non, admit Matthew, qui ferma les yeux pour mieux savourer la caresse de son souffle sur sa peau. On se sent très seul quand on souhaiterait que la femme entre vos bras soit une autre, poursuivit-il. Peu avant de quitter New York, je me suis rendu compte que toutes les femmes que j'avais connues au cours des sept années précédentes te ressemblaient d'une manière ou d'une autre. L'une avait tes yeux, l'autre tes mains ou tes cheveux… Je croyais que j'allais passer le reste de ma vie à essayer de te retrouver chez d'autres. Je pensais…

La bouche de Daisy se pressa contre la sienne, absorbant sa confession. Elle entrouvrit les lèvres, et il n'eut pas besoin d'autre invitation pour glisser la langue dans sa douce moiteur. À chaque inhalation, ses seins ronds lui frôlaient le torse.

L'allongeant sur le dos, il attrapa l'ourlet de sa chemise de nuit, qu'il retroussa. Daisy se dégagea de l'étoffe d'un mouvement souple quand il la fit passer par-dessus sa tête. Le sang se mit à bouillonner dans ses veines à la vue de son corps nu. La pudeur teintait sa peau d'une rougeur diffuse, accentuée par la lueur chaude de la bougie, et elle gardait chastement les bras repliés contre elle. Sans la quitter des yeux, il se dépouilla de ses vêtements.

Une fois étendu près d'elle, Matthew s'employa à dissiper sa timidité. Il lui caressa les épaules, la gorge, les flancs. Progressivement, la chaleur de sa peau se communiqua à celle de Daisy et, sous ses doigts patients, sa chair parut s'enflammer. Quand elle enroula son corps souple autour du sien avec un gémissement étouffé, il lui imposa le silence de ses lèvres, lui rappelant dans un murmure que les fenêtres étaient ouvertes et qu'elle ne devait pas faire de bruit.

Il traça ensuite un chemin de baisers jusqu'à sa poitrine, en taquina les pointes rosées qui durcirent sous ses lèvres. Il sourit en entendant les soupirs qu'elle s'efforçait pourtant de retenir et happa l'extrémité de son sein qu'il caressa de la langue. Il ne cessa de s'amuser ainsi que lorsqu'elle plaqua la main sur sa propre bouche, haletante.

Finalement, se débattant pour lui échapper, elle bascula sur le ventre et étouffa un gémissement plaintif contre le matelas.

— Je ne peux pas, murmura-t-elle, le corps agité de frémissements. Je ne peux pas rester silencieuse.

Matthew eut un petit rire et se pencha pour déposer un baiser au creux des reins.

— Mais je n'ai pas l'intention d'arrêter, la prévint-il à voix basse en la retournant sur le dos. Et pense au scandale si nous sommes surpris.

— Matthew, je t'en prie…

— Chut…

Il laissa sa bouche vagabonder à son gré sur son corps, l'embrassant, la mordillant tendrement, jusqu'à ce qu'elle se tortille, éperdue. Par moments, elle roulait sur le côté, ses doigts minces enfoncés dans le matelas comme des griffes de chat. Chaque fois, il la persuadait de se remettre sur le dos à force de cajoleries et de promesses chuchotées. Il lui donnait sa bouche pour l'apaiser tout en fouaillant doucement sa chair intime du bout des doigts. Quand elle se mit à frémir, les membres tendus, la peau luisante de sueur, Matthew s'installa enfin entre ses cuisses.

Elle se raidit en sentant sa virilité s'insinuer en elle… puis elle gémit tandis qu'il cherchait un rythme satisfaisant. Il sut qu'il l'avait trouvé lorsqu'elle replia les genoux et, instinctivement, les colla à ses hanches.

— Oui, serre-moi… souffla Matthew en la caressant encore et encore.

Ses muscles intimes commencèrent à se contracter violemment, sa chair exquise l'épousant plus étroitement à chaque coup de reins. Jamais il n'avait connu une telle extase, s'enfouissant plus profondément en elle alors qu'elle s'arc-boutait contre le poids de son corps. Il suivait chacun de ses mouvements, lui donnant ce qu'elle réclamait, tous deux concentrés sur son plaisir à elle.

Une fois de plus, Daisy se couvrit la bouche de la main, les yeux écarquillés. Matthew lui agrippa le poignet pour écarter sa main, puis il couvrit sa bouche de la sienne, en prit farouchement possession. Ses spasmes le firent basculer dans la jouissance, et un grondement primitif sortit de sa gorge comme il explosait en elle, secoué de tremblements convulsifs.

Lorsque les dernières vagues du plaisir eurent reflué, Matthew fut submergé par une léthargie comme il n'en avait jamais connu. Seule la pensée qu'il écrasait Daisy sous son poids l'incita à rouler sur le côté. Elle poussa un grognement mécontent et tendit la main vers lui, cherchant la chaleur de son corps. Il se rapprocha d'elle et, après avoir accueilli sa tête au creux de son épaule, réussit à tirer le drap chiffonné sur eux.

Même s'il éprouvait une envie de dormir irrésistible, Matthew n'osa s'abandonner au sommeil. Il n'était pas sûr de se réveiller avant qu'une domestique vienne rallumer le feu, le lendemain matin. Il était bien trop repu, et la sensation du corps mince de Daisy blotti contre le sien était trop tentante.

— Je dois partir, murmura-t-il contre ses cheveux.

— Non, reste, répondit-elle en tournant le visage pour poser les lèvres contre son torse nu. Reste toute la nuit. Reste pour toujours.

Il sourit, l'embrassa sur la tempe.

— Ce serait bien volontiers. Je crois néanmoins que ta famille s'offusquerait de me voir te déshonorer avant que nous soyons officiellement fiancés.

— Je ne me sens pas déshonorée.

— Moi si, dit Matthew.

— Mieux vaut que je t'épouse, dans ce cas, répliqua Daisy en souriant, sa petite main se promenant timidement sur son corps. C'est assez ironique, mais ce sera la première fois que je ferai quelque chose pour plaire à mon père, ajouta-t-elle.

Avec un murmure de compassion, Matthew l'étreignit. Il connaissait Thomas Bowman mieux que quiconque, ayant, au fil des ans, dû se colleter avec son mauvais caractère, son égoïsme, ses exigences impossibles. Et cependant, il comprenait ce qu'il lui en avait coûté pour bâtir une grosse fortune à partir de rien ; il savait quels sacrifices il avait dû consentir. Bowman avait écarté tout ce qui risquait de l'empêcher d'atteindre ses objectifs, y compris l'intimité avec sa femme et ses enfants.

Pour la première fois, il vint à l'esprit de Matthew qu'il serait profitable à Bowman et à sa famille que quelqu'un joue le rôle de médiateur et essaye de faciliter les échanges entre les uns et les autres. Si l'occasion lui en était offerte, il trouverait un moyen d'endosser ce rôle.

— Tu es ce qu'il a fait de mieux dans sa vie, murmura-t-il à l'oreille de Daisy. Un jour ou l'autre, il s'en apercevra.

Il perçut son sourire contre sa peau.

— J'en doute. Mais c'est gentil de ta part de me le dire. Tu n'as pas à t'inquiéter à ce sujet, tu sais. Je suis réconciliée avec sa manière d'être depuis longtemps.

De nouveau, Matthew fut pris de court par la violence des sentiments qu'elle lui inspirait, et par son désir de la rendre heureuse coûte que coûte.

— Quoi que tu veuilles, chuchota-t-il, quoi que tu souhaites, je te le donnerai. Il te suffit de me le dire.

Daisy s'étira avec volupté. Un délicieux frisson lui parcourut les membres. Du bout des doigts, elle dessina sa bouche aux lèvres si douces.

— Je veux savoir ce qu'était ton vœu à cinq dollars.

— C'est tout ? dit-il, souriant sous ses doigts. J'ai souhaité que tu trouves quelqu'un qui te désirerait autant que moi. Mais je savais que mon vœu ne se réaliserait pas.

La lueur de la bougie éclaira les traits délicats de Daisy quand elle releva la tête pour le regarder.

— Et pourquoi ?

— Parce que j'étais convaincu que personne ne pourrait jamais te désirer autant que moi.

Daisy se redressa davantage au-dessus de lui, jusqu'à ce que ses cheveux forment un rideau sombre autour d'eux.

— Et toi, quel était ton vœu ? voulut savoir Matthew en glissant les doigts entre les vagues soyeuses.

— De trouver le mari idéal, répondit-elle avec un sourire si tendre que le cœur de Matthew cessa un instant de battre. Et c'est alors que tu es apparu.

15

Après avoir dormi plus longtemps que de coutume, Matthew s'aventura au rez-de-chaussée. Des domestiques s'affairaient à laver les sols de pierre, balayer les parquets, battre les tapis pendant que d'autres nettoyaient les lampes, remplaçaient les bougies et astiquaient les cuivres.

Dès que Matthew s'approcha du salon du petit déjeuner, une domestique s'offrit à lui porter un plateau sur la terrasse s'il le souhaitait. La journée s'annonçant magnifique, il accepta sans hésiter.

Assis à l'une des tables de jardin, il observa un jeune lièvre qui traversait les jardins parfaitement entretenus en bondissant.

Le bruit de la porte-fenêtre qui s'ouvrait le tira de sa contemplation. Malheureusement, au lieu de la domestique chargée d'un plateau qu'il s'attendait à voir, il eut la désagréable surprise de reconnaître Lillian Bowman. Il réprima un grognement, ayant deviné immédiatement que Westcliff lui avait fait part de ses fiançailles avec Daisy.

Toutefois, le comte devait exercer une influence apaisante sur son épouse. Non pas que Lillian paraisse ravie, bien sûr… mais Matthew considéra comme un signe favorable qu'elle ne l'approche pas armée d'une hache.

Pour le moment.

De la main, Lillian lui fit signe de rester assis tandis qu'elle franchissait les quelques mètres qui les séparaient. Matthew se leva néanmoins.

— Inutile de me regarder comme si j'étais l'une des plaies d'Égypte, déclara-t-elle d'une voix soigneusement neutre. Je suis capable d'un discours rationnel à l'occasion. Puis-je m'entretenir avec vous ?

Elle s'assit avant qu'il ait pu lui tirer une chaise.

Matthew reprit sa place et, la dévisageant d'un regard circonspect, attendit qu'elle poursuive. Malgré la tension qui imprégnait l'atmosphère, il faillit sourire en constatant qu'elle affichait une expression qu'il avait souvent vue sur le visage de Thomas Bowman. Lillian était déterminée à avoir gain de cause, mais elle était toutefois consciente que des vociférations et des hurlements ne mèneraient à rien.

— Vous et moi, commença-t-elle avec un calme forcé, savons tous deux que, même si je ne peux empêcher ce maudit mariage, je suis capable de mettre des bâtons dans les roues de tout le monde. Surtout les vôtres.

— Je le sais, oui.

La réponse de Matthew était totalement exempte de sarcasme. Quoi qu'il pensât de Lillian par ailleurs, l'amour qu'elle portait à Daisy ne pouvait être mis en doute.

— Je voudrais donc que nous nous dispensions de tourner autour du pot et que nous ayons une conversation d'homme à homme.

Au prix d'un effort sévère, Matthew ravala un sourire.

— Bien, répondit-il sur le même ton. Moi aussi.

Il songea qu'il pourrait peut-être en venir à apprécier Lillian. À défaut d'autre chose, on savait toujours où on en était, avec elle.

— La seule raison qui me permet de supporter l'idée de vous avoir comme beau-frère, c'est que mon mari semble penser du bien de vous, reprit Lillian. Et je suis disposée à prendre son opinion en considération. Encore qu'il ne soit pas infaillible.

— Ce doit être la première fois que j'entends quelqu'un faire une telle remarque au sujet du comte.

— Oui, eh bien... dit Lillian qui, à sa grande surprise, esquissa un léger sourire. C'est pour cela que Westcliff m'a épousée. Mon insistance à le considérer comme un simple mortel le repose de l'adoration incessante dont il est l'objet.

Elle plongea ses yeux sombres, plus ronds et moins exotiques que ceux de Daisy, dans ceux de Matthew.

— Westcliff m'a demandé d'essayer d'être impartiale. Ce n'est pas facile alors que l'avenir de ma sœur est en jeu.

— Milady, fit aussitôt Matthew, si je peux vous faire une promesse, quelle qu'elle soit, susceptible de vous tranquilliser...

— Non. Attendez. Laissez-moi vous dire d'abord ce que je pense de vous.

Matthew garda un silence poli.

— Vous avez toujours incarné ce qu'il y a de plus déplorable chez mon père: la froideur, l'ambition, l'égoïsme. Sauf que vous êtes pire parce que vous êtes capable de le dissimuler bien plus adroitement que lui. Vous êtes ce que mon père aurait été s'il avait été doté d'un physique avantageux et d'un peu de sophistication. Je pense qu'en vous ayant conquis, Daisy doit avoir l'impression que, d'une manière ou d'une autre, elle a enfin réussi avec père.

Elle fronça les sourcils, puis enchaîna :

— Ma sœur s'est toujours crue obligée d'aimer les créatures peu attachantes... les chiens perdus, les vagabonds, les inadaptés. Une fois qu'elle aime quelqu'un, peu importe le nombre de fois où elle est trahie ou déçue, elle le recevra de nouveau les bras ouverts. Mais vous n'apprécierez pas plus cette qualité que notre père. Vous prendrez ce que vous voudrez et ne lui donnerez que très peu en retour. Et quand vous lui ferez du mal, ce qui arrivera inévitablement, soyez assuré que je serai la première de tous ceux qui voudront vous massacrer. Quand j'en aurai fini avec vous, il ne restera plus rien aux autres.

— Au temps pour l'impartialité.

Bien que piqué au vif, Matthew respectait son honnêteté brutale.

— Puis-je vous répondre avec la même franchise ?

— Je n'en attends pas moins de vous.

— Milady, vous ne me connaissez pas suffisamment pour juger de mon degré de ressemblance avec votre père. Ce n'est pas un crime d'être ambitieux, surtout quand vous êtes parti de rien. Et je ne suis pas froid, je suis originaire de Boston. Ce qui signifie que je n'ai pas l'habitude d'exposer mes émotions à tous vents. Quant à mon égoïsme supposé, vous n'avez aucun moyen de savoir ce que j'ai fait, le cas échéant, pour d'autres personnes. Mais je veux bien être pendu si je vous récitais la liste de mes bonnes actions dans l'espoir de m'attirer votre approbation. Peu importe votre opinion, continua-t-il, le regard planté dans le sien, ce mariage aura lieu parce que Daisy et moi le voulons. Je n'ai donc aucune raison de vous mentir. Je pourrais dire que je me moque comme d'une guigne de Daisy, et j'obtiendrais néanmoins ce que je veux. Mais le fait est que je suis amoureux d'elle. Et depuis longtemps.

— Vous êtes secrètement amoureux de ma sœur depuis des années ? demanda Lillian avec un scepticisme cinglant. Comme cela tombe bien !

— Je ne qualifiais pas cela « d'être amoureux ». J'avais simplement conscience d'une... inclination permanente, obsédante, pour elle.

— Une « inclination » ? répéta Lillian d'un air scandalisé.

Aussitôt après, elle le surprit en éclatant de rire.

— Mon Dieu, vous êtes vraiment de Boston.

— Croyez-le ou non, marmonna Matthew, j'aurais préféré ne pas éprouver ces sentiments pour Daisy. Il aurait mieux valu que je trouve quelqu'un d'autre. Dieu sait que l'on pourrait porter à mon crédit ma détermination à exclure les Bowman comme belle-famille.

— Touché.

Sans cesser de sourire, Lillian appuya le menton sur sa main. Soudain, sa voix prit une inflexion subtilement inquisitrice qui lui fit dresser les poils sur la nuque.

— Je trouve curieux qu'un Swift de Boston utilise l'expression « parti de rien »... Est-ce que j'étais dans l'erreur, durant toutes ces années, quand je croyais que vous veniez d'un milieu aisé ?

Bon sang, elle ne manquait pas d'habileté ! Comprenant qu'il avait fait une bévue, Matthew essaya de se rattraper.

— La branche principale des Swift est riche. Mais j'appartiens à la catégorie des cousins pauvres, raison pour laquelle j'ai été obligé d'exercer une profession.

Elle arqua imperceptiblement les sourcils.

— Et les riches Swift auraient permis que leurs cousins plus pauvres peinent à survivre, comme vous le sous-entendez ?

— Une légère exagération de ma part, assura Matthew. Mais je suis certain que vous ne vous appesantirez pas là-dessus au détriment des choses importantes.

— Je crois que j'ai réussi à comprendre votre point de vue, monsieur Swift, déclara Lillian en se levant, ce qui obligea Matthew à l'imiter. Une dernière chose : pensez-vous que Daisy serait heureuse si vous l'emmeniez vivre à New York ?

— Non, répondit Matthew avec calme, ce qui lui valut un regard étonné. Il est évident que vous – et ses amies – êtes indispensables à son bonheur.

— Vous seriez donc… vous seriez donc disposé à vous établir définitivement ici ? Même si mon père s'y opposait ?

— Oui, si c'est ce que Daisy souhaite. Je ne crains pas le mauvais caractère de votre père, milady, ajouta-t-il en essayant, sans grand succès, de dominer un brusque accès d'irritation, pas plus que je ne suis une marionnette au bout d'un fil. Le fait que je travaille pour lui ne signifie pas que j'ai renoncé à toute volonté et à tout usage de mon cerveau. Je peux trouver un emploi lucratif en Angleterre, que je sois ou non employé par la société Bowman.

— Monsieur Swift, vous n'imaginez pas à quel point il est tentant pour moi de vous croire, avoua Lillian avec une sincérité évidente.

— Ce qui signifie… ?

— Je suppose que cela signifie que j'essaierai de me montrer plus aimable avec vous.

— À partir de quand ? répliqua-t-il.

— De la semaine prochaine, peut-être, répondit-elle avec un demi-sourire.

— J'attends cela avec impatience, marmonna Matthew en se rasseyant tandis qu'elle s'éloignait.

Comme prévu, Mercedes Bowman prit assez mal la nouvelle des fiançailles de Daisy avec Matthew Swift. Après le mariage si brillant de sa fille aînée, elle aspirait à une union aussi prestigieuse pour sa cadette. Peu lui importait que Matthew Swift fît un jour fortune dans les affaires qu'il développerait sur les deux continents. Et il lui importait encore moins que Daisy eût trouvé un homme qui semblait non seulement comprendre ses excentricités, mais s'en réjouir.

— Qui se soucie qu'il soit doué pour gagner de l'argent ? avait grommelé Mercedes, alors qu'elle se tenait en compagnie de ses filles dans le salon des Marsden. Manhattanville grouillait littéralement d'hommes entreprenants à la tête de grosses fortunes. Pourquoi sommes-nous venues ici, si ce n'est pour trouver un gentleman qui aurait quelque chose de plus ? Je regrette franchement, Daisy, que tu n'aies pas été capable de séduire un homme bien né et ayant reçu une éducation raffinée.

Lillian, qui allaitait son bébé, répliqua d'un ton sarcastique :

— Mère, même si Daisy épousait le prince héritier du Luxembourg, cela ne changerait rien au fait que les Bowman sont issus du commun et que grand-mère – paix à son âme – était blanchisseuse sur les docks. Cette obsession de la noblesse est un peu excessive, non ? Oublions-la et essayons d'être heureuses pour Daisy.

Avec ses joues gonflées par l'indignation, Mercedes ressembla, l'espace d'un instant, au soufflet utilisé pour raviver le feu.

— Tu n'aimes pas plus M. Swift que moi, riposta-t-elle.

— Non, admit Lillian sans détour. Mais bien qu'il m'en coûte de le reconnaître, vous et moi sommes en minorité. Dans l'hémisphère Nord, tout le monde aime Swift, y compris Westcliff, ses amis, mes amis, les domestiques, les voisins…

— Tu exagères.

— … les enfants, les animaux et les plantes d'ordre supérieur, conclut Lillian. Si les tubercules pouvaient parler, eux aussi diraient qu'ils l'aiment, j'en suis sûre.

Daisy, qui lisait près de la fenêtre, releva la tête avec un brusque sourire.

— Les volailles ne sont pas sensibles à son charme, déclara-t-elle. Il a un problème avec les oies. Je te remercie de te montrer aussi accommodante, Lillian, continua-t-elle d'un ton plus sérieux. Je m'attendais que tu tempêtes contre ces fiançailles.

Sa sœur aînée laissa échapper un soupir résigné.

— J'ai dû me faire à l'idée qu'il me serait plus facile de pousser un petit pois avec le nez d'ici à Londres plutôt que de m'opposer à ce mariage. En outre, tu seras bien plus proche de nous à Bristol que tu l'aurais été avec lord Llandrindon à Thurso.

Mercedes faillit fondre en larmes en entendant le nom de Llandrindon.

— Il disait qu'il y avait de jolies promenades à Thurso, gémit-elle. Et une histoire qui remonte aux Vikings. J'aurais tellement aimé entendre parler des Vikings !

— Depuis quand vous intéressez-vous à des païens belliqueux aux coiffures ridicules ? ricana Lillian.

Daisy leva de nouveau les yeux de son livre.

— Parlons-nous toujours de grand-mère ?

Mercedes les foudroya toutes les deux du regard.

— Il semblerait que je n'aie d'autre choix que d'accepter cette union avec grâce. Je tâcherai de trouver une maigre consolation dans le fait que, cette fois au moins, nous aurons la possibilité d'organiser un mariage digne de ce nom.

Elle n'avait jamais vraiment pardonné à Lillian et à Marcus de s'être enfuis à Gretna Green, la privant ainsi de la cérémonie fastueuse dont elle avait toujours rêvé.

Lillian adressa un sourire suffisant à Daisy.

— Je ne t'envie pas, ma chérie.

Un peu plus tard ce jour-là, Daisy et Matthew étaient assis sur la berge herbeuse d'un étang situé à l'écart du village.

— Ce ne sera pas très plaisant, l'avertit Daisy. La cérémonie sera destinée à attirer l'attention du monde entier sur les Bowman.

— Juste les Bowman ? demanda-t-il. Ne suis-je pas censé y prendre part ?

— Oh, le marié est ce qui compte le moins ! répliqua-t-elle avec gaieté.

Son intention était d'amuser Matthew. Mais le sourire de celui-ci ne se communiqua pas à ses yeux, et il fixa la berge opposée de l'étang avec une expression lointaine.

Le vieux moulin à eau, avec sa grande roue en bois, avait été abandonné longtemps auparavant en faveur d'un moulin plus efficace, situé au cœur du domaine. Avec son toit orné de pignons et sa façade à colombages, le moulin possédait un charme rustique que rehaussait encore son environnement bucolique.

Alors que Matthew lançait sa ligne dans la mare d'un geste expert du poignet, Daisy agitait ses pieds nus dans l'eau. De temps à autre, la danse de ses orteils attirait de minuscules poissons aventureux.

Elle étudia discrètement Matthew qui paraissait plonger dans de sombres réflexions. Il avait un profil très marqué, avec un nez droit et vigoureux, des lèvres fermement dessinées, une mâchoire à la perfection sévère. Elle prenait plaisir au contraste qu'offrait le désordre de sa tenue, sa chemise mouillée par endroits, son pantalon taché d'herbe, ses cheveux ébouriffés qui retombaient sur son front.

Il y avait chez Matthew une dualité fascinante que Daisy n'avait jamais rencontrée chez aucun autre homme.

À certains moments, il était cet homme d'affaires très comme il faut, combatif et sûr de lui, qui manipulait avec une adresse confondante les faits et les chiffres.

À d'autres, c'était un amant doux et attentif, qui abandonnait son cynisme tel un vieux manteau et débattait avec elle de sujets aussi variés que la culture ancienne possédant la mythologie la plus intéressante, ou les légumes préférés de Thomas Jefferson. Sur ce dernier point, Daisy penchait pour les petits pois, Matthew pour les tomates…

Ils avaient de longues conversations portant sur l'Histoire ou la politique. Pour un homme issu d'un milieu très conservateur, il s'intéressait de manière surprenante aux idées progressistes. D'ordinaire, au cours de leur ascension opiniâtre de l'échelle sociale, les hommes entreprenants oubliaient ceux qui ne parvenaient pas à quitter les échelons inférieurs. Aux yeux de Daisy, il était tout à l'honneur de Matthew de porter un intérêt sincère aux personnes ayant eu moins de chance que lui.

Au cours de leurs discussions, ils avaient commencé timidement à esquisser des plans pour l'avenir. Il leur faudrait trouver une maison à Bristol, suffisamment grande pour y accueillir des invités. Matthew insistait pour qu'elle ait une vue sur la mer, une bibliothèque pour y ranger les livres de Daisy et – il souligna ce dernier point avec gravité – qu'elle soit entourée d'un haut mur afin qu'il puisse trousser son épouse dans le jardin sans être vu.

Maîtresse de sa propre maison… Daisy n'avait jamais réussi à s'imaginer dans ce rôle. Mais l'idée d'arranger les choses exactement comme elle le souhaitait, de créer un foyer où s'exprimeraient ses propres goûts, commençait à lui paraître très tentante.

Toutefois, leurs conversations laissaient souvent Daisy sur sa faim. Bien que Matthew soit disposé à partager avec elle nombre de ses pensées, quantité d'autres lui demeuraient inaccessibles. Quelquefois, parler avec lui était comme de déambuler le long d'un charmant chemin sinueux, à travers toutes sortes de paysages intéressants, pour aboutir directement dans un mur de pierres.

Quand Daisy interrogeait Matthew sur son passé, il se contentait de vagues allusions au

Massachusetts et à la rivière Charles, près de laquelle il avait grandi. Il taisait avec obstination toute information sur sa famille. Jusqu'à présent, il s'était refusé à évoquer les membres du clan Swift qui assisteraient à la cérémonie nuptiale. Pourtant, il faudrait bien que celui-ci soit représenté…

C'était à croire que Matthew n'avait pas eu d'existence avant de commencer à travailler pour Thomas Bowman, à l'âge de vingt ans. Daisy mourait d'envie de se frayer un passage dans cette barrière de secrets. Elle trouvait exaspérant de se sentir en permanence sur le point de faire une découverte qui se révélait insaisissable.

Ramenant ses pensées à l'instant présent, Daisy entreprit de capter de nouveau l'attention de Matthew.

— Évidemment, lança-t-elle d'un ton désinvolte, nous ne sommes pas obligés d'organiser une cérémonie. Tu peux te contenter d'un échange, comme dans de nombreuses cultures. Offre une vache à mon père, et l'affaire sera conclue. Nous pourrions aussi observer le rite païen de mariage par une simple union des mains. Et puis, bien sûr, il y a toujours la coutume grecque selon laquelle je couperais ma chevelure pour l'offrir en sacrifice à Artémis, avant le bain rituel dans une source sacrée…

Brusquement, Daisy se retrouva allongée sur le dos, et une grande partie du ciel disparut de sa vue, occultée par la silhouette sombre de Matthew. La soudaineté avec laquelle il avait lâché sa canne à pêche et s'était jeté sur elle lui arracha un rire étranglé. Les yeux bleus de Matthew pétillaient de malice.

— Je veux bien réfléchir à l'échange avec la vache ou à l'union des mains, dit-il. Mais l'épouse sans cheveux serait au-dessus de mes forces.

Daisy savoura la sensation de son corps qui l'écrasait sur l'herbe souple, lui emplissant les narines d'un parfum de terre et de verdure.

— Et que penses-tu du bain rituel ? demanda-t-elle.

— Je n'ai rien contre. D'ailleurs... je crois que tu devrais t'entraîner, ajouta-t-il en tendant les doigts vers les boutons de sa robe. Je vais t'aider.

Daisy se tortilla en criant quand il commença à déboutonner son corsage.

— Ce n'est pas une source sacrée, c'est une vieille mare boueuse !

Mais Matthew persévéra et finit par rabattre son corsage jusqu'à la taille, non sans rire de ses contorsions pour lui échapper. Au mépris des convenances, et en raison de la température anormalement chaude pour la saison, Daisy était sortie sans corset. Elle poussa de toutes ses forces contre la poitrine de Matthew, et il se laissa rouler sur le côté, l'entraînant avec lui. Le monde tourbillonna follement, le bleu et le blanc du ciel se mêlèrent, et elle se retrouva étendue sur le torse de Matthew qui s'employa à faire passer sa chemise par-dessus sa tête.

— Matthew... protesta-t-elle d'une voix étouffée par le tissu.

Dès qu'il lui eut enlevé sa chemise, il la jeta sur le côté et, glissant les mains sous les aisselles de Daisy, la souleva et la maintint au-dessus de lui sans plus de difficultés que s'il s'agissait d'un chaton. Son souffle s'accéléra comme il fixait ses seins pâles aux pointes rosées.

— Repose-moi, insista Daisy, qui rougit d'être ainsi exposée à son regard avide.

Même s'ils avaient fait l'amour deux fois, elle était encore trop innocente pour s'abandonner avec désinvolture en plein air.

Matthew obéit et la ramena vers lui suffisamment pour pouvoir aspirer entre ses lèvres la pointe dressée d'un sein.

— Non, parvint-elle à articuler, ce n'est pas ce que je... *Oh*...

Il lui tétait les seins tour à tour, les agaçant de la pointe de la langue et des dents. Après s'être interrompu le temps de la débarrasser du reste de ses vêtements, il l'embrassa à pleine bouche. Daisy tira frénétiquement sur sa chemise, les doigts rendus maladroits par la précipitation.

Matthew lui vint en aide, enleva sa chemise avant de l'attirer doucement contre lui. Au contact de sa peau chaude, toute pensée cohérente déserta la jeune femme. Tout en nouant les bras autour de son cou, elle écrasa sur la sienne une bouche impatiente et fougueuse.

Elle rouvrit brusquement les yeux en le sentant rire contre ses lèvres.

— Ne sois pas si pressée, mon cœur, chuchota-t-il. J'essaie d'aller lentement.

— Pourquoi ? demanda Daisy, la bouche chaude et sensible à l'excès.

De la pointe de la langue, elle s'humecta la lèvre inférieure, et vit le regard de Matthew se faire plus aigu tandis qu'il l'observait.

— Parce que cela te procurera plus de plaisir, répondit-il d'une voix devenue râpeuse.

— Je n'ai pas besoin de plus de plaisir. Je n'imagine pas en supporter davantage.

Il s'esclaffa doucement. Posant sa grande main sur sa joue, il attira son visage vers le sien. Quand il taquina de la langue le creux imperceptible de sa lèvre inférieure, elle prit une inspiration tremblée. Il s'empara alors de sa bouche et l'embrassa avec voracité.

Lentement, il la fit basculer sur le sol, l'allongeant sur la chemise dont il s'était débarrassé. La mince étoffe retenait l'odeur de sa peau et Daisy se gorgea de ce parfum désormais familier. Tandis qu'il couvrait son corps du sien, elle ferma les yeux pour se protéger de la lumière éblouissante du soleil. Il s'était contenté de déboutonner son pantalon, et le tissu lui picotait les jambes. Son excitation grimpa d'un cran à la pensée qu'elle était nue sous son corps à demi vêtu, et elle écarta spontanément les cuisses pour l'accueillir en elle.

— Je veux faire partie de toi, murmura-t-il. Je veux être avec toi pour toujours.

— Oui, oui… balbutia-t-elle en l'enveloppant de ses bras et de ses jambes.

Il entra en elle lentement et, à cet endroit qui avait été douloureux, il n'y avait plus que le plaisir exquis de sentir sa chair l'emplir. S'enfonçant par degrés, il résista à ses efforts pour qu'il aille plus vite. Daisy se tordait, haletait d'excitation, et elle gémit quand il referma les mains sur ses hanches pour l'obliger à rester immobile.

— Du calme… dit-il dans un murmure malicieux. Juste un peu de patience.

Mais elle le voulait tout à elle. Maintenant ! Son corps palpitait, ses nerfs à vif débordaient de sensations, et sa bouche réclamait la pression de la sienne au point qu'elle parvenait à peine à former les mots.

— Je t'en prie… Je ne peux pas rester ainsi sans bouger pendant que tu…

— Mais si, tu peux.

Il continua de l'immobiliser tandis que ses mains habiles exploraient son corps. Daisy frémissait sous lui, en proie à un désir qui s'exacerbait à chacune de ses caresses. À chaque poussée de son sexe dur en elle, elle se cambrait davantage, jusqu'au moment où Matthew céda avec un rire étouffé et commença à aller et venir rythmiquement, intensifiant progressivement son plaisir.

— Nous avons tout notre temps, Daisy. Il n'y a pas de raison de… continua-t-il d'une voix qui devenait éraillée. Oui… mon amour, comme ça… oui…

Sa tête s'appuya sur l'épaule de Daisy et elle sentit son souffle brûlant sur sa peau. Les muscles de ses bras saillirent quand il planta les doigts dans la terre de chaque côté d'elle, comme pour les ancrer tous deux solidement au sol.

Daisy avait l'impression d'être une créature sauvage, clouée sur l'herbe par le rythme primitif de ses hanches. Tout son corps s'arqua vers lui, appelant sa chair de la sienne, n'ayant plus conscience que de la jouissance frémissante qui commençait à l'endroit où leurs corps se joignaient et se déployait jusqu'à l'extrémité de ses membres.

Matthew atteignit l'extase en tremblant entre ses bras. Quand il reposa la tête sur sa poitrine, pantelant, des ondes de plaisir continuèrent à irradier de là où elle le retenait toujours.

Daisy savait qu'il l'aimait… Elle le sentait dans chaque battement de son cœur pressé contre son sein. Il l'avait admis devant Westcliff et Lillian, mais, pour une raison inconnue, il ne le lui avait pas avoué à elle.

Pour Daisy, l'amour n'était pas un sentiment dont on s'approchait par paliers prudents. Elle voulait s'y jeter corps et âme, avec la confiance et l'honnêteté la plus pure… alors que Matthew, lui, ne semblait pas être prêt.

Mais un jour, se promit-elle, il n'y aurait plus de barrières entre eux. Un jour…

16

Depuis des siècles, on célébrait le 1er mai à Stony Cross Park. À l'origine, il s'agissait pour les païens de se réjouir de la fin de l'hiver et de la fertilité retrouvée de la terre. Cela consistait à présent en trois jours de banquets, de jeux, de danses et de toutes sortes de réjouissances.

Durant la fête, les hobereaux locaux, les fermiers et les gens de la ville se mélangeaient librement, malgré les protestations du clergé et d'autres personnes aux idées conservatrices pour lesquelles cette fête n'était qu'un prétexte pour se livrer à la fornication et à l'ivrognerie. Comme Lillian l'avait fait remarquer à Daisy, non sans espièglerie, plus on dénonçait les péchés commis lors des festivités, plus la fréquentation augmentait.

Des torches éclairaient le terrain communal au bout duquel brûlait un immense feu de joie qui envoyait d'épaisses volutes de fumée vers le ciel chargé de nuages. Le temps était resté couvert toute la journée, avec une atmosphère lourde et humide qui présageait l'arrivée prochaine d'un orage. Heureusement, les divinités païennes semblaient disposées à le retenir pour que la fête se déroule comme prévu.

Matthew à son côté, Daisy déambulait entre les étals de bois installés tout le long de la rue principale, et chargés de tissus, de jouets, de chapeaux, de bijoux en argent et de poteries. Elle était bien déterminée à voir et à faire le plus de choses possibles pendant un court laps de temps, car Westcliff leur avait fortement conseillé de rentrer au manoir bien avant minuit.

— Plus l'heure avance, plus les comportements deviennent débridés, avait déclaré le comte d'un air entendu. Sous l'influence du vin – et l'anonymat procuré par les masques –, les gens ont tendance à faire des choses qu'ils ne se permettraient pas au grand jour.

— Oh, qu'est-ce qu'un petit rite de fertilité ici ou là ? s'était moquée Daisy avec entrain. Je ne suis pas innocente au point de…

— Nous rentrerons tôt, avait assuré Matthew au comte.

Alors qu'ils se frayaient un passage dans la foule exubérante qui se pressait dans le village, Daisy comprit ce que Westcliff avait voulu dire. Alors que le soir tombait à peine, le vin coulant en abondance paraissait avoir déjà fait son effet. Les gens s'enlaçaient, se disputaient, riaient et jouaient. Certains déposaient des couronnes de fleurs au pied des chênes les plus anciens, d'autres versaient du vin sur les racines ou…

— Seigneur ! dit Daisy, son attention attirée par un spectacle étrange à quelque distance. Qu'est-ce qu'ils font à ce pauvre arbre ?

Lui prenant la tête entre les mains, Matthew orienta fermement son visage dans une autre direction.

— Ne regarde pas.

— Était-ce une espèce de rituel d'adoration ou…

— Allons voir les danseurs de cordes, suggéra-t-il avec un enthousiasme soudain en la guidant vers l'autre extrémité du terrain.

À pas lents, ils passèrent devant des cracheurs de feu, des magiciens et des acrobates, et s'arrêtèrent pour acheter une petite outre de vin nouveau. Alors que Daisy s'essayait à boire avec précaution, une goutte de vin s'échappa à la commissure de ses lèvres. Matthew sourit et commença à fouiller dans sa poche à la recherche d'un mouchoir, puis il parut se raviser. Inclinant la tête, il cueillit la gouttelette d'un baiser.

— Tu es censé me protéger des inconvenances, observa-t-elle avec un grand sourire, et voilà que tu me détournes du droit chemin.

Il lui effleura doucement la joue du dos de la main.

— J'aimerais te détourner du droit chemin, murmura-t-il. À vrai dire, j'aimerais t'entraîner droit dans ces bois et…

Alors qu'il plongeait son regard dans le sien, il parut perdre le fil de sa pensée.

— Daisy Bowman, chuchota-t-il, je voudrais…

Mais elle ne sut jamais ce qu'il s'apprêtait à dire, car un mouvement de la foule la projeta brutalement contre lui. Tout le monde se précipitait pour voir un couple de jongleurs qui envoyaient des cerceaux et des massues haut dans les airs. Dans la bousculade, l'outre de vin échappa à Daisy et fut piétinée.

— J'ai laissé tomber le vin, annonça-t-elle d'un ton chagrin alors que Matthew l'entourait d'un bras protecteur.

— Ce n'est pas plus mal, assura-t-il, la bouche contre son oreille, ses lèvres en frôlant l'ourlet délicat. Il risquait de me monter à la tête. Et tu aurais alors pu en profiter pour abuser de moi.

Daisy sourit et se blottit contre son torse puissant, savourant la chaleur rassurante de son étreinte.

— Mes projets en ce qui te concerne sont donc si évidents ? demanda-t-elle d'une voix étouffée.

— Je le crains.

La maintenant fermement contre lui, Matthew la guida à travers la cohue jusqu'à l'espace ouvert derrière les baraques. Il acheta des pralines dans un cornet de papier, un lapin en pâte d'amandes ainsi qu'un petit hochet d'argent pour Merritt et une poupée en chiffon pour la fille d'Annabelle. Alors qu'ils remontaient la rue principale pour rejoindre la voiture, Daisy fut accostée par une femme aux jupons de couleurs vives, drapée dans un châle strié de fils métalliques et parée de bijoux d'or martelé.

Son visage rappelait à Daisy les poupées à tête de pomme que Lillian et elle confectionnaient lorsqu'elles étaient enfants. Après avoir sculpté les visages dans les fruits pelés, elles les laissaient sécher, et obtenaient des têtes brunes joliment ridées. Des perles noires pour les yeux et quelques touffes de laine cardée pour les cheveux... Oui, cette femme leur ressemblait tout à fait.

— Votre dame veut connaître l'avenir, monsieur ? demanda-t-elle à Matthew.

Jetant un coup d'œil à Daisy, celui-ci haussa un sourcil sarcastique.

Elle sourit. Elle savait très bien qu'il n'avait aucune patience pour ce qui touchait au mysticisme, aux superstitions et à tout ce qui avait à voir avec le surnaturel. Il avait l'esprit bien trop pragmatique pour croire à des choses qui ne pouvaient être prouvées de manière empirique.

— Ce n'est pas parce que tu ne crois pas à la magie qu'elle n'existe pas, lui fit remarquer Daisy d'un ton taquin. Tu ne veux pas risquer un coup d'œil dans l'avenir ?

— Je préférerais attendre que l'avenir devienne le présent, répliqua-t-il.

— Seulement un shilling, monsieur, insista la diseuse de bonne aventure.

Avec un soupir, Matthew cala ses achats sous le bras pour fouiller dans sa poche.

— Ce shilling serait dépensé de façon plus judicieuse à un étal quelconque, dit-il à Daisy. Pour acheter des rubans ou de la friture d'éperlans, par exemple.

— Venant de quelqu'un qui a lancé une pièce de cinq dollars dans le puits aux souhaits…

— Faire un vœu n'avait rien à voir avec ça. Je ne l'ai fait que pour attirer ton attention.

Daisy s'esclaffa.

— Et tu as réussi. Il n'empêche… continua-t-elle en lui adressant un regard significatif, ton vœu s'est réalisé, non ?

Elle lui prit le shilling des mains pour le donner à la voyante.

— Quel est votre moyen de divination ? s'enquit-elle spontanément. Utilisez-vous une boule de cristal ? Des cartes de tarot ? Ou lisez-vous dans la paume de la main ?

En guise de réponse, la femme tira de sa ceinture un miroir au dos d'argent et le tendit à Daisy.

— Regardez votre reflet, lui intima-t-elle avec solennité. C'est la porte du monde des esprits. Regardez bien… ne détournez pas les yeux.

Matthew soupira et leva les yeux au ciel.

Docile, Daisy scruta le reflet de son visage attentif. La lueur des torches jouait sur ses traits.

— Vous allez regarder dedans vous aussi ? demanda-t-elle.

— Non, répondit la femme. J'ai besoin de voir vos yeux, c'est tout.

Et puis… ce fut tout, effectivement. Le silence. Un peu plus loin dans la rue, on entendait des gens chanter et jouer du tambour. Les yeux fixés sur ses propres yeux, Daisy vit s'y refléter de minuscules éclats de lumière pareils à des étincelles s'élevant au-dessus d'un feu de joie. Elle en arrivait presque à se persuader que si elle regardait assez longtemps, assez intensément, le miroir serait bel et bien la porte vers un autre monde. Peut-être était-ce son imagination, mais elle ressentait vraiment la concentration intense de la diseuse de bonne aventure.

Avec une brusquerie qui la surprit, cette dernière lui reprit le miroir des mains.

— Rien de bon, dit-elle, laconique. Je ne vois rien. Je vais vous rendre votre shilling.

— Ce n'est pas la peine, répliqua Daisy, décontenancée. Ce n'est pas votre faute si mon esprit est opaque.

— Nous serions tout aussi heureux si vous inventiez quelque chose, intervint Matthew d'un ton sec.

— Elle ne peut pas inventer quelque chose, protesta Daisy. Ce serait insulter son don.

Elle étudia les traits burinés de la voyante. Celle-ci paraissait sincèrement mécontente. Elle avait dû voir quelque chose qui lui avait déplu, ce qui était sans doute une excellente raison pour ne pas insister. Mais Daisy se connaissait suffisamment pour savoir que si elle n'en apprenait pas plus, la curiosité la rendrait folle.

— Nous ne voulons pas du shilling, reprit-elle. Je vous en prie, dites-moi quelque chose. S'il s'agit d'une mauvaise nouvelle, mieux vaut que je le sache, non ?

— Pas toujours, répliqua la femme d'un air sombre.

Daisy s'approcha d'elle, jusqu'à sentir une douce odeur de figue mêlée d'herbe aromatique… Du laurier ? Du basilic ?

— Je veux savoir, insista-t-elle.

La voyante la considéra longuement. Et finit par parler, non sans répugnance.

— Douce la nuit où un cœur fut donné, amer se révèle le jour. Une promesse faite en avril… un cœur brisé en mai.

Un cœur brisé ? Voilà qui ne plaisait pas à Daisy.

Elle sentit Matthew se rapprocher derrière elle. Il posa la main sur sa taille et, même si elle ne voyait pas son expression, elle devina qu'elle était sardonique.

— Est-ce que deux shillings inspireraient quelque chose d'un peu plus optimiste ? s'enquit-il.

La voyante l'ignora. Tout en coinçant la poignée du miroir dans la ceinture de ses jupes, elle dit à Daisy :

— Fais un talisman avec des clous de girofle enfermés dans un mouchoir. Il devra le porter pour être protégé.

— Contre quoi ? demanda Daisy, anxieuse.

Mais la femme s'éloignait déjà, ses amples jupons colorés ondulant au rythme de ses pas tandis qu'elle remontait la rue, en quête d'autres clients.

Pivotant face à Matthew, Daisy leva les yeux vers son visage impassible.

— Contre quoi as-tu besoin d'être protégé ?

— Le mauvais temps.

Il tendit la main, la paume vers le haut, et Daisy se rendit compte que de grosses gouttes froides s'écrasaient sur sa tête et ses épaules.

— Tu avais raison, admit-elle, troublée par cette prédiction inquiétante. J'aurais dû choisir la friture d'éperlans.

Il glissa la main sur sa nuque.

— Daisy… Tu ne crois pas à ce tissu d'âneries, n'est-ce pas ? Cette sorcière a mémorisé quelques vers qu'elle débite pour un shilling. La seule raison pour laquelle elle nous a donné un mauvais présage, c'est que je n'ai pas prétendu croire à son miroir magique.

— Oui, mais… elle semblait sincèrement désolée.

— Il n'y avait rien de sincère en elle, ni dans ce qu'elle a dit.

Matthew l'attira plus près de lui sans se soucier que quelqu'un puisse les voir. Comme Daisy levait la tête vers lui, une goutte de pluie s'écrasa sur sa joue, puis une autre au coin de sa bouche.

— Ce n'était pas réel, dit-il doucement.

Il l'embrassa avec une fougue empreinte de possessivité, là, au beau milieu de la rue, avec le goût de la pluie entre leurs lèvres.

— Cela, c'est réel, chuchota-t-il.

Daisy se pressa contre lui avec impatience, se hissant sur la pointe des pieds pour épouser de son corps les fermes contours du sien. Les paquets qu'il essayait de tenir d'une main menaçaient de tomber à tout moment tandis qu'il se repaissait de sa bouche. Elle mit un terme à leur baiser avec un gloussement, alors qu'un vigoureux coup de tonnerre ébranlait le sol sous leurs pieds.

Autour d'eux, les gens s'égaillaient pour chercher refuge dans les boutiques et sous les auvents des étals.

— On fait la course jusqu'à la voiture ? proposa-t-elle à Matthew avant d'empoigner ses jupes et de s'élancer dans la rue.

17

Le temps qu'ils remontent l'allée menant au manoir, des trombes d'eau s'abattirent sur la voiture que secouaient de violentes rafales de vent. Songeant aux noceurs du village, Matthew se dit avec amusement que de nombreuses dispositions amoureuses avaient dû se retrouver noyées par le déluge.

La pluie diluvienne martelait bruyamment le toit du véhicule quand il s'arrêta. D'ordinaire, un valet de pied se présentait à la portière muni d'un parapluie, mais les éléments déchaînés le lui auraient arraché des mains.

Se débarrassant de sa veste, Matthew la drapa sur Daisy en prenant soin de lui couvrir la tête et les épaules. Ce n'était pas une protection idéale, mais cela suffirait le temps de franchir la distance qui séparait la voiture de la porte du manoir.

— Tu vas être mouillé, protesta Daisy.

Il se mit à rire.

— Je ne suis pas en sucre.

— Moi non plus.

— Si, tu l'es, murmura-t-il, ce qui la fit rougir.

Il sourit à la vue de son mince visage émergeant des plis du manteau, tel un petit hibou dans les bois.

— Garde la veste, insista-t-il. Il n'y a que quelques pas jusqu'à la porte.

On frappa alors un coup précipité à la portière, puis celle-ci s'ouvrit, révélant un valet de pied qui bataillait vaillamment avec un parapluie. Mais une rafale de vent le retourna. Quand Matthew sauta du véhicule, il fut immédiatement trempé. Il saisit le valet par les épaules.

— Rentrez ! lui cria-t-il par-dessus le vacarme de la tempête. Je m'occupe de Mlle Bowman.

Après avoir hoché la tête, le valet opéra une retraite hâtive vers la maison.

Matthew se pencha alors à l'intérieur de la voiture et, saisissant Daisy par la taille, la déposa avec précaution sur le sol. Il la maintint serrée contre lui pour l'aider à franchir les énormes flaques, puis les marches glissantes, et ne la relâcha que lorsqu'ils eurent passé le seuil.

La chaleur et la clarté du vestibule semblaient plus que jamais accueillantes. Alors que le tissu mouillé de sa chemise lui collait aux épaules, Matthew songea avec un frémissement de plaisir au bon feu qui les attendait.

Daisy tendit la main vers lui pour repousser une mèche de cheveux dégoulinante qui lui tombait sur le front.

— Oh, Seigneur, tu es à tordre ! s'exclama-t-elle.

Une femme de chambre se précipita vers eux, les bras chargés de serviettes. Après l'avoir remerciée d'un signe de tête, Matthew se frotta vigoureusement le crâne, puis s'essuya le visage. Il se pencha ensuite pour permettre à Daisy de lui lisser les cheveux du mieux qu'elle le pouvait avec les doigts.

Sentant que quelqu'un s'approchait, Matthew jeta un coup d'œil par-dessus son épaule. Et reconnut Westcliff. Son expression était sobre, mais il y avait quelque chose dans ses yeux, une pointe de mécontentement inquiet, qui fit courir un frisson d'appréhension dans les veines de Matthew.

— Swift, dit le comte d'une voix égale, nous avons des visiteurs inattendus, ce soir. Ils n'ont pas encore révélé la raison pour laquelle ils sont venus à Stony Cross Park sans se faire annoncer… sinon qu'il s'agit d'une affaire vous concernant.

Le frisson s'intensifia, au point qu'il eut l'impression que des cristaux de glace se formaient dans ses muscles et ses os.

— De qui s'agit-il ? s'enquit-il.

— D'un certain M. Wendell Waring, de Boston… et de deux agents de police de Bow Street.

Matthew accueillit la nouvelle en silence, sans esquisser le moindre geste. Une écœurante vague de désespoir le submergea.

Seigneur ! songea-t-il. Comment Waring l'avait-il retrouvé ici, en Angleterre ? Comment… Oh, quelle importance, puisque tout était fini ! Après toutes ces années à se dérober à son destin… l'heure était venue pour celui-ci de prendre sa revanche. Une envie insensée de s'enfuir lui fit battre le cœur à coups redoublés. Mais il n'avait nulle part où s'enfuir – et même si cela n'avait pas été le cas, il était las de vivre dans la terreur de cet instant.

Il sentit la petite main de Daisy se glisser dans la sienne, mais il ne lui rendit pas la pression de ses doigts. Il gardait les yeux rivés sur le visage de Westcliff. Ce que celui-ci lut dans son regard lui arracha un lourd soupir.

— Bon sang, murmura-t-il. C'est grave, n'est-ce pas ?

Matthew réussit à hocher la tête une fois. Pas plus. Il dégagea sa main de celle de Daisy. Elle ne tenta pas de le toucher de nouveau. Sa perplexité était presque tangible.

Après un long moment de réflexion, Westcliff carra les épaules.

— Eh bien, dit-il d'un ton résolu, allons régler cette affaire. Quoi qu'il en ressorte, je vous soutiendrai en ami.

Matthew ne put retenir un petit rire incrédule.

— Vous ne savez même pas de quoi il s'agit.

— Je ne fais jamais de promesses en l'air. Venez. Ils sont dans le grand salon.

Matthew acquiesça en silence, la bouche sèche. Il était surpris de constater qu'il était capable de fonctionner comme s'il ne se passait rien, comme si son univers entier n'était pas sur le point de voler en éclats. C'était presque comme s'il se regardait en spectateur. Jamais auparavant la peur ne lui avait fait un tel effet. Mais peut-être était-ce parce qu'il n'avait jamais eu autant à perdre.

Il vit que Daisy marchait devant lui, le visage levé vers Westcliff qui lui murmurait quelque chose. Elle acquiesça brièvement, apparemment un peu rassérénée.

Matthew baissa les yeux. Sa vue lui causait une douleur aiguë, une brûlure dans la gorge, comme si on la lui perçait avec un stylet. De toutes ses forces, il s'efforça de retrouver l'espèce de stupeur qui annihilait toute sensation et, Dieu merci, il y parvint.

Ils pénétrèrent dans le salon. Matthew eut l'impression d'être un damné le jour du jugement dernier quand il aperçut Thomas, Mercedes et Lillian. Alors qu'il balayait la pièce du regard, une voix masculine aboya :

— C'est lui !

Aussitôt, une douleur aveuglante explosa dans sa tête, et ses jambes se dérobèrent sous lui, comme transformées en sable. Telle une étoile qui implose, la lumière s'éteignit peu à peu. Mais alors que les ténèbres menaçaient de l'engloutir, l'étonnement les lui fit repousser et il lutta faiblement pour rester conscient.

Il se rendit vaguement compte qu'il était sur le sol – il sentait la laine rêche du tapis sous sa joue. De la salive s'écoulait entre ses lèvres et il déglutit, un goût salé dans la bouche. Un léger grognement fit vibrer sa gorge. Comme il se concentrait sur la douleur qu'il ressentait, il se rendit compte qu'elle venait de l'arrière de son crâne. On l'avait frappé, assommé, avec un objet contondant.

Des étincelles strièrent sa vision quand on le hissa sur une chaise, lui tirant brutalement sur les bras. Quelqu'un criait… des hommes beuglaient, une femme laissa échapper un hurlement… Matthew cligna des yeux, mais la douleur taraudante les remplissait sans cesse de nouvelles larmes. Un lourd cercle d'acier lui comprimait les poignets. Des menottes, comprit-il, et leur poids horriblement familier l'emplit d'une sourde panique.

Peu à peu, il reconnut les voix en dépit du bourdonnement dans ses oreilles.

— … osez-vous venir chez moi et brutaliser l'un de mes invités… Savez-vous qui je suis ? Enlevez-lui ça *immédiatement* ou je vous envoie moisir dans la prison de Newgate !

Et une nouvelle voix :

— Pas après toutes ces années. Je ne courrai pas le risque qu'il s'échappe.

Celui qui parlait était M. Wendell Waring, le patriarche d'une riche famille de la Nouvelle-

Angleterre. L'homme que Matthew méprisait le plus au monde, juste après son fils, Harry.

Il était étrange de constater qu'un son ou une odeur pouvait ressusciter aussi aisément le passé, malgré tous les efforts de Matthew pour l'oublier.

— Et *où*, exactement, craignez-vous qu'il ne s'enfuie ? demanda Westcliff d'un ton acide.

— J'ai l'autorisation de prendre le contrôle du fugitif par n'importe quel moyen que je jugerai bon. Vous n'avez pas le droit de vous y opposer.

Dire que Westcliff n'était pas accoutumé à se voir nier le droit de faire quelque chose, surtout dans sa propre demeure, aurait été un puissant euphémisme. C'en aurait été un plus grand encore de dire qu'il était fou de rage.

La querelle se déchaîna avec plus de violence encore que la tempête qui sévissait à l'extérieur. Mais Matthew perdit le fil quand il sentit qu'on lui touchait délicatement le visage. Comme il rejetait la tête en arrière, il entendit Daisy murmurer :

— Non. Ne bouge pas.

Elle entreprit de lui essuyer le visage avec une serviette, lui tamponna les yeux et la bouche, repoussa en arrière ses cheveux humides. Assis, ses mains menottées posées sur les genoux, Matthew retenait à grand-peine un hurlement de désespoir tandis qu'il regardait Daisy.

Elle était pâle mais remarquablement calme. La détresse marquait ses pommettes de deux taches rouges qui ressortaient sur sa peau blanche. Elle s'agenouilla sur le tapis à côté de sa chaise pour examiner ses menottes. L'unique cercle de fer qui lui emprisonnait les poignets était fermé par un cadenas attaché à un autre cercle, plus grand, que l'agent utiliserait pour l'emmener.

Relevant la tête, Matthew remarqua les deux solides policiers en uniforme – pantalon d'été blanc, queue-de-pie noire à haut col et chapeau haut de forme. Ils gardaient un silence résolu tandis que Wendell Waring, Westcliff et Thomas Bowman se disputaient violemment.

Daisy tripotait le cadenas, et le cœur de Matthew se serra quand il s'aperçut qu'elle s'y attaquait avec une épingle à cheveux. L'habileté des sœurs Bowman à crocheter les serrures, acquise au cours des années passées à contrecarrer les tentatives de discipline de leurs parents, était notoire. Mais les mains de Daisy tremblaient trop pour qu'elle parvienne à maîtriser ce mécanisme inconnu – et il était de toute évidence vain d'essayer de le libérer. Dieu, si seulement il pouvait la soustraire à cette laideur, au naufrage de son passé… à lui-même.

— Non, dit-il à voix basse, ça n'en vaut pas la peine. Daisy, je t'en prie…

— Hé là ! fit l'un des agents en s'apercevant de son manège. Éloignez-vous du prisonnier, mam'zelle.

Comme elle l'ignorait, il s'approcha, les mains à demi levées.

— Mam'zelle, je vous ai dit…

— Ne vous avisez pas de la toucher, s'écria Lillian, avec une telle férocité que le silence se fit dans la pièce.

Même Westcliff et Waring se turent un instant, surpris.

Foudroyant du regard le policier stupéfait, Lillian rejoignit Daisy et la poussa sur le côté.

— Avant d'esquisser un pas dans ma direction, lança-t-elle aux deux agents avec un mépris cinglant, je vous conseille de réfléchir à ce que sera votre carrière quand on apprendra que vous avez malmené la comtesse de Westcliff sous son propre toit.

Sur ce, elle tira une épingle de son chignon et s'agenouilla devant Matthew, à la place de Daisy. Quelques secondes plus tard, le cadenas s'ouvrait avec un cliquetis et l'anneau tombait de ses poignets.

Sans laisser à Matthew le temps de la remercier, Lillian se redressa et continua sa tirade contre les agents de police.

— Vous faites une belle paire, tous les deux ! Accepter d'un yankee mal élevé l'ordre de profaner la maison qui vous offre un abri contre la tempête ! De toute évidence, vous êtes trop ignares pour avoir conscience du soutien financier et politique que mon mari a apporté à la nouvelle police. Il lui suffirait de lever le petit doigt pour que le ministre de l'Intérieur *et* le chef de la police de Bow Street soient remplacés sous quelques jours. Aussi, à votre place…

— Je vous demande pardon, mais on n'avait pas le choix, milady, protesta l'un des agents. Nous avons l'ordre d'amener M. Phaelan à Bow Street.

— Qui est ce foutu M. Phaelan ? demanda Lillian.

Apparemment frappé de stupeur par le langage peu châtié de la comtesse, l'agent mit un instant à répondre.

— C'est lui, là-bas, dit-il en pointant le doigt sur Matthew.

Conscient que tous les regards convergeaient sur lui, Matthew s'appliqua à garder un visage dénué d'expression.

Daisy fut la première à réagir. Elle ramassa les menottes sur les genoux de Matthew et se dirigea vers la porte, devant laquelle un petit groupe de domestiques curieux s'était rassemblé. Après un échange rapide à voix basse, elle revint s'asseoir à côté de Matthew.

— Et dire que j'avais déploré la morne soirée qui s'annonçait ! commenta Lillian avec ironie, en s'asseyant de l'autre côté de Matthew comme pour aider à sa défense.

Daisy s'adressa à lui avec douceur.

— Est-ce ton nom ? Matthew Phaelan ?

Il fut incapable de répondre. Chaque muscle de son corps s'était tétanisé à l'énoncé de ce patronyme.

— Oui, c'est son nom ! lança Wendell Waring d'une voix stridente.

Waring était l'un de ces infortunés dont la voix haut perchée desservait une apparence physique par ailleurs distinguée. De haute stature, il arborait une couronne de cheveux argentés, des favoris parfaitement taillés et une barbe blanche très fournie. C'était l'incarnation du vieux Bostonien, avec ses vêtements bien coupés, coûteux, mais aussi usés et démodés, et cette confiance en soi qui n'existait que dans une famille se vantant d'envoyer ses rejetons à Harvard depuis plusieurs générations. Ses yeux ressemblaient à des morceaux de quartz non taillés, durs et dépourvus de tout éclat.

S'approchant à grands pas de Westcliff, il brandit une liasse de papiers sous son nez.

— Les preuves que j'en ai le droit ! lança-t-il d'un ton venimeux. Vous avez là la copie d'une demande d'arrestation provisoire que le secrétariat d'État américain a transmise par voie diplomatique ; la copie de l'ordre donné par le ministre de l'Intérieur sir James Graham au chef de la police de Bow Street de signer un mandat d'arrestation au nom de Matthew Phaelan, alias

Matthew Swift ; les copies de dépositions sous serment attestant que…

— Monsieur Waring, l'interrompit Westcliff avec une douceur qui ne présageait rien de bon, vous pouvez m'ensevelir ici même sous les copies de tous les documents que vous voulez, depuis les mandats d'arrestation jusqu'à la Bible de Gutenberg. Ce n'est pas pour autant que je vous livrerai cet homme.

— Vous n'avez pas le choix ! C'est un criminel, il a été reconnu coupable et il sera extradé vers les États-Unis quelles que soient vos objections.

— Pas le *choix* ? répéta Westcliff dont les yeux sombres étincelèrent alors que son visage s'empourprait. Bon sang, ma patience a rarement été soumise à si rude épreuve ! La propriété dans laquelle vous vous trouvez est dans ma famille depuis cinq siècles, et sur ce domaine, dans cette maison, c'est moi qui représente l'autorité. À présent, vous allez me dire, de la manière la plus déférente possible, quels sont vos griefs envers cet homme.

Lord Westcliff en colère était un spectacle impressionnant. Matthew doutait que Wendell Waring lui-même, pourtant ami avec des présidents et des hommes d'influence, eût rencontré un homme doté d'une telle autorité naturelle. Les deux agents de police, visiblement mal à l'aise, les regardaient tour à tour.

Waring répondit sans regarder en direction de Matthew, comme si sa simple vue lui était intolérable.

— Vous connaissez tous l'homme assis devant vous sous le nom de Matthew Swift. Il a trompé et trahi tous ceux qui ont eu le malheur de croiser sa route. L'air sera plus respirable quand il aura été exterminé comme la vermine qu'il…

— Pardonnez-moi, monsieur, l'interrompit Daisy avec une politesse qui frisait la moquerie, mais je préférerais de beaucoup connaître la version non embellie. Ce que vous pensez du caractère de M. Swift ne m'intéresse pas.

— Son nom de famille est *Phaelan*, pas Swift, rétorqua Waring. C'est le fils d'un ivrogne irlandais. Il a été déposé nouveau-né à l'orphelinat de la rivière Charles après la mort de sa mère en couches. J'ai eu la malchance de faire la connaissance de Matthew Phaelan quand je l'ai acheté à l'âge de onze ans pour devenir le compagnon et le valet de mon fils Harry.

— Vous l'avez acheté ? répéta Daisy d'un ton acerbe. J'ignorais que l'on pouvait acheter et vendre des orphelins.

— Engagé, alors, rectifia Waring en tournant les yeux vers elle. Qui êtes-vous donc, jeune effrontée, pour oser interrompre vos aînés ?

Thomas Bowman intervint brusquement dans la discussion.

— C'est ma fille, rugit-il, la moustache frémissante de colère, et elle a le droit de parler quand elle le souhaite !

Surprise que son père prenne sa défense, Daisy lui adressa un bref sourire, puis reporta son attention sur Waring.

— Combien de temps M. Phaelan est-il resté à votre service ? demanda-t-elle.

— Pendant sept ans. Il a accompagné mon fils Harry lorsque celui-ci est parti en pension. Il s'occupait de ses effets personnels, faisait ses courses, et rentrait avec lui à la maison lors des vacances.

Il jeta un coup d'œil du côté de Matthew, le regard empreint d'une brusque lassitude.

À présent qu'il avait attrapé sa proie, la fureur de Waring cédait la place à une sombre résolution. Il avait l'air d'un homme ayant supporté un lourd fardeau beaucoup trop longtemps.

— Nous étions loin de soupçonner que nous nourrissions un serpent en notre sein, continua-t-il. Lors d'un de ces congés, une fortune en argent et en bijoux a été volée dans le coffre-fort familial. Notamment un collier en diamants qui appartenait aux Waring depuis un siècle. Mon arrière-grand-père l'avait acheté lors du règlement de la succession de l'archiduchesse d'Autriche. Le vol n'avait pu être commis que par quelqu'un de la famille, ou par un domestique auquel on faisait suffisamment confiance pour lui laisser l'accès à la clé du coffre. Tous les indices désignaient une unique personne : Matthew Phaelan.

Matthew n'esquissa pas un geste. Au prix d'un effort surhumain, il contenait le chaos qui faisait rage en lui, conscient qu'il ne gagnerait rien à le laisser paraître.

— Comment savez-vous que le coffre n'a pas été crocheté par un cambrioleur ? entendit-il Lillian demander froidement.

— Il est équipé d'une serrure de sûreté à détecteur qui se bloque si le levier à bascule est manipulé par un crochet, répondit Waring. Seule la clé d'origine peut l'ouvrir, et Phaelan savait où elle se trouvait. De temps à autre, on l'envoyait chercher de l'argent ou un objet précieux dans le coffre.

— Ce n'est pas un voleur ! s'écria Daisy avec fureur, défendant Matthew avant qu'il puisse le faire lui-même. Il serait incapable de voler quoi que ce soit à qui que ce soit.

La colère de Waring parut se raviver.

— Ce n'est pas ce qu'ont pensé les douze membres du jury, éructa-t-il. Phaelan a été jugé coupable de vol qualifié et condamné à quinze ans de prison. Il s'est échappé durant son transfert et a disparu.

Persuadé qu'à compter de cet instant, Daisy allait le rejeter, Matthew fut étonné de constater qu'elle s'était postée derrière sa chaise. Il sentit sa main légère se poser sur son épaule. Il ne réagit pas de manière visible à ce contact, mais ses sens absorbèrent avec avidité le poids de ses doigts.

— Comment m'avez-vous retrouvé ? demanda-t-il d'une voix rauque en s'obligeant à regarder Waring.

Le temps avait provoqué de subtils changements en lui. Les rides qui sillonnaient son visage étaient plus profondes, les os plus proéminents.

— Des hommes à mon service t'ont cherché pendant des années, répondit Waring avec un ricanement mélodramatique que ses amis bostoniens auraient sûrement trouvé excessif. Je savais que tu ne pourrais pas rester caché à jamais. L'orphelinat de la rivière Charles a reçu un don anonyme important – j'ai soupçonné que tu en étais l'auteur, mais il a été impossible de franchir les barrages des hommes de loi et des prête-noms. Un jour, la pensée m'est venue que tu pourrais essayer de retrouver le père qui t'avait abandonné si longtemps auparavant. Nous l'avons recherché et retrouvé, et, en échange de quelques verres, il nous a dit tout ce que nous voulions savoir : ton nom d'emprunt et ton adresse à New York.

Le mépris de Waring se répandit dans l'atmosphère tel un essaim de mouches noires quand il ajouta :

— Tu as été vendu pour l'équivalent d'un demi-litre de whisky.

La gorge de Matthew se serra. Oui, il avait retrouvé son père et décidé, contre toute raison et toute prudence, de lui faire confiance. Le besoin d'être relié à quelqu'un, à quelque chose, avait été trop irrésistible. Son père était réduit à l'état de loque humaine, et Matthew avait constaté avec douleur qu'il ne pouvait rien faire pour lui, sinon lui trouver un endroit où vivre et payer pour son entretien.

Quand Matthew avait réussi à lui rendre visite en secret, il y avait des bouteilles un peu partout.

— Si jamais vous avez besoin de moi, lui avait-il dit en glissant un papier plié dans sa main, envoyez quelqu'un me chercher à cette adresse. Mais n'en parlez à personne. Vous comprenez ?

Aussi démuni qu'un enfant, son père avait répondu qu'il comprenait.

Si jamais vous avez besoin de moi... Matthew voulait désespérément que quelqu'un ait besoin de lui.

Une faiblesse coupable dont il payait à présent le prix.

— Swift, ce que prétend Waring est-il vrai ? demanda Thomas Bowman.

Il tonitruait, comme d'habitude, mais il y avait dans sa voix une pointe de supplication.

— Pas entièrement.

Matthew se risqua à faire le tour de la pièce du regard. Sur les différents visages, il ne vit pas ce qu'il s'attendait à y trouver : accusation, peur, colère. Même Mercedes Bowman, qui n'était pas vraiment ce que l'on appelle une femme compatissante, le fixait avec une expression proche de la bonté.

Soudain, il prit conscience que sa situation était très différente de celle qu'il occupait toutes ces années auparavant, quand il était pauvre et sans amis. Il n'était alors armé que de la vérité, et celle-ci s'était montrée très peu efficace. À présent, il avait de l'argent, de l'influence et des alliés puissants. Et, par-dessus tout, il avait Daisy, toujours debout derrière lui et dont la main sur son épaule lui communiquait force et réconfort.

Les yeux de Matthew se plissèrent de défi quand il croisa le regard accusateur de Wendell Waring. Que cela lui plût ou non, Waring allait devoir écouter la vérité.

18

— J'étais le domestique de Harry Waring, commença Matthew. Un bon domestique, même si je savais qu'il me considérait à peine comme un être humain. Pour lui, domestique ou chien, c'était la même chose. Je n'existais que pour lui être utile. Mon travail était de recevoir les blâmes pour les méfaits qu'il commettait, d'être puni à sa place, de réparer ce qu'il cassait et d'aller chercher ce dont il avait besoin. Même très jeune, Harry était un bon à rien arrogant qui était convaincu qu'il pouvait se tirer de n'importe quel mauvais pas – à l'exception du meurtre – grâce à son nom…

— Je ne tolérerai pas qu'on le calomnie ! explosa Waring.

— Vous avez eu votre tour, rugit Thomas Bowman. À présent, je veux entendre Swift.

— Son nom n'est pas…

— Laissez-le parler, intervint Westcliff dont le ton glacial mit un terme à l'altercation naissante.

Matthew remercia le comte d'un bref signe de tête. Son attention fut distraite quand Daisy reprit sa place à côté de lui. Elle rapprocha discrètement sa chaise de la sienne, au point que les plis de sa jupe recouvrirent à moitié la jambe droite de Matthew.

— Je suis allé avec Harry à l'école de Boston Latin, continua Matthew, et ensuite à Harvard. Je dormais au sous-sol, dans le quartier des domestiques. J'étudiais les notes que ses amis avaient prises durant les cours auxquels il n'assistait pas et je rédigeais ses devoirs à sa place...

— C'est un mensonge ! s'écria Waring. Toi qui as été élevé par de vieilles religieuses dans un orphelinat – comment peux-tu penser un instant que quelqu'un va te croire ?

Matthew ne put retenir un sourire moqueur.

— J'ai plus appris avec ces vieilles sœurs que Harry avec une kyrielle de précepteurs. Harry prétendait qu'il n'avait pas besoin d'instruction puisqu'il avait le nom et l'argent. Comme je n'avais ni l'un ni l'autre, ma seule chance était d'en apprendre le plus possible dans l'espoir de réussir un jour.

— De réussir quoi ? rétorqua Waring sans dissimuler son dédain. Tu étais un larbin – irlandais de surcroît ! –, tu n'avais aucune chance de devenir un gentleman.

Daisy esquissa un demi-sourire un peu étrange.

— Mais c'est pourtant exactement ce qu'il a fait à New York, monsieur Waring. Matthew a conquis sa place dans les affaires et dans la société, et il est devenu un gentleman, à n'en pas douter.

— Sous une fausse identité, répliqua Waring. Ne voyez-vous donc pas que c'est un imposteur ?

— Non, répondit Daisy en regardant Matthew droit dans les yeux, le regard brillant. Je vois un gentleman.

Matthew lui aurait volontiers baisé les pieds. Mais il détourna la tête et poursuivit son récit.

— J'ai fait tout ce que j'ai pu pour maintenir Harry à Harvard, alors qu'il semblait résolu à se faire renvoyer. L'alcool, le jeu et...

Matthew hésita à mentionner les « dames » présentes en permanence.

— ... d'autres choses empiraient de jour en jour. Ses dépenses mensuelles excédaient largement ses revenus, et ses dettes de jeu ont fini par atteindre de telles proportions que Harry lui-même a commencé à s'en inquiéter. Il avait peur des conséquences, une fois que son père découvrirait l'étendue de ses dettes. Fidèle à lui-même, Harry a cherché la voie de la facilité. D'où les vacances à la maison, et le cambriolage. J'ai su immédiatement que c'était Harry le coupable.

— Ce sont des mensonges éhontés ! cracha Waring.

— Harry a préféré m'accuser plutôt que d'admettre qu'il avait forcé le coffre pour régler ses dettes. Il avait décidé que je devais être sacrifié afin de sauver sa propre peau. C'était sa parole contre la mienne, et, naturellement, la famille n'a pas hésité.

— Ta culpabilité a été prouvée devant le tribunal.

— *Rien* n'a été prouvé !

Une bouffée de colère monta en lui, qu'il s'efforça de contenir en prenant une profonde inspiration. Quand Daisy chercha sa main, il la referma sur la sienne. Bien que conscient de la serrer trop fort, il ne parvenait pas à se maîtriser.

— Le procès fut une farce, reprit-il. Il a été bâclé pour éviter que les journaux n'aient le temps de s'y intéresser de trop près. L'avocat commis d'office pour me défendre a littéralement dormi durant les audiences. Il n'y avait aucune preuve contre moi. Et le valet de l'un des condisciples de Harry prétendait qu'il l'avait surpris en train de comploter avec deux amis pour m'incriminer, mais il était trop effrayé pour témoigner.

Voyant que les doigts de Daisy blanchissaient sous la pression des siens, Matthew s'obligea à relâcher son étreinte. Du pouce, il effleura la jointure de ses phalanges.

— Là où j'ai eu de la chance, continua-t-il d'un ton plus égal, c'est quand un reporter du *Daily Advertiser* a écrit un article dénonçant les dettes de jeu accumulées par Harry et révélant que ces mêmes dettes avaient été miraculeusement épongées après le vol. À la suite de cet article, il y a eu un tollé général contre ce simulacre de procès.

— Et pourtant, vous avez été condamné ? s'écria Lillian, scandalisée.

— Il se peut que la justice soit aveugle, répondit-il avec un sourire ironique, mais il est sûr qu'elle n'est pas sourde au bruit de l'argent. Les Waring étaient trop puissants, et je n'étais qu'un domestique sans le sou.

— Comment t'es-tu échappé ? voulut savoir Daisy.

— Ce fut autant une surprise pour moi que pour tout le monde. On m'a fait monter dans un fourgon, et il est parti avant le lever du soleil pour me conduire à la prison. À un moment, il s'est arrêté sur une route déserte. Tout à coup, la portière s'est ouverte, et j'ai été tiré à l'extérieur par une demi-douzaine d'hommes. Je m'attendais à être lynché, mais ils m'ont dit être des citoyens sympathisants déterminés à s'opposer à une injustice. Les gardiens du fourgon n'ont offert aucune résistance. On m'a libéré et donné un cheval. J'ai chevauché jusqu'à New York, j'ai vendu le cheval, et j'ai commencé une nouvelle existence.

— Pourquoi avoir choisi le nom de Swift ? s'enquit Daisy.

— À ce moment-là, j'avais appris le pouvoir d'un nom très respecté. Les Swift sont une grande famille, avec de nombreuses branches, et j'ai pensé que je passerais plus facilement inaperçu.

Thomas Bowman prit alors la parole.

— Pourquoi t'es-tu adressé à moi pour un emploi ? Tu croyais pouvoir me duper ? demanda-t-il, piqué au vif.

Matthew soutint son regard. Il se souvenait de sa première impression de Thomas Bowman : un homme puissant prêt à lui donner une chance, et trop préoccupé par ses affaires pour poser des questions embarrassantes. Un homme astucieux, opiniâtre, pétri de défauts… la figure masculine la plus influente que Matthew eût connue dans sa vie.

— Jamais, répondit-il avec sincérité. J'admirais ce que vous aviez accompli. Je voulais apprendre avec vous. Et je…

Sa gorge se noua.

— … et j'en suis venu à éprouver pour vous du respect et de la gratitude, ainsi que la plus vive affection.

Bowman en rougit de soulagement. Il hocha légèrement la tête, les yeux brillants.

Waring était défait, son attitude hautaine avait volé en éclats. Il fixa sur Matthew un regard frémissant de haine.

— Tu essayes de souiller la mémoire de mon fils avec tes mensonges. Je ne le permettrai pas. Tu as supposé qu'en venant dans un pays étranger, personne ne…

— Sa mémoire ? répéta Matthew, frappé de stupeur. Harry est mort ?

— Par ta faute ! Après le procès, il y a eu des rumeurs, des mensonges, des doutes qui ne se sont jamais dissipés. Les amis de Harry l'évitaient. Cette tache sur son honneur a ruiné sa vie. Si tu avais admis ta culpabilité – si tu avais effectué la peine à laquelle tu avais été condamné –, Harry serait encore avec moi. Mais les soupçons grossiers qui pesaient sur lui ont fini par le pousser à boire et à vivre dangereusement.

— Selon toutes les apparences, votre fils se conduisait déjà ainsi avant le procès, fit remarquer Lillian, sarcastique.

Elle possédait un talent singulier pour pousser les gens à bout. Waring ne fit pas exception.

— Il a été reconnu coupable et condamné ! hurla-t-il en fonçant sur elle. Comment osez-vous le croire et mettre mes propos en doute !

Westcliff les rejoignit en trois enjambées, mais Matthew s'était déjà placé devant Lillian pour la protéger de la fureur de Waring.

— Monsieur Waring, dit Daisy par-dessus le tumulte, ressaisissez-vous, je vous en prie. Vous devez bien vous rendre compte que vous faites du tort à votre propre cause avec une telle attitude.

Son calme et sa lucidité parurent atteindre Waring à travers sa colère. Il fixa sur elle un regard étrangement implorant.

— Mon fils est mort. C'est la faute de Phaelan. Il doit payer.

— Cela ne ramènera pas votre fils, observa-t-elle d'un ton posé. Ni ne servira sa mémoire.

— Cela me procurera la paix ! cria Waring.

L'expression de Daisy était grave, et son regard plein de pitié.

— En êtes-vous certain ?

Tous pouvaient voir que cela n'avait pas d'importance. Waring était au-delà de la raison.

— J'ai attendu toutes ces années, j'ai parcouru des milliers de lieues pour cet instant, martela-t-il. Je refuse d'en être privé. Vous avez vu les papiers, Westcliff. Même vous n'êtes pas au-dessus des lois. Les agents ici présents ont reçu l'ordre d'utiliser la force si nécessaire. Vous allez me remettre Phaelan ce soir même. Immédiatement.

— Je ne le pense pas, répliqua Westcliff, dont les yeux avaient la dureté de la roche. Ce serait de la pure folie de voyager par un temps pareil. Les tempêtes de printemps dans le Hampshire peuvent être violentes et imprévisibles. Vous resterez cette nuit à Stony Cross Park, le temps que je réfléchisse à ce qui doit être fait.

Les agents parurent quelque peu soulagés à cette suggestion. Aucun homme sensé ne souhaiterait s'aventurer dehors sous ce déluge.

— Pour donner à Phaelan l'occasion de s'échapper de nouveau ? riposta Waring avec mépris. Non. Vous allez me le remettre sans attendre.

— Vous avez ma parole d'honneur qu'il ne s'enfuira pas, déclara Westcliff.

— Votre parole ne vaut rien pour moi, rétorqua Waring. Il est évident que vous avez pris son parti.

Pour un gentleman anglais, la parole d'honneur était tout, et il n'existait pas de pire insulte que de la mettre en doute. Matthew fut surpris de ne pas voir Westcliff exploser sur-le-champ. Sous l'outrage, sa mâchoire avait tressailli.

— Il a réussi, cette fois, marmonna Lillian avec une expression plutôt stupéfaite.

Même lors des pires disputes avec son mari, elle n'avait jamais osé mettre son honneur en cause.

— Pour vous saisir de cet homme, il vous faudra me passer sur le corps, articula Westcliff d'un ton farouche.

À cet instant, Matthew se rendit compte que la situation était allée assez loin. Il vit Waring plonger la main dans la poche de son manteau, dont l'étoffe paraissait distendue par le poids d'un objet, et il devina la crosse d'un pistolet. Évidemment. Quoi de plus fiable qu'une arme, au cas où les agents de police se seraient montrés inefficaces ?

— Attendez…

Il était déterminé à dire ou à faire ce qui était nécessaire pour empêcher Waring de sortir son pistolet. Car une fois que ce serait fait, la confrontation deviendrait potentiellement trop dangereuse pour que quiconque se fasse entendre.

— Je partirai avec vous, ajouta-t-il, les yeux fixés sur Waring pour l'inciter à se détendre. Le processus a été mis en mouvement. Dieu sait que je ne pourrai pas m'y soustraire.

— Non ! s'écria Daisy en jetant les bras autour de son cou. Tu ne serais pas en sécurité avec lui.

— Nous allons partir tout de suite, dit Matthew à Waring tout en se libérant doucement de l'étreinte de Daisy, puis en la repoussant derrière lui pour la protéger.

— Je ne peux permettre… commença Westcliff.

Matthew l'interrompit avec fermeté.

— C'est mieux ainsi.

Il ne souhaitait plus qu'une chose : éloigner cet homme à demi fou et les deux agents de police de Stony Cross Park.

— Je vais partir avec eux, et tout se résoudra à Londres. Ce n'est ni l'endroit ni le moment pour se bagarrer.

Westcliff laissa échapper un juron entre ses dents. En tacticien habile, il comprenait qu'il n'était pas maître du jeu à cet instant. Ce n'était pas une bataille qu'on pouvait remporter uniquement par la force brute. Il allait falloir de l'argent, des hommes de loi et des appuis politiques.

— Je vous accompagne à Londres, lâcha Westcliff d'un ton brusque.

— Impossible, répliqua Waring. La voiture ne peut contenir que quatre passagers. Ce sera donc moi-même, les agents et le prisonnier.

— Je suivrai dans ma propre voiture.

— Avec moi, déclara Thomas Bowman d'un ton sans réplique.

Westcliff attira Matthew à l'écart et, une main fraternelle posée sur son épaule, il lui dit avec calme :

— Je connais assez bien le chef de la police de Bow Street. Je veillerai à ce que vous soyez conduit devant lui dès que nous serons à Londres et, à ma demande, vous serez libéré aussitôt. Nous resterons chez moi en attendant la requête officielle de l'ambassade des États-Unis. Entretemps, je recruterai une armée d'avocats et je battrai le rappel de toutes les influences politiques dont je dispose.

— Merci, réussit à murmurer Matthew d'une voix étranglée.

— Milord, chuchota Daisy, réussiront-ils à faire extrader Matthew ?

Les traits de Westcliff se durcirent.

— Certainement pas, répondit-il avec une assurance pleine d'arrogance.

Daisy laissa échapper un petit rire tremblant.

— Eh bien, je suis prête à vous croire sur parole, milord, à la différence de M. Waring.

— Quand j'en aurai fini avec Waring... marmonna Westcliff avant de secouer la tête. Pardon. Je vais demander aux domestiques de préparer la voiture.

Alors que le comte s'éloignait, Daisy leva les yeux vers Matthew.

— Il y a tant de choses que je comprends, à présent, souffla-t-elle. La raison pour laquelle tu ne m'as rien dit.

— Oui, je... commença-t-il d'une voix rauque. Je savais que c'était grave. Je savais que je te perdrais quand tu apprendrais la vérité.

— Tu n'as pas pensé que je comprendrais ? demanda-t-elle, le visage grave.

— Tu ne sais pas par quoi je suis passé. Personne ne voulait me croire. Les faits ne comptaient pas. Après un tel cauchemar, je ne pouvais imaginer que quelqu'un croirait un jour à mon innocence.

— Matthew, je croirai toujours tout ce que tu me diras.

— Pourquoi ? chuchota-t-il.

— Parce que je t'aime.

Ces mots l'anéantirent.

— Tu n'as pas à dire cela. Tu ne dois...

— Je t'aime, insista Daisy en s'agrippant à son gilet. J'aurais dû te le dire avant, mais je voulais attendre que tu me fasses suffisamment confiance pour cesser de me dissimuler ton passé. Maintenant que je connais le pire...

Elle s'interrompit avec un sourire ironique.

— Parce que c'est bien le pire, n'est-ce pas ? Tu n'as rien d'autre à confesser ?

Matthew hocha la tête d'un air hagard.

— Oui. Non. C'est tout.

L'expression de Daisy se fit timide.

— Tu ne vas pas me dire que tu m'aimes, toi aussi ?

— Je n'en ai pas le droit. Pas tant que cette histoire ne sera pas résolue. Pas tant que mon nom ne sera pas…

— Dis-le-moi, insista Daisy en tirant un peu sur son gilet.

— Je t'aime, marmonna Matthew.

Sapristi, que c'était bon de le lui dire à voix haute !

Elle tira de nouveau, cette fois en un geste de possession, de revendication. Matthew résista, puis il la prit par les coudes et sentit la chaleur de sa peau sous le tissu humide de sa robe. Malgré la situation inappropriée, son corps palpitait de désir.

« Daisy, je ne veux pas te quitter… », songea-t-il.

— Je t'accompagne à Londres, moi aussi, l'entendit-il murmurer.

— Non. Reste ici avec ta sœur. Je ne veux pas que tu sois mêlée à tout cela.

— C'est un peu tard, à présent, non ? Étant ta fiancée, j'éprouve un intérêt plus que passager pour l'issue de toute cette histoire.

Matthew inclina la tête vers la sienne, lui effleura les cheveux de ses lèvres.

— Ce sera plus difficile pour moi si tu es là, déclara-t-il calmement. J'ai besoin de te savoir en sécurité dans le Hampshire.

Il détacha ses mains de son gilet, les porta à ses lèvres et les embrassa avec ferveur.

— Demain, va au puits pour moi, chuchota-t-il. Je vais avoir besoin d'un autre vœu à cinq dollars.

— Il vaudrait mieux que j'aille jusqu'à dix, fit-elle en lui serrant les doigts.

Matthew se retourna en sentant qu'on s'approchait dans son dos. C'étaient les agents de police, la mine maussade.

— Les prévenus doivent être menottés durant leur transport à Bow Street, c'est la procédure, annonça l'un des deux hommes, avant d'adresser un regard accusateur à Daisy. Je vous demande pardon, mademoiselle, mais, qu'est-ce que vous avez fait des menottes enlevées à M. Phaelan ?

Daisy le gratifia de son regard le plus innocent.

— Je les ai données à une domestique. Malheureusement, je crois qu'elle est très distraite. Elle ne les a probablement pas mises à la bonne place.

— Où devons-nous commencer à chercher ? demanda l'homme avec un soupir d'impatience.

— Je suggérerais une inspection soignée de tous les pots de chambre, répondit Daisy sans ciller.

19

En raison de leur départ précipité, Marcus et Bowman n'emportèrent que peu d'effets personnels hormis un peu de linge de rechange et quelques affaires de toilette. Assis sur des banquettes opposées dans le véhicule de la famille, ils n'échangèrent que de rares paroles. Le vent et la pluie cinglaient la voiture, et Marcus songeait avec inquiétude au cocher et aux chevaux.

C'était de l'inconscience de voyager par ce temps, mais il était hors de question de laisser Matthew Swift – enfin, Matthew Phaelan – être emmené de force de Stony Cross Manor sans protection. Il était évident que la quête de vengeance de Wendell Waring avait atteint un niveau irrationnel.

Les remarques que Daisy avait adressées à ce dernier étaient pertinentes. Faire payer à un autre le forfait commis par son fils ne le ramènerait pas à la vie ni n'honorerait sa mémoire. Mais, dans l'esprit de Waring, c'était la dernière chose qu'il pouvait faire pour Harry. Peut-être s'était-il convaincu que mettre Matthew en prison prouverait l'innocence de son fils.

Harry Waring avait tenté de sacrifier Matthew pour dissimuler sa propre corruption. Il n'était pas question que Marcus permette à Wendell Waring de réussir là où son fils avait échoué.

— Avez-vous des doutes à son sujet ? demanda Thomas Bowman à brûle-pourpoint.

Marcus ne lui avait jamais vu un air aussi troublé. Cette histoire lui était sûrement très douloureuse. Il aimait Matthew comme un fils, peut-être même plus que ses propres fils. Il n'y avait rien d'étonnant à ce qu'un lien puissant se soit tissé entre Swift, le jeune homme sans père, et Bowman, qui avait besoin de servir de guide et de mentor à quelqu'un.

— Vous me demandez si j'ai des doutes sur Swift ? Pas le moindre. Je trouve sa version infiniment plus plausible que celle de Waring.

— Moi aussi. Et je connais le caractère de Swift. Je peux vous assurer qu'il s'est toujours montré plein de principes et honnête à l'excès.

Marcus eut un léger sourire.

— Peut-on être honnête à l'excès ?

Bowman haussa les sourcils et sa moustache frémit, comme s'il s'empêchait d'esquisser un sourire.

— Eh bien… une extrême honnêteté peut parfois être gênante dans les affaires.

Un coup de tonnerre éclata juste au-dessus d'eux. Un frisson d'inquiétude courut dans le dos de Marcus.

— C'est de la folie, marmonna-t-il. Il leur faudra s'arrêter bientôt dans une auberge, si toutefois ils parviennent à sortir du Hampshire. Quelques-uns des petits ruisseaux du coin peuvent se transformer en véritables torrents. Les routes risquent d'être complètement inondées.

— Si seulement ! répliqua Thomas Bowman avec ferveur. Rien ne me ravirait plus que de voir Waring et ces deux empotés obligés de revenir à Stony Cross Manor avec Swift.

La voiture ralentit, puis s'immobilisa abruptement. La pluie martelait avec force la carrosserie laquée.

— Que se passe-t-il ? s'inquiéta Bowman.

Il écarta le rideau pour regarder par la fenêtre, mais ne vit rien qu'une obscurité profonde derrière la vitre ruisselante.

— Bon sang ! grommela Marcus.

On tambourina alors à la portière, puis celle-ci s'ouvrit. Le visage pâle du cocher apparut. Avec son chapeau et sa cape noirs se fondant dans les ténèbres, on avait l'impression d'une tête privée de corps.

— Milord, balbutia-t-il, il y a eu un accident devant... Il faut que vous veniez voir...

Marcus sauta de la voiture et eut un instant le souffle coupé par la violence de la pluie qui le cinglait. Il arracha l'une des lanternes de la voiture de son support et emboîta le pas au cocher qui se dirigeait déjà vers la rivière qui coulait un peu plus loin.

— Seigneur, murmura-t-il.

La voiture transportant Waring et Matthew était arrêtée sur un simple pont de bois, dont l'une des extrémités avait été arrachée à la rive et formait à présent un angle sur la rivière. La force du courant l'avait en partie désarticulé, si bien que les roues arrière de la voiture étaient à demi immergées dans l'eau alors que les chevaux luttaient en vain pour la tirer. Oscillant comme un jouet, le pont menaçait de se détacher de l'autre rive d'un instant à l'autre.

Il n'y avait aucun moyen d'atteindre la voiture coincée. Le pont avait cédé du côté où ils se trouvaient, et il aurait été suicidaire d'essayer de traverser la rivière en crue.

— Mon Dieu, non ! entendit-il Thomas Bowman s'exclamer avec horreur.

Ils ne purent que regarder, impuissants, le cocher lutter pour sauver l'attelage en s'acharnant sur les courroies qui l'attachaient au timon du véhicule.

Au même instant, la portière visible de la voiture fut repoussée et une silhouette commença à ramper à l'extérieur avec difficulté.

— Est-ce Swift ? demanda Bowman, qui s'approcha le plus près possible de la rive. Swift !

Mais son appel se perdit dans le vacarme de la tempête, le grondement de la rivière et les craquements furieux du pont qui se disloquait.

Puis tout sembla survenir en même temps. À grand-peine, les chevaux détachés parvinrent à regagner la rive. Il y eut un mouvement sur le pont, on aperçut une silhouette sombre, peut-être deux, et, avec une lenteur presque majestueuse, la lourde voiture s'enfonça dans l'eau. Elle resta à demi immergée pendant quelques instants, puis ses lanternes s'éteignirent, et elle fut entraînée par le courant.

Incapable de dominer le tourbillon de ses pensées, Daisy ne dormit que par à-coups. Chaque fois qu'elle se réveillait en sursaut, elle s'interrogeait sur ce qui allait arriver à Matthew. Elle avait peur pour lui. Savoir que Westcliff était avec lui, ou en tout cas non loin, était la seule chose qui parvenait à calmer plus ou moins son inquiétude.

Elle ne cessait de revivre ces instants dans le salon où Matthew avait finalement révélé les secrets de son passé. Dieu qu'il paraissait vulnérable et seul ! Quel fardeau il avait supporté pendant toutes ces années... et quel courage, quelle imagination il lui avait fallu pour se réinventer lui-même !

Daisy savait qu'elle ne serait pas capable d'attendre dans le Hampshire très longtemps. Elle voulait désespérément voir Matthew, le rassurer, le défendre contre le monde entier s'il le fallait.

Tard dans la soirée, Mercedes lui avait demandé si les révélations au sujet de Matthew affectaient sa décision de l'épouser.

— Oui, avait-elle répondu. Elles m'ont rendue encore plus déterminée qu'auparavant.

Se joignant à la conversation, Lillian avait admis qu'elle était bien plus disposée à aimer Matthew Swift après ce qu'elle venait d'apprendre sur lui.

— Encore que, ajouta-t-elle, ce serait bien de savoir quel sera ton futur nom de femme mariée.

— Oh, qu'est-ce qu'un nom ? rétorqua Daisy, citant la Juliette de Shakespeare.

Elle venait de tirer une feuille de papier d'une écritoire et la tripotait, incertaine.

— Que fais-tu ? interrogea Lillian. Ne me dis pas que tu vas écrire une lettre *maintenant* ?

— Je ne sais pas quoi faire, avoua Daisy. Je crois qu'il faudrait que j'envoie un mot à Annabelle et à Evangeline.

— Elles apprendront tout de la bouche même de Westcliff, fit remarquer Lillian. Et elles ne seront pas surprises le moins du monde.

— Pourquoi dis-tu cela ?

— Avec ton penchant pour les histoires pleines de coups de théâtre et de personnages au passé mystérieux, il était prévisible que tu n'aurais pas des fiançailles paisibles et ordinaires.

— Tu seras peut-être étonnée de l'apprendre, mais des fiançailles paisibles et ordinaires me paraissent fort séduisantes, en ce moment.

Après une nuit agitée, Daisy fut réveillée au matin par quelqu'un qui entrait dans sa chambre. Tout d'abord, elle supposa qu'il s'agissait de la domestique venue allumer le feu dans la cheminée. Mais il était trop tôt. Le jour n'était pas encore levé, et la pluie s'était transformée en un morne crachin.

C'était sa sœur.

— Bonjour, balbutia Daisy qui se redressa et s'étira. Pourquoi es-tu debout aussi tôt ? Il y a un problème avec Merritt ?

— Non, elle dort, répondit Lillian d'une voix enrouée.

Vêtue d'un peignoir en velours épais, ses cheveux rassemblés en une longue natte, elle tenait à la main une tasse de thé fumante.

— Tiens, bois cela, dit-elle en s'approchant du lit.

Les sourcils froncés, Daisy obéit, les yeux fixés sur sa sœur qui s'asseyait au bord du matelas. Ce n'était pas dans l'ordre des choses.

Il était arrivé quelque chose. Un frisson d'appréhension courut le long de son échine

— Qu'y a-t-il ? demanda-t-elle.

Lillian désigna sa tasse de la tête.

— Cela peut attendre jusqu'à ce que tu sois un peu plus réveillée.

Il était trop tôt pour que des nouvelles leur soient parvenues de Londres, réfléchit-elle. Cela n'avait donc rien à voir avec Matthew. Peut-être que leur mère était tombée malade… Peut-être que quelque chose d'affreux s'était produit au village…

Après avoir avalé quelques gorgées de thé, Daisy posa la tasse sur la table de nuit et reporta son attention sur sa sœur.

— Je ne pourrai être plus réveillée aujourd'hui. Parle, à présent.

Lillian se racla bruyamment la gorge, ce qui ne l'empêcha pas de parler d'une voix rauque.

— Westcliff et père sont revenus.

— Quoi ? s'écria Daisy avec stupéfaction. Pourquoi ne sont-ils pas à Londres avec Matthew ?

— Il n'est pas non plus à Londres.

— Alors, ils sont tous de retour ?

Lillian secoua la tête avec raideur.

— Non. Je suis désolée, je m'explique mal. Je… je vais être directe. Peu de temps après que Westcliff et père ont quitté Stony Cross, leur voiture a dû s'arrêter parce qu'il y avait un accident au niveau du pont. Tu sais, ce vieux pont de bois qu'il faut traverser pour rester sur la route principale ?

— Celui qui passe au-dessus de la petite rivière ?

— Oui. Sauf que la rivière n'est plus si petite que cela. À cause de la tempête, elle a gonflé de manière démesurée. Apparemment, le pont a été fragilisé par le courant, et quand la voiture de M. Waring a tenté de traverser, il s'est effondré.

Daisy se figea, en pleine confusion. « Le pont s'est effondré », se répéta-t-elle, mais ces mots lui semblaient aussi impossibles à interpréter qu'une langue oubliée. Ce ne fut qu'au prix d'un effort énorme qu'elle réussit à rassembler ses esprits.

— Tout le monde a été sauvé ? s'entendit-elle demander.

— Tout le monde sauf Matthew, répondit Lillian d'une voix qui tremblait. Il est resté prisonnier de la voiture quand celle-ci a été emportée par le courant.

— Il s'en est sorti, dit Daisy machinalement, alors que son cœur commençait à s'agiter tel un animal sauvage en cage. Il sait nager. Il s'est probablement retrouvé plus bas sur l'une des rives. Il faut se mettre à sa recherche…

— Ils cherchent partout, dit Lillian. Westcliff est en train de mettre sur pied des équipes. Il a passé une grande partie de la nuit à essayer de le retrouver, et n'est rentré qu'il y a peu de temps. La voiture a été disloquée par le courant. Il n'y avait aucun signe de Matthew. Mais, Daisy, l'un des agents de police a admis…

Elle s'interrompit, les yeux pleins de larmes de fureur.

— … il a admis que… Matthew avait les mains attachées.

Daisy releva les genoux sous les draps. Son corps se contractait, semblait vouloir occuper le moins d'espace possible, comme pour se tenir à distance de cette révélation.

— Mais pourquoi ? souffla-t-elle. Il n'y avait pas de raison.

La mâchoire volontaire de Lillian trembla tandis qu'elle luttait pour dominer son émotion.

— Étant donné l'histoire de Matthew, ils ont dit qu'il y avait un risque qu'il s'échappe. Mais je crois que Waring a insisté uniquement par rancune.

Daisy fut étourdie par le vrombissement du sang dans ses oreilles. Elle était effrayée, et cependant, en même temps, une partie d'elle était devenue bizarrement détachée. L'image de Matthew se débattant dans les eaux sombres, les mains attachées, lui traversa fugitivement l'esprit…

— *Non !* dit-elle en pressant les paumes contre ses tempes qui cognaient douloureusement.

Elle avait l'impression qu'on lui enfonçait des clous dans le crâne, ne parvenait plus à respirer correctement.

— Il n'avait aucune chance, n'est-ce pas ?

Lillian secoua la tête et détourna les yeux. Des larmes roulèrent sur ses joues et vinrent s'écraser sur le couvre-lit.

Comme il était étrange qu'elle-même ne pleure pas, se dit Daisy. Une tension brûlante se formait derrière ses yeux, si profondément qu'elle en avait mal à la tête. Mais il semblait que les larmes attendaient le mot ou la pensée qui les libérerait.

Les mains toujours pressées contre ses tempes palpitantes, presque aveuglée par la douleur qui lui taraudait le crâne, Daisy demanda :

— Tu pleures pour Matthew ?

— Oui, répondit sa sœur, qui tira un mouchoir de la manche de son peignoir et se moucha bruyamment. Mais surtout pour toi.

Elle s'inclina et referma les bras autour de Daisy, comme si elle avait le pouvoir de la protéger du malheur.

— Je t'aime, Daisy.

— Moi aussi, je t'aime, dit Daisy d'une voix étouffée.

Les yeux secs, elle suffoquait de souffrance.

Les recherches se poursuivirent toute la journée ainsi que la nuit suivante. Tous les rituels ordinaires – dormir, travailler, manger – avaient perdu leur signification. Un seul incident réussit à percer l'engourdissement qui écrasait Daisy de toute part : ce fut lorsque Westcliff refusa de la laisser prendre part aux recherches.

— Vous ne serviriez à rien, lui avait-il dit, trop épuisé et tourmenté pour faire preuve de son tact habituel. Avec les eaux aussi hautes, c'est difficile et dangereux. Au mieux, vous nous gêneriez ; au pire, vous seriez blessée.

Daisy savait qu'il avait raison, ce qui ne l'empêcha pas d'éprouver une brusque flambée de rage. Elle fut si surprise par sa force – qui menaçait de lui faire perdre tout contrôle de soi – qu'elle se replia en toute hâte sur elle-même.

Peut-être ne retrouverait-on jamais le corps de Matthew. Devoir accepter cela lui parut si cruel que c'en était insupportable. D'une certaine façon, sa disparition serait même pire que sa mort – ce serait comme s'il n'avait jamais existé, puisqu'il ne resterait rien de lui sur quoi pleurer. Daisy n'avait jamais compris pourquoi certains éprouvaient le besoin de voir le corps d'une personne aimée après sa mort. Ce n'était plus le cas. C'était la seule manière de mettre un terme à ce cauchemar éveillé et, peut-être, de laisser libre cours à ses larmes et à sa douleur.

Assise par terre dans le salon, devant la cheminée, elle dit à Lillian :

— Je ne cesse de penser que s'il était mort, je devrais le savoir.

Elle était enveloppée dans un vieux châle que son usure rendait doux et réconfortant. Malgré la chaleur de l'âtre, les nombreuses épaisseurs de vêtements, le bol de thé arrosé de cognac qu'elle tenait entre ses mains, elle ne parvenait pas à se réchauffer.

— Je devrais le sentir... Mais je ne sens rien. C'est comme si j'étais congelée vivante. Je veux me cacher quelque part. Je ne veux pas supporter ça. Je ne veux pas être forte.

— Tu n'as pas à l'être, assura Lillian.

— Si, je suis obligée. Parce que l'alternative, c'est de m'effondrer et de voler en éclats.

— Je te retiendrai. Je garderai tous les morceaux rassemblés.

Daisy esquissa un pâle sourire en fixant le visage soucieux de sa sœur.

— Lillian, souffla-t-elle, que deviendrais-je sans toi ?

— Tu n'auras jamais l'occasion de le découvrir.

Au dîner, ce fut sur l'insistance de sa mère et de sa sœur que Daisy avala quelques bouchées. Elle but un verre de vin entier dans l'espoir d'arrêter la ronde infernale de ses pensées.

— Westcliff et père ne devraient pas tarder à rentrer, dit Lillian d'une voix tendue. Ils n'ont pris aucun repos et n'ont sans doute rien mangé.

— Si nous allions au salon ? suggéra Mercedes. Nous pourrions nous distraire en jouant aux cartes, ou tu pourrais peut-être lire à voix haute l'un des livres préférés de Daisy.

Daisy lui adressa un regard contrit.

— Je suis désolée, je ne peux pas. Si cela ne vous ennuie pas, j'aimerais aller dans ma chambre.

Après avoir fait sa toilette et avoir revêtu sa chemise de nuit, Daisy jeta un coup d'œil au lit. Elle avait beau être fatiguée et un peu grise, son esprit rejetait toute idée de sommeil.

Tout était calme dans la maison quand elle se rendit, pieds nus, dans le salon des Marsden. Une lampe unique y brûlait. La lumière, en se reflétant sur les pampilles de cristal du lustre, semait des petits points blancs sur le papier peint fleuri. Une pile d'imprimés divers avait été laissée à côté du canapé : des périodiques, des romans, un mince volume de poésie humoristique dont elle avait lu quelques extraits à Matthew en guettant sur son visage l'un de ses sourires si fugitifs.

Comment tout avait-il pu basculer aussi brutalement ? Comment la vie pouvait-elle choisir si cavalièrement quelqu'un et le jeter ainsi sur un chemin nouveau et haïssable ?

Daisy s'assit sur le tapis, à côté de la pile, et commença lentement à trier les imprimés. D'un côté, ceux à ranger dans la bibliothèque, de l'autre ceux à porter aux villageois. Mais il n'était peut-être pas sage d'entreprendre une telle tâche après avoir bu autant de vin. Au lieu de former deux piles soignées, les imprimés finirent éparpillés autour d'elle, comme autant de rêves abandonnés.

Croisant les jambes, Daisy s'adossa au canapé et appuya la tête contre le rebord capitonné. Ses doigts rencontrèrent la couverture en tissu de l'un des livres. Elle le regarda, les yeux mi-clos. Les livres avaient toujours été pour elle la porte vers un autre monde… un monde bien plus intéressant et plus imaginatif que la réalité. Mais elle avait finalement découvert que la vraie vie pouvait être encore plus merveilleuse que l'imaginaire. Et que l'amour pouvait rendre magique le monde réel.

Matthew était tout ce qu'elle avait toujours voulu. Et elle avait eu si peu de temps avec lui.

Sur le manteau de la cheminée, l'horloge égrenait ses tic-tac avec une lenteur insupportable. Alors que Daisy commençait à s'assoupir, appuyée contre le canapé, elle entendit la porte grincer. Elle tourna la tête, le regard embué.

Un homme était entré dans la pièce.

Il s'arrêta juste après le seuil en la voyant sur le sol, entourée de livres en désordre.

Avec un sursaut, Daisy leva les yeux vers son visage. Et se pétrifia, en proie à un mélange de peur, d'incrédulité et d'espoir insensé.

C'était Matthew, portant des vêtements inconnus en toile grossière, et dont la présence pleine de vitalité semblait emplir la pièce.

De peur que la vision ne disparaisse, Daisy observa une immobilité de mort. Ses yeux piquaient, larmoyaient, mais elle s'obligea à les garder ouverts, le sommant de rester là.

Il s'approcha d'elle d'un pas précautionneux. Après s'être accroupi, il la contempla avec une tendresse et une inquiétude incommensurables. De sa grande main, il repoussa quelques-uns des livres afin de dégager l'espace entre eux.

— C'est moi, mon amour, dit-il à voix basse. Tout va bien.

Les lèvres sèches, Daisy réussit à chuchoter :

— Si tu es un fantôme... j'espère que tu me hanteras pour toujours.

Matthew s'assit sur le sol et prit ses mains froides entre les siennes.

— Un fantôme utiliserait-il la porte ? demanda-t-il doucement en posant les doigts de Daisy sur son visage égratigné et meurtri.

Un douloureux frisson la secoua en sentant sa peau sous ses paumes. Soulagée, elle sentit enfin la carapace de l'engourdissement se lézarder, libérant ses émotions. Elle essaya de se couvrir les yeux alors que sa poitrine semblait se déchirer de sanglots, bruyants et incoercibles.

Matthew écarta sa main et l'attira fermement contre lui, lui chuchotant de douces paroles apaisantes. Comme Daisy continuait de pleurer, il resserra son étreinte, semblant comprendre qu'elle avait besoin de sentir la pression dure, presque brutale, de son corps contre le sien.

— Je t'en supplie, sois réel, balbutia-t-elle. Je t'en prie, ne sois pas un rêve.

— Je suis réel, assura Matthew d'une voix rauque. Ne pleure pas, il n'y a pas de... Oh, Daisy, mon amour...

Prenant sa tête entre ses mains, il murmura des mots de réconfort contre ses lèvres alors qu'elle essayait de se lover encore plus étroitement contre lui. Il l'allongea sur le sol, utilisant le poids rassurant de son corps pour la calmer.

Leurs mains se saisirent, leurs doigts s'entrelacèrent. Haletante, Daisy tourna la tête pour fixer les yeux sur le poignet découvert de Matthew, dont la chair était rouge et zébrée.

— Tes mains étaient attachées, dit-elle d'une voix qu'elle ne reconnut pas. Comment les as-tu libérées ?

Matthew inclina la tête pour embrasser sa joue luisante de larmes.

— Le canif, répondit-il succinctement.

Daisy écarquilla les yeux, qu'elle tenait toujours rivés sur son poignet.

— Tu as réussi à sortir un canif de ta poche et à couper les cordes alors que tu étais entraîné par le courant dans une voiture qui coulait ?

— Ç'a été diablement plus facile que le corps à corps avec l'oie, crois-moi.

Elle laissa échapper un gloussement tremblant, qui se transforma aussitôt en un autre sanglot étouffé.

— J'avais commencé à couper les liens dès les premiers signes de danger, continua-t-il, après lui avoir couvert les lèvres des siennes. Et j'ai disposé de quelques minutes avant que la voiture ne sombre dans l'eau.

— Pourquoi les autres ne t'ont-ils pas aidé ? demanda Daisy avec colère, tout en frottant la manche de sa chemise de nuit contre son visage mouillé.

— Ils étaient trop occupés à sauver leur propre peau. Encore que, ajouta Matthew tristement, j'aurais pensé que j'avais un peu plus d'importance que les chevaux. Mais quand le courant a commencé à entraîner la voiture, j'avais les mains libres. Heurtée de toutes parts par des débris, elle commençait à se disloquer. J'ai sauté dans l'eau et j'ai réussi à regagner la rive, non sans être un peu malmené par le courant. C'est un vieil homme à la recherche de son chien qui m'a découvert. Il m'a emmené chez lui, et sa femme m'a soigné. J'ai perdu connaissance, et je ne me suis réveillé que le surlendemain. Entre-temps, ils avaient entendu parler des recherches lancées par Westcliff et sont allés lui dire où je me trouvais.

— J'ai cru que tu étais mort, dit Daisy d'une voix brisée. J'ai cru que je ne te reverrais jamais.

— Non, non… murmura-t-il en déposant des baisers sur ses joues, ses yeux, ses lèvres tremblantes. Je te reviendrai toujours. Je suis fiable, tu te souviens ?

— Oui. À l'exception des…

Daisy dut prendre une inspiration supplémentaire quand elle sentit la bouche de Matthew descendre le long de sa gorge.

— … des vingt années de ta vie avant que je te rencontre, je dirais que tu es si fiable que tu en es presque pré…

La pointe de sa langue s'était nichée dans le creux qui palpitait à la base de son cou.

— … prévisible.

— Tu as probablement quelques plaintes à m'adresser au sujet de mon identité d'emprunt et de ma condamnation pour vol qualifié…

Il se mit à distribuer des petits baisers le long de sa mâchoire délicate, cueillant au passage une larme égarée.

— Oh, non, répondit Daisy d'une voix entrecoupée. Je… je t'avais pardonné avant même de savoir de quoi il s'agissait.

— Ma douce chérie, chuchota Matthew en frottant son visage contre sa joue, la caressant de la bouche et des mains.

Elle s'accrochait à lui aveuglément, incapable de se rassasier de son contact. Il rejeta la tête en arrière pour scruter son visage.

— À présent que cette horrible affaire est remontée à la surface, il va falloir que je blanchisse mon nom. M'attendras-tu, Daisy ?

— Non.

Tout en reniflant, elle s'acharnait à défaire les grossiers boutons en bois de ses vêtements d'emprunt.

— Non ? répéta Matthew avec un demi-sourire, en lui adressant un regard interrogateur. Tu as décidé que je t'apportais trop d'ennuis ?

— Ce que j'ai décidé… répondit-elle en tirant sur l'étoffe épaisse de sa chemise avec un grognement, c'est que la vie est trop courte pour en gâcher un seul jour. Maudits soient ces boutons…

Il referma ses mains sur les siennes, mettant un terme provisoire à son assaut fiévreux.

— Je ne pense pas que ta famille te laissera épouser un homme recherché par la justice avec enthousiasme.

— Mon père te pardonnerait n'importe quoi. De plus, tu ne seras pas un fugitif toute ta vie. Le jugement sera cassé une fois que les faits seront connus. Emmène-moi à Gretna Green, supplia-t-elle en libérant ses mains pour se cramponner à lui. Ce soir même. C'est là que ma sœur s'est mariée. Et Evangeline aussi. Se faire enlever est pratiquement une tradition chez les laissées-pour-compte. Emmène-moi…

— Chuuut… murmura Matthew qui referma les bras autour d'elle pour la serrer contre lui. Je ne veux plus m'enfuir. Je vais enfin affronter mon passé. Encore qu'il m'aurait été diablement plus facile de résoudre mes problèmes si ce crétin de Harry Waring n'était pas mort.

— Il y a encore des gens qui savent ce qui s'est réellement passé, objecta Daisy avec anxiété. Les amis de Harry. Et le domestique à qui tu as fait allusion. Et…

— Oui, je sais. Ne parlons pas de tout cela maintenant. Dieu sait que nous aurons tout le temps durant les jours à venir.

— Je veux me marier avec toi, insista Daisy. Pas plus tard. Maintenant. Après ce que je viens d'endurer… quand j'ai cru que tu étais parti pour toujours… Rien d'autre n'a d'importance, conclut-elle avec un léger hoquet.

Matthew lui caressa les cheveux et écrasa une larme sur sa joue avec le pouce.

— D'accord, d'accord, je parlerai à ton père. Ne te remets pas à pleurer. Daisy, je t'en prie.

Mais elle ne parvenait pas à retenir les nouvelles larmes de soulagement qui perlaient au coin de ses paupières. Un tremblement prit naissance au plus profond de son corps. Plus elle se raidissait contre lui, plus il s'accentuait.

— Mon cœur, qu'y a-t-il ? demanda Matthew en faisant courir ses mains sur ses membres parcourus de frissons.

— J'ai tellement peur…

Il laissa échapper un son étouffé, et l'enlaça étroitement, pressant les lèvres sur ses joues.

— De quoi, mon amour ?

— J'ai peur que ce soit un rêve. J'ai peur de me réveiller et… et de me retrouver de nouveau seule, continua-t-elle après un autre hoquet, et je découvrirai que tu n'as jamais été là et…

— Je suis là. Je ne partirai pas.

Ses mains descendirent sur sa gorge, il déboutonna sa chemise de nuit, en écarta les pans avec une lenteur délibérée.

— Laisse-moi te consoler, mon amour, laisse-moi…

Ses mains sur son corps étaient douces et apaisantes. Quand il fit glisser sa paume sur ses membres, des vagues de chaleur la traversèrent, et elle laissa échapper un faible gémissement.

En l'entendant, Matthew prit une inspiration tremblante pour tenter de conserver un peu de contrôle sur lui-même. En vain. Dans un désir éperdu de la combler de plaisir, il la dévêtit entièrement, là, sur le sol, puis frotta sa peau glacée jusqu'à la faire rougir.

Tremblant de tous ses membres, Daisy regarda la lumière de la chandelle jouer sur sa tête sombre tandis que, incliné sur elle, il couvrait de baisers ses jambes, son ventre nu, ses seins frémissants.

Partout où il l'embrassait, les frissons se dissolvaient dans une chaleur bienfaitrice. Elle soupira d'aise et se détendit sous la caresse de ses mains et de sa bouche. Comme elle bataillait pour ouvrir sa chemise, il s'empressa de l'aider. En tombant, le vêtement de toile grossière révéla sa peau satinée, marquée ici ou là de meurtrissures. Daisy fut presque rassurée de les voir, car elles étaient la preuve qu'elle ne rêvait pas. Elle pressa sa bouche ouverte sur l'une des marques bleuâtres, la frôla de la pointe de la langue.

Matthew l'attira avec précaution contre lui, sa main suivit la courbe de sa hanche en un lent mouvement sensuel qui lui arracha un frisson de bonheur. Mais les poils du tapis de laine râpaient sa peau sensible, et Daisy se tortilla, oscillant entre plaisir et inconfort quand ils piquèrent ses fesses nues.

Matthew rit doucement quand il comprit le problème et la prit sur ses genoux. La bouche sèche, le corps échauffé, Daisy frotta ses seins contre son torse.

— Ne t'arrête pas, chuchota-t-elle.

— Tu vas avoir la peau à vif sur le sol.

— Ça m'est égal, je veux juste… je veux…

— Ceci ?

Il la souleva et la déposa à califourchon sur lui. Elle sentait le tissu de son pantalon tendu sous ses cuisses.

Tout à la fois embarrassée et excitée, Daisy ferma les yeux lorsqu'il se mit à caresser les replis secrets de son corps, répandant doucement le fluide humide sur sa chair brûlante.

Ses bras lui parurent sans force quand elle les glissa autour de son cou et referma les doigts d'une main sur le poignet de l'autre. S'il n'y avait eu le soutien du bras solide de Matthew dans son dos, elle n'aurait pas été capable de rester assise. Toutes ses sensations se concentraient à l'endroit où il la touchait, où sa phalange glissait autour du minuscule bouton soyeux…

— Ne t'arrête pas, s'entendit-elle chuchoter de nouveau.

Elle ouvrit brusquement les yeux quand Matthew introduisit deux doigts dans son intimité, puis trois, et que le désir se tordit en elle comme une flamme.

— Tu as toujours peur que ce soit un rêve ? murmura Matthew.

Elle déglutit convulsivement et secoua la tête.

— Je… je n'ai jamais de tels rêves.

Les coins de ses yeux se plissèrent d'amusement et il retira ses doigts, laissant en elle un vide frémissant. Avec un gémissement, elle laissa tomber sa tête sur son épaule et il la plaqua contre son torse nu.

Daisy se cramponna à lui. Sa vision se troubla, jusqu'à ce que la pièce ne soit plus qu'une mosaïque de lumière jaune et d'ombres noires. Elle sentit qu'il la soulevait, la retournait et l'aidait à se mettre à genoux devant le canapé. Elle posa la joue sur le coussin moelleux tandis que ses lèvres s'entrouvraient pour laisser passer son souffle haletant. Penché sur elle, il la recouvrit de son grand corps puissant, puis il fut en elle d'un coup de reins aisé.

Daisy se raidit, surprise, mais il la prit aux hanches et, par ses caresses rassurantes, l'encouragea à lui faire confiance. Elle ferma les yeux, savourant la lente montée du plaisir que chacune de ses lentes poussées faisait naître en elle. Il glissa l'une de ses mains le long de son ventre, ses doigts trouvèrent la petite crête sensible et la caressèrent jusqu'à ce que l'extase la foudroie et qu'elle s'abandonne, le corps secoué de spasmes.

Longtemps après, Matthew la rhabilla et la porta à travers le couloir obscur jusqu'à sa chambre. Alors qu'il la déposait sur son lit, elle lui demanda dans un murmure de rester avec elle.

— Non, mon amour, répondit-il en s'inclinant sur elle dans l'obscurité. J'aimerais infiniment rester, mais nous ne pouvons pas braver à ce point les convenances.

— Je ne veux pas dormir sans toi. Et je ne veux pas me réveiller sans toi.

— Un jour…

Il se pencha pour déposer un baiser sur ses lèvres.

— Un jour, je pourrai venir à toi à n'importe quelle heure du jour ou de la nuit, et te tenir dans mes bras aussi longtemps que tu le souhaiteras. Pour cela, tu peux te fier à moi, ajouta-t-il d'une voix que l'émotion rendait plus grave encore.

Au rez-de-chaussée, le comte de Westcliff était étendu sur un canapé, la tête posée sur les genoux de son épouse. Après deux jours de recherches incessantes et très peu de sommeil, il était éreinté. Il était néanmoins heureux. La tragédie avait été évitée et le fiancé de Daisy était rentré sain et sauf.

Marcus avait été un peu surpris par les attentions que sa femme lui avait prodiguées. Dès son arrivée au manoir, Lillian lui avait apporté des sandwichs et du cognac chaud, après quoi elle avait essuyé les traces de boue sur son visage avec une serviette humide, appliqué du baume sur ses égratignures et pansé les coupures de ses doigts. Elle lui avait même enlevé ses bottes boueuses.

— Tu as l'air beaucoup plus mal en point que M. Swift, lui avait-elle rétorqué quand il avait assuré qu'il allait bien. D'après ce que j'ai compris, il a passé deux jours couché au chaud, alors que tu battais la forêt dans la boue et sous la pluie.

— Il ne paressait pas vraiment au lit, avait souligné Marcus. Il était blessé.

— Ce qui ne change rien au fait que *toi*, tu ne t'es pas reposé et que tu n'as pratiquement rien mangé pendant que tu le cherchais.

Marcus s'était abandonné à ses soins, savourant secrètement la manière dont elle s'agitait autour de lui. Quand elle jugea qu'il était restauré et convenablement pansé, elle attira sa tête sur ses genoux. Il en soupira de contentement, les yeux fixés sur l'âtre où brûlait un feu d'enfer.

— Cela fait un bon moment que M. Swift est allé retrouver Daisy, fit remarquer Lillian en jouant d'une main distraite avec les cheveux de Marcus. Et c'est un peu trop calme. Tu ne vas pas aller voir ce qui se passe là-haut ?

— Pas pour tout le chanvre de Chine, répliqua Marcus, répétant l'une des nouvelles expressions préférées de Daisy. Dieu sait ce que je risquerais d'interrompre.

— Seigneur Dieu ! murmura Lillian d'une voix consternée. Tu ne crois pas qu'ils…

— Je n'en serais pas surpris.

Il fit une pause délibérée avant d'ajouter :

— Souviens-toi comme nous étions.

Sa remarque eut l'effet escompté sur Lillian.

— Nous le sommes encore, protesta-t-elle.

— Nous n'avons pas fait l'amour depuis la naissance du bébé.

Marcus se redressa en position assise, se repaissant de la vision de sa jeune épouse à la lueur du foyer. Elle était, et serait toujours, la femme la plus séduisante qu'il eût jamais connue. Une passion contenue lui enroua la voix quand il demanda :

— Combien de temps encore devrai-je attendre ?

Posant le coude sur le dossier du canapé, Lillian appuya la tête sur sa main et lui adressa un sourire contrit.

— Selon le médecin, au moins une quinzaine de jours. Je suis désolée. *Vraiment* désolée, précisa-t-elle avec un petit rire quand elle vit son expression. Si nous montions ?

— Si ce n'est pas pour dormir ensemble, je n'en vois pas l'intérêt, grommela Marcus.

— Je t'aiderai à prendre ton bain. J'irai même jusqu'à te frotter le dos.

Il fut suffisamment intrigué par cette offre pour hasarder :

— Seulement le dos ?

— Je suis ouverte à la négociation, répondit Lillian d'un ton provocant. Comme toujours.

Marcus tendit le bras pour l'attirer contre lui.

— Au point où j'en suis, soupira-t-il, je me contenterai de ce qu'on me donnera.

— Pauvre malheureux, s'esclaffa Lillian qui tourna le visage vers lui pour l'embrasser. Rappelle-toi juste… certaines choses valent la peine qu'on attende.

Épilogue

Finalement, Matthew et Daisy ne se marièrent pas avant la fin de l'automne. Le Hampshire avait alors revêtu sa parure écarlate et orange, les chasseurs arpentaient le domaine quatre matinées par semaine, et les derniers fruits avaient été cueillis sur les arbres lourdement chargés. À présent que les foins étaient coupés, les bruyants râles des genêts avaient déserté les champs, et leur cri guttural avait été remplacé par les notes claires de la grive musicienne et le chant joyeux du pinson.

Durant tout l'été et une bonne partie de l'automne, Daisy avait dû supporter de nombreuses séparations avec Matthew, notamment lors de ses fréquents voyages à Londres pour régler les problèmes afférents à son procès. Avec l'aide de Westcliff, les demandes d'extradition présentées par le gouvernement américain avaient été bloquées, ce qui l'autorisait à rester en Angleterre. Après avoir rencontré deux brillants avocats et vu avec eux les particularités de son cas, Matthew les avait dépêchés à Boston pour présenter son dossier devant la cour d'appel.

Entre temps, il voyageait et travaillait sans relâche, supervisant la construction de l'usine de

Bristol, engageant des employés et établissant des réseaux de distribution à travers le pays. Daisy avait l'impression que Matthew avait changé quelque peu depuis que les secrets de son passé avaient été révélés. Il paraissait plus libre, et même plus sûr de lui et charismatique.

Témoin de l'énergie inépuisable de Matthew et de la liste grandissante de ses succès, Simon Hunt l'avait informé que si jamais il en avait assez de travailler pour Bowman, il serait accueilli à bras ouverts chez Consolidated. Ce qui avait poussé Thomas Bowman à lui offrir un pourcentage plus élevé sur les futurs profits de la savonnerie.

— À trente ans, je serai millionnaire, avait-il déclaré à Daisy avec ironie, à condition que je n'aille pas en prison.

Daisy avait été surprise et touchée que tous les membres de sa famille, y compris sa mère, prennent la défense de Matthew. Thomas Bowman, pourtant si sévère avec les gens, avait immédiatement pardonné à Matthew de l'avoir trompé. En vérité, il semblait le considérer plus que jamais comme un fils *de facto*.

— J'ai comme l'impression, avait dit Lillian à Daisy, que si Matthew commettait un meurtre de sang-froid, père dirait sans ciller « Eh bien, ce garçon devait avoir une excellente raison. »

Ayant découvert que le temps passait plus vite lorsqu'elle s'activait, Daisy se chargea de trouver une maison à Bristol. Son choix se porta sur une grande bâtisse à pignons située au bord de la mer, qui avait été autrefois la résidence d'un armateur et de sa famille. En compagnie de sa mère et de sa sœur, qui aimaient courir les boutiques bien plus qu'elle, Daisy acheta de gros meubles confortables ainsi que des rideaux et du linge de maison aux couleurs vives. Et, bien sûr, elle s'assura qu'il y aurait des tables et des étagères pour les livres dans presque toutes les pièces.

Heureusement, Matthew volait vers elle chaque fois qu'il pouvait s'absenter quelques jours. Il n'y avait plus de contraintes entre eux, désormais, plus de secrets ni de peur. Chacun prenait un plaisir immense à la compagnie de l'autre tandis qu'ils discutaient longuement ou se promenaient ensemble dans la nature assoupie par l'été. Et les nuits où Matthew rejoignait Daisy dans l'obscurité et lui faisait l'amour, cela remplissait ses sens d'un plaisir infini et son cœur de joie.

— J'ai essayé si fort de ne pas venir, chuchota-t-il une nuit en l'enlaçant, alors que le clair de lune striait les draps d'argent.

— Pourquoi ? souffla Daisy.

Elle se hissa sur lui et s'étendit sur son torse musclé.

Il se mit à jouer avec la cascade sombre de sa chevelure.

— Parce que je ne devrais pas te rejoindre ainsi tant que nous ne sommes pas mariés. Il y a un risque de…

Daisy le fit taire d'un baiser, qu'elle prolongea jusqu'à ce qu'elle sente sa respiration s'accélérer et sa peau devenir brûlante sous elle. Alors, elle releva la tête pour lui sourire.

— Tout ou rien, murmura-t-elle. C'est comme cela que je te veux.

Enfin, on apprit par une lettre des avocats de Matthew qu'une commission de trois juges avait examiné les actes du procès, cassé le jugement et classé l'affaire. Ils avaient aussi stipulé qu'aucun recours n'était possible, et donc ôté à la famille Waring tout moyen de prolonger cette épreuve.

Matthew accueillit ces nouvelles avec un calme remarquable. Il reçut les félicitations de tout le monde et remercia les Bowman et les Westcliff pour leur soutien. Ce ne fut que lorsqu'il se retrouva seul avec Daisy qu'il s'effondra, son soulagement étant trop grand pour qu'il le supporte avec stoïcisme. Elle lui prodigua tout le réconfort dont elle était capable, dans un échange si âpre et si intime qu'il demeurerait leur secret à jamais.

Aujourd'hui, on célébrait enfin leur mariage.

La cérémonie dans la chapelle de Stony Cross avait été impitoyablement longue, le pasteur étant déterminé à impressionner la foule des riches et importants visiteurs – venus pour la plupart de Londres et quelques-uns de New York – qui y assistaient. Le service incluait un sermon interminable, un nombre record d'hymnes et trois lectures prolongées de la Bible.

Dans sa robe d'épais satin couleur champagne, Daisy supporta l'épreuve avec patience, à demi aveuglée par son somptueux voile en dentelle de Valenciennes, les pieds endoloris par ses souliers à talons hauts brodés de perles. Tout en s'efforçant de paraître solennelle, elle glissa un coup d'œil en direction de Matthew, beau et élégant dans son habit noir qu'éclairait une cravate empesée immaculée, et son cœur effectua une petite cabriole de bonheur.

Quand les vœux eurent été prononcés, et malgré l'admonestation préalable de Mercedes – il était hors de question que le marié embrasse la mariée, car cela ne se faisait pas dans la bonne société –, Matthew attira Daisy contre lui et lui écrasa les lèvres d'un baiser au vu et au su de toute l'assistance. Il y eut un ou deux hoquets étouffés, puis des rires amicaux coururent dans la foule.

Daisy plongea son regard dans celui, étincelant, de son mari.

— Votre conduite est scandaleuse, monsieur Swift, murmura-t-elle.

— Tu n'as encore rien vu, répliqua Matthew sur le même ton. Je me réserve pour cette nuit.

Les invités gagnèrent ensuite le manoir. Après avoir accueilli ce qui lui parut être des milliers de personnes et souri à en avoir des crampes dans les joues, Daisy s'autorisa un long soupir. Viendrait ensuite le repas de noces avec de quoi nourrir la moitié de l'Angleterre, suivi de toasts à n'en plus finir et d'adieux interminables. Alors qu'elle ne souhaitait qu'une chose : être seule avec son mari.

Elle entendit derrière elle la voix amusée de sa sœur.

— Oh, ne te plains pas ! Il fallait bien que l'une de nous deux ait un grand mariage. Alors, pourquoi pas toi ?

Pivotant sur ses talons, Daisy aperçut non seulement Lillian, mais aussi Annabelle et Evangeline.

— Je n'avais pas l'intention de me plaindre, répliqua-t-elle. Je pensais seulement qu'il nous aurait été bien plus facile de nous enfuir à Gretna Green.

— Ç'aurait trahi un certain manque d'imagination, ma chérie, vu qu'Evangeline et moi l'avions fait avant toi.

— La cérémonie était très belle, déclara Annabelle avec chaleur.

— Et très longue, renchérit Daisy avec une grimace. J'ai l'impression que cela fait des heures que je suis debout à parler.

— Ce n'est pas une impression, assura Evangeline. Viens avec nous – il y a une réunion extraordinaire des laissées-pour-compte.

— Maintenant ? fit Daisy, perplexe, en remarquant l'expression animée de ses amies. Ce n'est pas possible. Ils nous attendent pour le repas.

— Oh, qu'ils attendent ! lança joyeusement Lillian.

Prenant sa sœur par le bras, elle l'entraîna vers le vestibule, puis le long du couloir menant au salon du matin. Elles croisèrent lord Saint-Vincent, éblouissant dans son habit de cérémonie, qui allait dans la direction opposée. Il s'arrêta et regarda sa femme avec un sourire caressant.

— Vous avez l'air de vous sauver, commenta-t-il.

— C'est le cas, lui répondit-elle.

Il glissa le bras autour de sa taille pour chuchoter d'un air de conspirateur :

— Où allez-vous ?

Evangeline réfléchit un instant.

— Quelque part où Daisy pourra se repoudrer le nez.

Le vicomte jeta un regard dubitatif en direction de la jeune mariée.

— Et vous avez besoin d'y aller à quatre ? C'est pourtant un tout petit nez.

— Cela ne nous prendra que quelques minutes, milord, dit Evangeline. Vous voulez bien présenter nos excuses ?

Saint-Vincent rit doucement.

— J'en ai une provision inépuisable, mon amour, assura-t-il.

Avant de lâcher sa femme, il la fit pivoter face à lui pour l'embrasser sur le front. Fugitivement, il posa la main à plat sur son ventre. Un geste discret que Lillian et Annabelle ne remarquèrent pas.

En revanche, il n'échappa pas à Daisy, qui sut immédiatement ce qu'il signifiait. « Evangeline a un secret », songea-t-elle avec émotion.

Ses amies l'emmenèrent dans l'orangerie où la chaude lumière d'automne entrait à flots par les hautes fenêtres. Il y régnait un fort parfum d'agrumes et de laurier. Après avoir débarrassé Daisy de la lourde couronne de fleurs d'oranger qui retenait son voile, Lillian posa le tout sur une chaise.

Un plateau d'argent garni d'une bouteille de champagne embuée et de quatre flûtes en cristal attendait sur une table proche.

— Ceci est un toast spécial pour toi, ma chérie, déclara Lillian alors qu'Annabelle versait le liquide pétillant dans les verres. À ton bonheur. Et comme tu as dû l'attendre plus longtemps que nous, je dirais que tu mérites la bouteille tout entière.

S'emparant de la flûte que lui tendait Annabelle pour la donner à sa sœur, elle ajouta avec un sourire jusqu'aux oreilles :

— Mais nous allons néanmoins la partager avec toi.

Daisy referma les doigts sur le pied mince du verre.

— Ce toast devrait être pour nous quatre, dit-elle. Après tout, il y a trois ans, nos perspectives matrimoniales étaient calamiteuses. Nous n'arrivions même pas à obtenir une invitation à danser. Et regardez de quelle manière les choses ont tourné !

— Il a suf… suffi d'un peu d'astuce et de quelques scandales par-ci par-là, fit remarquer Evangeline avec un sourire.

— Et d'amitié, ajouta Annabelle.

— À l'amitié, lança Lillian d'une voix brusquement enrouée.

Et les quatre flûtes tintèrent pour saluer ce moment parfait.

Découvrez les prochaines nouveautés des différentes collections J'ai lu pour elle

AVENTURES & PASSIONS

Le 5 juin

Inédit **Les noces d'Elliot McBride**

Ashley Jennifer

De retour chez lui après des années d'emprisonnement, Elliot McBride est un homme brisé. En se rendant à l'église, il tombe sur son amie d'enfance Juliana St.John. Cette dernière a été abandonnée au pied de l'autel. Pour aider son amie et sauver son honneur, Elliot décide de l'épouser…

Sous le sceau de l'amour **Shirlee Busbee**

Morgane l'a laissé lui faire l'amour, elle s'est donnée à lui. Mais il lui faut regarder la réalité en face. Royce Manchester utilise les femmes comme elle, simple femme de cuisine, mais ne les épouse pas. Pourtant Morgane veut tout : la vengeance, le coup de foudre... Royce, ce vil séducteur, n'a qu'à bien se tenir…

Le 19 juin

Inédit ***Esclave de ses charmes*** **Hope Tarr**

Gavin Carmichael est devenu un brillant avocat mais il n'a jamais oublié son amie de l'orphelinat, Daisy Lake. Lorsqu'il la retrouve par hasard dans un music- hall mal famé, il décide de lui offrir une vie meilleure quitte à succomber à ses charmes.

La saga des Montgomery - 2 - Un teint de velours

☙ Jude Deveraux

Lorsque Scarlett laisse Stephen l'embrasser, elle a l'impression de découvrir un monde insoupçonné dans lequel l'amour est roi. Mais rapidement elle se reprend et le repousse.
Arrivera-t-elle à aimer un jour cet homme si différent d'elle, qu'elle déteste, mais qui est désormais son mari…

Inédit

***Les McCabe - 3- Le Highlander qui ne voulait pas aimer* ☙ Maya Banks**

Par loyauté familiale, Caelen McCabe se propose d'épouser Rionna McDonald, rejetée par son frère, et de sauver ainsi l'alliance entre leurs clans. Bien que Rionna soit la femme parfaite, Caelen ne fait pas confiance à cette femme, adorable tentatrice qui le tourmente par ses charmes…

Le 5 juin

CRÉPUSCULE

Inédit ***La chronique des Anciens - 2 - Un cœur de pierre*** ☙ **Thea Harrison**

Depuis la mort de son oncle, le tyrannique et meurtrier Fae noir, la sublime Tricks est pressentie comme l'héritière du trône. Si sa beauté a conquis bien des cœurs, certains restent de marbre... Et à l'heure où de terribles complots s'ourdissent contre elle, un homme vole à son secours : Tiago. Mi-homme, mi-aigle, il est l'une des armes les plus puissantes des Wyrs...

Le 19 juin

Inédit ***Le royaume des Carpates - 4 - Désirs magiques*** ☙ **Christine Feehan**

Surnommée la reine de l'illusion, Savannah Dubrinsky a le pouvoir d'hypnotiser n'importe qui. Mais il y en a un qui lui résiste... Et auquel elle ne peut résister. Insinué dans son esprit, Gregori, le plus puissant des Carpatiens, lui murmure qu'elle est sa promise et qu'il va venir sauver son âme. c'est un appel au désir, à l'amour, mais aussi au danger le plus absolu...

PROMESSES

Le 5 juin

Inédit

Friday Harbor - 2 - Le secret de Dream Lake

Lisa Kleypas

Zoé Hoffman a presque abandonné tout espoir de trouver un jour le grand amour. Meurtrie, elle n'arrive pas à faire confiance et encore moins à offrir son cœur. Et surtout pas à Alex Nolan auquel tout l'oppose. Et pourtant....

Le 19 juin

Les Kendrick et les Coulter - 5 - Pour l'amour de Nathalie

Catherine Anderson

C'est en découvrant son jardin saccagé que Zeke Coulter fait la connaissance de ses voisins : un arrière-grand-père quasiment sénile, une lolita désarmante, deux chenapans... mais surtout, leur mère, la ravissante Nathalie, récemment divorcée. Nathalie est une femme bien décidée à s'en sortir malgré son ex-mari...

Passion intense

Des romans légers et coquins

Le 5 juin

Une lady nommée Patience ❧ **Lisa Valdez**
Coup de tonnerre à la cour d'Angleterre : Matthew Hawkmore, frère du comte de Langley, n'est qu'un vulgaire bâtard ! Le scandale fait de lui un paria que nul n'ose fréquenter... excepté Patience, sa belle-sœur, fascinée par cet homme dominateur et assoiffé de revanche. La belle rousse n'aspire pas au mariage, elle n'aime que la musique, pourtant une autre passion va bientôt l'embraser…

Le 19 juin

Inédit ***Les frères McCloud - 3 - Hors de contrôle***
❧ **Shannon McKenna**
Harcelée, traquée par un fou allié, Margot Callahan, qui a choisi de changer son nom en Vetter, décide d'engager un détective pour la protéger. Elle jette son dévolu sur Davy McCloud, un expert en arts martiaux. Perspicace, autoritaire et séduisant, McCloud ne tarde pas à empiéter sur des territoires que Margot croyait inaccessibles. Comment réagira-t-il s'il découvre qu'elle est accusée de meurtre ?

9277

Composition
CHESTEROC LTD

Achevé d'imprimer en Italie
par GRAFICA VENETA
le 2 avril 2013

Dépôt légal : avril 2013
EAN 9782290072769
L21EPSN001095N001
1er dépôt légal dans la collection : mai 2010

ÉDITIONS J'AI LU
87, quai Panhard-et-Levassor, 75013 Paris

Diffusion France et étranger : Flammarion